Thomas M. Meine

Banshee
Die Todesfee

Nach dem Buch von Elliot O'Donnell
'The Banshee'
erschienen im Jahre 1907 bei
Sands & Company, London und Edinburgh

Mit diversen Erklärungen und Ergänzungen des Übersetzers */[*] oder [...]

Die im Orignalbuch am Ende erscheinenden Nachträge wurden, um umständliches Blättern zu vermeiden – auch mit Rücksicht auf die E-Book-Version – entweder direkt in den Text eingearbeitet oder zur Unterscheidung mit ♣/[♣] gekennzeichnet.

Bibliografische Information der Deutschen Nationalbibliothek:
Die Deutsche Nationalbibliothek verzeichnet diese Publikation in der
Deutschen Nationalbibliografie; detaillierte bibliografische Daten
sind im Internet über http://dnb.dnb.de abrufbar.

Dezember 2021

ISBN 9 783755 741602

INHALT

Bunworth Banshee, entnommen aus dem Buch
'Fairy Legends and Traditions of the South of Ireland'
[Feen-Legenden und Traditionen des irischen Südens]
von Thomas Crofton Croker, 1825

BANSHEE / DIE TODESFEE

I. Definition und Ursprung der Banshees

In einem Land wie Irland, das sich durch eine fesselnde und wild-schöne Landschaft auszeichnet, ist es nicht verwunderlich, dass es etwas in der Art eines Gespenstes gibt, das mit der allgemeinen Atmosphäre und Umgebung harmoniert, und dieses Etwas, das für Irland so natürlich erscheint, ist die Banshee.

Der Name Banshee scheint eine Kombination der irischen Wörter Bean* und Sidhe* zu sein, das von einigen Schriftstellern als Frau vom Feenhügel interpretiert wird, während es bei anderen die Frau des Todes, die Frau des Kummers, der Geist der Luft und die Frau des Grabhügels bedeuten soll.

[* Bean = Frau, Sidhe = Bewohner des Feenhügels, Wohnstätte mythologischer Gestalten in Irland]

Es ist ein reines Familiengespenst, und die meisten Autoritäten sind sich einig, dass es nur Familien aus einem sehr alten irischen Geschlecht heimsucht. Mr McAnnaly, zum Beispiel, bemerkt in dem Kapitel über Banshees in seinem 1888 erschienenen Buch 'Irish Wonders' [Irische Wunder]: 'Die Banshee besucht nur die alten Familien und selbst wenn ihre Nachkommen durch Unglück von ihrem einst hohen Stand in die Reihen der Bauern herabgestuft wurden, verlässt sie oder vergisst sie diese nicht, bis das letzte Mitglied sich mit seinen Vorvätern auf dem Friedhof versammelt hat.'

Ein Autor zitiert im *Journal of the Cork Historical and Archaeological Society* (Vol. V., Nr. 44, Seiten 227-229) einen Auszug aus einem Werk mit dem Titel *Kerry Records*, in dem die folgende Passage vorkommt, die sich auf ein elegisches Gedicht von Pierse Ferriter über Maurice Fitzgerald bezieht: 'Aina, die Banshee, die nie für irgendwelche Familien jammerte, die nicht von milesianischem* Blut waren, außer den Geraldines**, die irischer als die Iren selbst wurden'; und in einer Fußnote (auf Seite 229) sind es nur die mit *echtem Blut*, die eine Banshee zu Hause haben können. Geschäftsleute haben heutzutage manchmal auch etwas so Gutes wie *edles Blut* – sie haben *Köpfchen und Schneid*, wodurch sie mit den ältesten Familien Englands und Irlands konkurrieren und in diese einheiraten können. Nichts jedoch kann in der Einschätzung eines Iren das *blaue Blut* ersetzen.'

[* Milesian = Gälisch *gairthear Mílidh Easpáinne* sind in der Irisch-Christlichen Pseudowissenschaft Gäle, die in Irland sesshaft wurden und von Iberia (Spanien) gekommen sein soll und das irische Volk repräsentieren. Die 'Milesianer' waren zweihundert Jahre auf der Erde auf Wanderschaft, bevor sie nach Irland kamen. Dort kämpften sie gegen die 'Tuath Dé, welche heidnische Götter waren. Man einigte sich, die Welt untereinander aufzuteilen: Die Milesianer bleiben oben und die Tuath Dé verschwanden in der Unterwelt. ** Die Geraldines = ebenfalls nur ein Mythos. Ursprünglich waren sie unter den Eroberern im 12. Jahrhundert, kämpften aber dann gegen die englische Herrschaft und wurden zur *Essenz von allem Gälischen*.]

Auch Sir Walter Scott unterstreicht diesen Punkt und ist sogar noch spezifischer und eigenwilliger.

Er beschränkt die Banshee auf Familien rein milesianischer Abstammung und erklärt, dass sie niemals mit den Nachkommen der zahlreichen englischen und schottischen Siedler in Verbindung gebracht werden kann, die von Zeit zu Zeit nach Irland eingewandert sind, und auch nicht mit den Nachkommen der normannischen Abenteurer, die Strongbow im zwölften Jahrhundert auf die Grüne Insel begleiteten.

Lady Wilde* geht ins andere Extrem und lässt einen großen Spielraum zu. Sie behauptet, dass die Banshee nicht nur bestimmten Familien mit historischem Stammbaum angehört, sondern auch Personen, die mit Gesang und Musik begabt sind.

[* in ihrem Buch: 'Ancient Legends, Mystic Charms and Superstitions of Ireland' (Alte Legenden, Mystischer Zauber und Aberglaube in Irland)]

Ich für meinen Teil neige dazu, einen Mittelweg zu wählen und glaube nicht, dass die Banshee davon abgehalten würde, eine Familie von historischem Ruhm und milesianischer Abstammung – wie die O'Neills oder O'Donnells – heimzusuchen, nur weil in dieser Familie gelegentlich sächsisches oder normannisches Blut fließt.

Andererseits denke ich aber, dass die Banshee niemals eine Familie heimsuchen würde, die nicht ursprünglich zumindest keltisch-irisch war, wie zum Beispiel die Fitz-Williams oder Fitz-Warrens – auch wenn in dieser Familie vielleicht gelegentlich milesianisches Blut fließt.

Ich widerspreche *in toto* Umfang der Theorie von Lady Wilde, dass die Banshee gelegentlich einen Menschen heimsucht, der äußerst poetisch und musikalisch ist, einfach weil er zufällig eine solche Begabung zeigt. Um von der Banshee heimgesucht zu werden, muss man meiner Meinung nach einer irischen Familie angehören, die mindestens tausend Jahre alt ist; wäre dies nicht der Fall, so müsste die Banshee gewiss einige musikalische und poetische Genies aller Rassen auf der ganzen Welt heimsuchen – schwarze und gelbe, vielleicht aber auch nur die weißen – was aber gewiss nicht der Fall ist.

Jedoch reist die Banshee gelegentlich, wie Mr McAnnaly sagt; sie reist dann, und nur dann, wenn sie eine der ältesten irischen Familien ins Ausland begleitet; ansonsten bleibt sie in Irland, wo ihre Auftritte immer seltener werden, weil es nur noch wenige der wirklich alten irischen Familien gibt.

Man kann vielleicht erwähnen, dass man in Dublin, Cork und anderen irischen Städten immer noch einen sehr hohen Prozentsatz an O's und Macs antrifft. Das ist zweifellos richtig, aber gleichzeitig muss man bedenken, dass diese Vorsilben nicht immer den wahren Iren bezeichnen, da viele

Familien, die Thompson, Walker und Smith heißen, lediglich aufgrund der Tatsache, dass sie zwei oder drei Generationen lang in Irland gelebt haben, einen irischen – und in einigen Fällen sogar einen keltischen – Namen angenommen haben, wobei sie sich auf die Kenntnis einiger keltischer Wörter aus Büchern oder aus dem Besuch eines der zahlreichen Fortbildungskurse stützen, die heute in fast allen großen Städten abgehalten werden und von Lehrern geleitet werden, die größtenteils ebenfalls nur Pseudo-Iren sind, um ihrem Anspruch Farbe zu verleihen. Eine solche Täuschung beeindruckt jedoch weder die echten Iren noch die Banshees, und Letztere, da bin ich mir ganz sicher, würden sich niemals dazu überreden lassen, den Geschicken irgendeines hergelaufenen Angelsachsen oder Schotten zu folgen, ganz gleich, wie geschickt und überzeugend ihre Tarnung sein mag. Also nochmals: Die Banshee beschränkt sich ausschließlich auf Familien mit *bona-fide* alter irischer Abstammung.

Was ihren Ursprung betrifft, so weiß das niemand so genau, trotz der willkürlichen Behauptungen einiger Leute, von denen übrigens keiner irischer Abstammung ist. Die Banshee hat mehrere Ursprünge, denn es gibt nicht nur eine Banshee – wie so viele Leute zu glauben scheinen – sondern viele; jeder Clan besitzt eine eigene.

Die Banshee der O'Donnells zum Beispiel, d. h. die Banshee, die zu unserem Zweig des Clans gehört [der Originalautor ist ein O'Donnell] und über die ich aus persönlicher Erfahrung berichten kann, unterscheidet sich meines Erachtens in ihrem

11

Aussehen und in der Art und Weise, wie sie sich zu erkennen gibt, sehr von der Banshee der O'Reardons, wie sie Mr McAnnaly beschreibt.

Die Banshee eines bestimmten Zweigs der O'Flahertys unterscheidet sich nach derselben Quelle wesentlich von der eines Zweigs der O'Neills.

Mr McAnnaly sagt, 'die Banshee ist in Wirklichkeit eine körperlose Seele, die einer Person gehört, die zu Lebzeiten stark mit der Familie verbunden war oder die guten Grund hatte, alle ihre Mitglieder zu hassen'.

Diese Definition mag natürlich in einigen Fällen zutreffen, aber sicher nicht in allen, und es ist absurd, ein Dogma über ein Thema aufzustellen, bei dem es unmöglich ist, sehr viele Informationen zu erhalten.

Mr McAnnaly kann mit Sicherheit nur über die vergleichsweise wenigen Fälle von Banshees sprechen, die er beobachtet hat; es gibt aber, so meine ich, eine ganze Reihe von Fällen, von denen er noch nie gehört hat.

Ich selbst kenne mehrere Banshee-Spukfälle, bei denen das Phantom mit Sicherheit nicht ein Mitglied der menschlichen Rasse sein kann; seine Merkmale und Proportionen schließen eine solche Möglichkeit absolut aus, und ich würde nicht zögern, zu behaupten, dass in diesen Fällen das Phantom das ist, was man gemeinhin als wesenhaft oder, wie ich es in früheren meiner Werke genannt habe, als

Neutrarianer bezeichnet, d. h. ein Geist, der nie einen materiellen Körper bewohnt hat und der zu einer vom Menschen völlig verschiedenen Spezies gehört.

Andererseits lassen mehrere Fälle von Banshee-Spuk, auf die ich gestoßen bin, zweifellos die Möglichkeit zu, dass es sich bei dem Gespenst um das einer Frau handelt, die zur menschlichen Rasse gehört, wenn auch zu einer uralten und längst vergangenen Gattung; während nur einige wenige die Wahrscheinlichkeit zulassen, dass es sich bei dem Gespenst um das einer Frau handelt, die ebenfalls menschlich ist, aber zeitlich sehr viel später einzuordnen ist.

Wie Mr McAnnaly richtigerweise feststellte, lassen sich die Banshees in zwei Hauptklassen einteilen, die *Freundlichen Banshees* und die *Hasserfüllten Banshees*, wobei Erstere bei ihrem Erscheinen Trauer zeigen und Letztere in Jubel ausbrechen. Aber diese Klassen lassen sich fast endlos unterteilen; das einzige gemeinsame Merkmal ist ein vages Etwas, das stark auf das weibliche Geschlecht hinweist.

In den meisten Fällen kann man über die Ursache des Spuks nur Vermutungen anstellen. Für einige mögen Zuneigung oder Verbrechen verantwortlich sein, aber für den Ursprung anderer muss man meiner Meinung nach in eine ganz andere Richtung schauen.

Zum Beispiel könnte man vielleicht eine Lösung in Zauberei und Hexerei sehen, denn es muss viele Familien geben, die sich in früheren Zeiten mit diesen Dingen beschäftigten und jetzt von Banshees heimgesucht werden.

Oder auch, wenn man annimmt, dass einige Wahrheit in der Theorie von Atlantis steckt, die Theorie, dass ein ganzer Kontinent aufgrund der Schlechtigkeit seiner Bewohner unterging, die alle mehr oder weniger in der Geisterbeschwörung bewandert waren – dann könnten die ältesten Iren, die sogenannten Milesianer, von denen bekannt ist, dass sie Zauberei betrieben, durchaus mit den Überlebenden dieser großen Katastrophe identisch sein und Geister auf die Grüne Insel mitgebracht haben, die seither an ihren Nachkommen hängen.

Ich denke, man kann die Behauptung von Mr C. W. Leadbeater ♣ und anderen Autoren (allesamt vom gleichen Schlag vermeintlicher Autoritäten) als absurd abtun, dass Familiengeister entweder eine Gedankenform oder ein ungewöhnlich lebhafter Eindruck im Astrallicht sein können. Spiritualisten und andere, die blindlings hochtrabende Phraseologie verehren, wie leer sie auch sein mag, mögen mit einer solchen Erklärung zufrieden sein, nicht aber diejenigen, die tatsächliche Erfahrungen mit dem fraglichen Geist gemacht haben.

[♣ Buch: The Astral Plane (Die Astralwelt)]

Was auch immer eine Banshee sonst noch sein mag oder nicht, sie ist ganz sicher ein Bewohner einer Welt, die sich von der unseren unterscheidet; sie ist außerdem ein Wesen, das prophetische Kräfte hat (was nicht der Fall wäre, wenn sie eine bloße Gedankenform oder ein Eindruck wäre), und sie ist keineswegs ein reiner Automat.

Einige Banshees stellen sehr schöne Frauen dar – Frauen mit langen, üppigen Locken, entweder von rabenschwarzer Farbe oder von glänzendem Kupfer oder Gold, und deren sternförmige Augen, voll zärtlichen Mitleids, entweder dunkel und tränenreich oder von dem erlesensten Blau oder Grau sind.

Andere wiederum sind hagere, wilde, zerzauste Kreaturen, deren Aussehen den größten Schmutz, die größte Verkommenheit und Verzweiflung suggeriert; während einige wenige – zum Glück, wie ich meine, nur wenige – die Form von etwas ganz und gar diabolischen, schrecklichen und im höchsten Grade erschreckenden annehmen.

In der Regel sieht man die Banshee jedoch nicht, man hört sie nur, und sie kündigt ihr Kommen auf verschiedene Weise an; manchmal durch Stöhnen, manchmal durch Wimmern und manchmal durch die markerschütterndsten Schreie, die ich nur mit den Schreien vergleichen kann, die eine Frau ausstößt, wenn sie auf sehr grausame und brutale Weise zu Tode gebracht wird.

Gelegentlich habe ich von Banshees gehört, die in die Hände klatschen, an Wände und Fensterscheiben klopfen und kratzen, und nicht selten haben sie ihre Ankunft durch schreckliches Krachen und Klopfen angekündigt.

Ich bin auch einer Banshee begegnet, die einfach nur kichert – ein tiefes, kurzes, aber furchtbar ausdrucksstarkes Kichern, das zehnmal mehr Eindruck auf das Gemüt des Zuhörers macht als jedes andere geisterhafte Geräusch, das er je gehört hat, und das keine Zeitspanne jemals aus seinem Gedächtnis zu löschen vermag.

Ich für meinen Teil habe das Geräusch gehört, und während ich hier sitze und diese Zeilen schreibe, glaube ich, es wieder zu hören – ein satanisches Kichern, ein Kichern voller Spott, als ob es von jemandem stammte, der in voller Kenntnis der kommenden Ereignisse war, die Ereignisse, die eine äußerst unangenehme Überraschung darstellen würden. Und in meinem Fall kam die unangenehme Überraschung auch.

Ich habe immer an eine Geisterwelt geglaubt – an das Unbekannte – aber wenn ich vorher noch so skeptisch gewesen wäre, dann hätte mich dieses Kichern, nachdem ich es gehört hatte, ganz sicher eines anderen belehrt.

Zum Abschluss dieses Kapitels muss ich noch einmal auf Mr McAnnaly verweisen, der in seinem Buch 'Irish Wonders' [Irische Wunder] über einen sehr bemerkens-werten Fall berichtet, in dem sich mehrere Banshees gleichzeitig offenbart haben. Er sagt, dass sich dieses Auftreten vor dem Tod eines Mitglieds der O'Flahertys aus Galway *vor einigen Jahren*♣ ereignete [♣ Buchveröffentlichung 1888].

Die Verstorbene, so sagt er, war eine Dame von ungewöhnlicher Frömmigkeit, die zwar krank war, aber nicht dachte, dass dies ernsthaft sei.

In der Tat ging es ihr so gut, dass mehrere ihrer Bekannten in ihr Zimmer kamen, um sie bei ihrer Genesung zu unterstützen, und als sie dort waren und sich fröhlich unterhielten, hörte man plötzlich Gesang, scheinbar außerhalb des Fensters.

Sie lauschten und hörten deutlich einen Chor von sehr süßen Stimmen, die eine außerordentlich klagende Melodie sangen. Sie wurden blass und sahen sich gegenseitig besorgt an, denn sie alle spürten intuitiv, dass es sich um einen Chor von Banshees handelte.

Ihre Vermutungen waren nicht falsch, denn die Patientin entwickelte unerwartet eine Rippenfellentzündung und starb innerhalb weniger Tage, wobei derselbe Chor von Geisterstimmen im Moment des körperlichen Entschwindens wieder zu hören war.

Aber wie Mr McAnnaly feststellt, war die unglückliche Dame von einzigartiger Reinheit, was zweifellos den Grund dafür erklärt, dass ich bei meinen Nachforschungen nie auf einen ähnlichen Fall gestoßen bin.

II. Einige historische Banshees

Einer der bekanntesten Fälle von Banshee-Spuk unter denen, die sowohl veröffentlicht, als auch unveröffentlicht sind, ist der, von dem uns Ann, Lady Fanshawe, in ihren Memoiren berichtet. Es scheint, dass Lady Fanshawe diesen Spuk erlebte, als sie Lady Honora O'Brien, die Tochter von Henry, dem fünften Earl of Thomond♣, besuchte, die damals höchst-wahrscheinlich auf der alten Burg Lemaneagh in der Nähe des Inchiquin-Sees, etwa dreißig Meilen nordwestlich von Limerick, residierte.

[♣ in den Ergänzungen am Ende dieses Bandes findet man einen Stammbaum, der die Abstammung des Autors von den Thomond O'Briens zeigt]

Als sie sich in der ersten Nacht ihres dortigen Aufenthalts zur Ruhe begab, wurde sie gegen ein Uhr von einer Stimme geweckt, und als sie die Vorhänge des Bettes beiseitezog, sah sie durch das Fenster das Gesicht einer Frau auf sich zukommen.

Da das Mondlicht sehr stark war und voll darauf schien, konnte sie jedes Merkmal mit verblüffender Deutlichkeit erkennen; aber gleichzeitig war ihre Aufmerksamkeit offenbar auf die außergewöhnliche Blässe der Wangen und die intensive Röte der Haare gerichtet.

'Dann', um ihre eigenen Worte zu zitieren, 'sprach die Erscheinung laut und in einem Ton, den ich nie gehört hatte, dreimal *Ahone*', und dann verschwand sie mit einem Seufzer, der mehr an Wind als an Atem erinnerte, und für mich sah ihr Körper mehr wie eine dicke Wolke aus als eine stoffliche Substanz.'

Sie fuhr fort: »Ich war so erschrocken, dass mir die Haare zu Berge standen und meine Nachtkleider herunterfielen.«Ich zog und zwickte deinen Vater, der während dieser Unordnung, in der ich mich befand, nicht aufwachte, aber schließlich sehr überrascht war, mich in diesem Schreckenszustand zu finden, und noch mehr, als ich ihm die Geschichte erzählte und ihm das geöffnete Fenster zeigte; aber er lenkte mich ab, indem er mir erzählte, wie viel mehr solche Erscheinungen in diesem Land üblich seien als in England.«

Am nächsten Morgen teilte Lady Honora, die anscheinend noch nicht im Bett gewesen war, Lady Fanshawe mit, dass ein Cousin von ihr gegen zwei Uhr morgens im Haus gestorben sei, und äußerte die Hoffnung, dass Lady Fanshawe keinen Störungen ausgesetzt gewesen sei.

»Wenn jemand aus dieser Familie stirbt«, sagte sie zur Erklärung, »erscheint jede Nacht die Gestalt einer Frau in diesem Fenster, bis sie tot sind.« Sie fügte hinzu, dass es sich bei der Erscheinung um die einer Frau handeln soll, die vor Jahrhunderten vom Schlossherrn verführt und ermordet worden war und deren Leiche unter dem Fenster des Zimmers, in dem Lady Fanshawe geschlafen hatte, vergraben wurde. »Aber, glaube mir«, bemerkte sie entschuldigend, »daran habe ich nicht gedacht, als ich dich hier untergebracht habe.«

Ein weiterer bekannter Fall einer Banshee ist der in Verbindung mit den O'Flahertys aus Galway, auf den Mr McAnnaly in seinem Werk 'Irish Wonders' hinweist.

In den Tagen, in denen in Irland viele Kämpfe zwischen den Clans stattfanden, als die O'Neills regelmäßig zu Kreuzzügen gegen ihre die immer wieder mal zwischen Freund und Feind wechselnden O'Donnells zu Felde zogen und die O'Rourks♣ zu ähnlichen Kreuzzügen gegen die O'Donovans aufbrachen, geschah es, dass eines Nachts das Oberhaupt der O'Flahertys, in einer neuen glänzenden Rüstung und mehr als sonst fröhlich und fit, an der Spitze einer großen Schar von Gefolgsleuten aus seiner Burg marschierte, die wie ihr Anführer gut gelaunt waren und fröhlich redeten und sangen.

[♣ In den Ergänzungen am Ende des Buchs findet man einen Stammbaum, der die Abstammung des Autors von den ='Rourks of Brenfi zeigt]

Sie waren jedoch noch nicht weit gekommen, als eine plötzliche und völlig unerklärliche Stille eintrat – eine Stille, die abrupt durch eine Reihe von qualvollen Schreien unterbrochen wurde, die scheinbar direkt über ihren Köpfen zu hören waren.

Sofort waren alle ernüchtert und blickten natürlich nach oben, in der Erwartung, etwas zu sehen, das die außergewöhnliche und furchterregende Störung erklären würde; doch nichts war zu sehen, nichts als eine weite, wolkenlose Himmelsfläche, unzählige funkelnde Sterne und der Mond, der in seiner ganzen heiteren Herrlichkeit im Zenit erstrahlte.

Doch, obwohl nichts zu sehen war, spürten alle eine ebenso traurige wie unheimliche Präsenz, von der jeder instinktiv wusste, dass es sich um die Banshee handelte – der die O'Flahertys begleitende Geist, der gekommen war, um sie vor einer bevorstehenden Katastrophe zu warnen. In der nächsten Nacht, als der Anführer und seine Gefolgsleute erneut aufbrachen, geschah dasselbe, aber danach ereignete sich etwa einen Monat lang nichts Ähnliches mehr.

Dann hatte die Frau des O'Flaherty während der Abwesenheit ihres Mannes auf einem dieser Streifzüge ein Erlebnis. Sie war eines Abends zu Bett gegangen und wälzte sich unruhig hin und her, denn sie konnte nicht schlafen, als sie plötzlich von einer Reihe schrecklicher Schreie aufgeschreckt wurde, die anscheinend direkt von unter ihrem Fenster kamen und wie die Schreie einer Frau in größter Not oder Schmerz klangen. Sie schaute sich um, aber wie sie instinktiv geahnt hatte, konnte sie niemanden sehen. Da wusste sie, dass sie die Banshee gehört hatte.

Am nächsten Morgen erfüllten sich ihre Vorahnungen nur zu genau. Mit dem Wissen um die Bedeutung der Banshee sah sie eine Kutsche mit einer Bahre in der Mitte, die sich langsam und traurig auf die Burg zubewegte, und es war nicht nötig, ihr zu sagen, dass der Suchtrupp zurückgekehrt war und dass die überlebenden Krieger den leblosen und verstümmelten Körper ihres Mannes mitgebracht hatten.

Die Kenealy-Banshee ist ein weiteres Beispiel für diese äußerst faszinierende und bis heute völlig rätselhafte Art des Spuks. Dr Kenealy, der bekannte irische Dichter und Schriftsteller, wohnte in seinen früheren Jahren in einem wildromantischen und malerischen Teil Irlands.

Unter seinen Brüdern gab es einen, der noch ein Kind war und wegen seines süßen und sanften Wesens von allen geliebt wurde, und es war für die ganze Hausgemeinschaft, ja für die ganze Nachbarschaft, ein großer Kummer, als dieser Junge in ein Siechtum geriet und die Ärzte an seinem Überleben verzweifelten.

Mit der Zeit wurde er immer schwächer, bis schließlich der Moment kam, in dem es offensichtlich war, dass er keine weiteren vierundzwanzig Stunden überleben würde.

Um die Mittagszeit herum wurde das Zimmer, in dem der Kranke lag, von einem Strom von Sonnenlicht durchflutet, der vom wolkenlosen Himmel über ihm durch die Fenster strahlte. Das Wetter war in der Tat so prächtig, dass es fast unglaublich erschien, dass der Tod jetzt so nahe um das Haus schweben konnte. Ein Familienmitglied nach dem anderen schlich sich in die Kammer, um einen letzten Blick auf den kranken Jungen zu werfen, solange er noch lebte.

Als der Arzt eintraf und sich alle leise über den Zustand des armen, ausgezehrten und dem Tod geweihten Kindes unterhielten, hörten sie jemanden singen, der sich offenbar im Garten direkt unter dem Fenster befand. Die Stimme schien die einer Frau zu sein, aber nicht die einer Frau von dieser Welt. Sie war göttlich, sanft und lieblich und mit einem Mitleid und einer Trauer aufgeladen, die kein irdisches Wesen je hätte ausdrücken können; mal laut, mal leise, dauerte sie einige Minuten an und schien dann allmählich zu verklingen, wie das Plätschern einer Welle an einem goldenen, sonnengeküssten Strand oder das Säuseln des Windes, der sich sanft seinen Weg durch ein Feld nach dem anderen mit gelbem, wippendem Korn bahnt.

»Was für eine herrliche Stimme!«, rief einer der Zuhörer aus. »Ich habe noch nie etwas Vergleichbares gehört.«

»Wahrscheinlich nicht«, flüsterte ein anderer, »es ist die Banshee!«

Alle waren so sehr von dem Gesang gefesselt, dass sie erst, als der letzte Ton des klagenden Liedchens ganz verklungen war, gewahr wurden, dass ihr geliebter Patient unbemerkt von ihnen fortgegangen war. In der Tat schien es, als hätte sich die Seele des Jungen mit den letzten flüsternden Tönen des Klagelieds der schönen, mitleidigen Banshee angeschlossen, um von ihr in das Reich des allseits gefürchteten und so unduldsamen Unbekannten begleitet zu werden. Dr. Kenealy hat dieses Ereignis in einem seiner Gedichte festgehalten.

Die Geschichte eines weiteren Spuks durch die freundliche Banshee wird in Kerry erzählt, und zwar im Zusammenhang mit einer bestimmten Familie, die dort lebte. Meiner Informationsquelle zufolge bestand die Familie aus einem Mann (einem Gentleman-Farmer), seiner Frau, ihrem Sohn Terence und einer Tochter namens Norah.

Norah, eine irische Schönheit des dunklen Typs, hatte schwarzes Haar und blaue Augen; sie besaß zahlreiche Verehrer, doch keiner von ihnen gefiel ihr so sehr wie ein gewisser Michael O'Lernahan.

Michael stand zwar bei keinem von Norahs Elternteilen besonders hoch im Kurs, aber Terence mochte ihn, und er galt als reich – reich für diesen Teil Irlands. Dementsprechend wurde er ziemlich offen auf das Anwesen eingeladen, und es wurden ihm keine Steine in den Weg gelegt. Im Gegenteil, er wurde mehr als nur ermutigt.

Endlich machte er ihr, wie schon lange erwartet, einen Antrag, und Norah nahm ihn an; aber kaum hatte sie ihr Jawort gegeben, da hörten beide über ihre Köpfe hinweg ein tiefes, verzweifeltes Wehklagen, wie von einer Frau in der allergrößten Not und Angst. Obwohl sie damals sehr erschrocken waren, weil sie mit Sicherheit dachten, dass die Geräusche von keinem menschlichen Wesen stammten, schien keiner von ihnen das Phänomen als eine Art Warnung betrachtet zu haben, und beide setzten ihr Liebeswerben fort, als ob der Vorfall nie stattgefunden hätte.

Einige Wochen später bemerkte Norah jedoch eine plötzliche Veränderung an ihrem Geliebten: Er war kälter und distanzierter, und wenn er bei ihr war, fand sie ihn immer mit sich selbst beschäftigt.

Schließlich kam es zum Eklat. Eines Abends erschien er nicht im Haus, obwohl er wie üblich erwartet wurde, und da er weder am nächsten Morgen noch an den darauffolgenden Tagen eine Erklärung abgab, stellten die Eltern Nachforschungen an, aus denen hervorging, dass er sich mit einem anderen Mädchen verlobt hatte, das nur wenige Gehminuten von der Farm entfernt war.

Dies erwies sich als zu viel für Norah. Obwohl sie offenbar weder ungewöhnlich empfindlich noch besonders nervös war, wurde sie krank und starb kurz darauf an gebrochenem Herzen. Doch erst in der Nacht vor ihrem Tod stattete die Todesfee ihr einen zweiten Besuch ab.

Sie lag auf einer Couch in der Stube des Farmhauses, und ihre Mutter saß neben ihr, als ein Geräusch zu hören war, das wie das sanfte Schlagen von Blättern gegen die Fensterrahmen klang, und fast unmittelbar danach ertönte ein lauter Gesang, offensichtlich von einer Frau, der von großem Kummer und Mitleid erfüllt war.

»Es ist die Banshee«, flüsterte die Mutter, die sich sofort bekreuzigte und dabei in Tränen ausbrach.

»Die Banshee« wiederholte Norah. »Ich höre nichts als das Klopfen am Fenster und den Wind, der plötzlich stärker geworden zu sein scheint.«

Aber die Mutter gab keine Antwort. Sie saß nur da, das Gesicht in den Händen vergraben, schluchzte bitterlich und murmelte vor sich hin: »Banshee! Banshee!«

Sofort nachdem der Gesang verstummt war, stand die alte Frau auf und trocknete ihre Tränen. Ihre Angst war jedoch nicht verflogen; die ganze Nacht hindurch hörte man sie noch immer ab und zu leise weinen und flüstern: »Das war die Banshee! Banshee!«; und am Morgen verstarb Norah, die plötzlich höchst besorgniserregend krank wurde, bevor ärztliche Hilfe herbeigerufen werden konnte.

Ein ziemlich ungewöhnlicher, dramatischer Fall von Banshee-Spuk wurde mir einmal in Verbindung mit einem Dubliner Zweig des einst mächtigen Clans der McGraths berichtet.

Er ereignete sich in den 50er-Jahren [1850er], und die Familie, bestehend aus einer jungen Witwe und zwei Kindern, Isa und David, bewohnte damals ein altes, verfallenes Haus, keine fünf Minuten Fußweg von Stephen's Green entfernt.

Isa schien der Liebling der Mutter gewesen zu sein. Sie war zweifellos ein sehr hübsches und attraktives Kind. David hingegen erhielt mehr als nur seinen gerechten Anteil an Schelte, möglicherweise aufgrund seiner ausgeprägten

Ähnlichkeit mit seinem Vater, mit dem Mrs McGrath – das war ein offenes Geheimnis – nie gut zurechtgekommen war.

Das kann natürlich wahr sein oder auch nicht. Sicher ist, dass er sehr viel sich selbst überlassen und gezwungen war, sich ganz allein in einem großen, leeren Raum im oberen Teil des Hauses, so gut es ging, zu beschäftigen.

Gelegentlich schaute eines der Dienstmädchen aus Mitgefühl herein, um zu sehen, wie es ihm ging, und brachte ihm ein Spielzeug, das sie von ihren eigenen mageren Ersparnissen gekauft hatte. Das Los der Dienerschaft in jenen Tagen, besonders wenn sie unter einer der so strengen und anspruchsvollen Herrinnen wie Mrs McGrath diente, war nicht gerade rosig.

Hin und wieder steckte Isa, die sich ein teures neues Kleid angezogen hatte, ihren Kopf zur Tür herein, um ihm entweder eine Nachricht von ihrer Mutter zu bringen oder einfach nur »Hallo!« zu rufen.

Sonst sah er niemanden, wenigstens niemanden, der zu dieser Erde gehörte; er sah nur, wie er beteuerte, manchmal seltsam aussehende Leute, die einfach dastanden und ihn anstarrten, ohne zu sprechen, Leute, von denen die Dienerschaft – Mädchen aus Limerick und der Westregion – ihm versicherte, dass sie entweder Feen oder Geister waren.

Eines Tages fand Isa David in großer Aufregung vor. Sie war nach oben geschickt worden, um ihm zu sagen, er solle in sein Schlafzimmer gehen, um sich zurechtzumachen, da er sofort im Salon gebraucht werde.

»Ich habe eine so schöne Frau gesehen♣«, rief er aus, »und sie war kein bisschen böse. Sie kam und stand am Fenster und sah aus, als ob sie mit mir spielen wollte, aber ich traute mich nicht, sie zu fragen. Glaubst du, sie wird wiederkommen?«

[♣ In der Regel wird die Banshee von der Person, deren Tod sie voraussagt, weder gehört noch gesehen. Es gibt jedoch einige besondere Ausnahmen]

»Woher soll ich das wissen? Ich nehme an, du hast wie immer geträumt«, lachte Isa. »Wie war sie denn so?«

»Oh, groß, viel größer als Mutter«, antwortete David, »mit sehr, sehr blauen Augen und einer Art rötlich-goldenem Haar, das nicht ganz auf dem Kopf zusammengebunden war, sondern in Locken auf den Schultern hing. Sie hatte sehr weiße Hände, die vor ihr gefaltet waren, und ein hellgrünes Kleid. Ich habe sie weder kommen noch gehen sehen, aber sie war sehr lange hier, etwa zehn Minuten.«

»Das ist wieder eine deiner Fantasien, David«, lachte Isa wieder. »Aber komm jetzt, beeil dich, sonst wird Mutter böse.«

Wenige Minuten später wurde David, der sehr schüchtern und unbeholfen aussah, im Salon einem Herrn vorgestellt, der, wie man ihm mitteilte, sein zukünftiger Papa war.

David schien von Anfang an eine starke Abneigung gegen ihn empfunden zu haben und sah in dem kommenden Bündnis nichts als Ärger und Elend für sich selbst voraus. Seine Befürchtungen waren nicht unbegründet, denn unmittelbar nach der Heirat wurde er der strengsten Disziplin unterworfen. Morgens und nachmittags musste er intensiv mit seinen Büchern beschäftigen, und jede Langsamkeit oder Unfähigkeit, eine Lektion zu meistern, wurde als Müßiggang betrachtet und entsprechend bestraft. Die Momente, die er in seinem geliebten Kinderzimmer für sich hatte, wurden immer seltener, denn kaum hatte er seine abendlichen Vorbereitungen beendet, bekam er sein Abendessen und wurde ins Bett gebracht.

Die ein oder zwei Bediensteten, die sich mit ihm angefreundet hatten, konnten das neue Regime nicht mehr ertragen, kündigten und gingen, und bald gab es niemanden mehr im Haus, der auch nur das geringste Mitgefühl für den armen einsamen Jungen zeigte. So ging es einige Wochen lang, und dann kam der Tag, an dem er es wirklich für unmöglich hielt, weiterzuleben.

Seit einigen Wochen war er ziemlich niedergeschlagen, und dies, zusammen mit der Tatsache, dass er geistig völlig gebrochen war, machte seine Aufgabe zu lernen, fast unmöglich. Er flehte jedoch vergeblich; seine Bitten wurden nur als Ausreden aufgefasst, und als er in einem unbedachten Moment irgendeine Anspielung auf unfreundliche Behandlung fallen ließ, wurde er von seiner Mutter sofort der Unhöflichkeit beschuldigt und auf ihre Bitte hin kurzerhand gezüchtigt.

Die Belastungsgrenze war erreicht. In dieser Nacht wurde er wie üblich gleich nach dem Abendessen zu Bett geschickt, und Isa, die etwa eine Stunde später zufällig an seinem Zimmer vorbeikam, war sehr erstaunt, ihn scheinbar in ein Gespräch vertieft zu hören. Als sie heimlich zur Tür hereinschaute, um herauszufinden, mit wem er sich unterhielt, sah sie ihn, wie er im Bett saß und sich scheinbar an den Raum oder an die Mondstrahlen wandte, die durch das Fenster direkt auf ihn fielen.

»Was machst du da?«, fragte sie, »und warum schläfst du nicht?«

In dem Moment, in dem sie sprach, schaute er sich um und sagte in einem Ton der größten Enttäuschung:

»Oje, sie ist weg. Du hast sie verscheucht.«

»Verscheucht! Was für ein Unsinn!«, rief Isa aus. »Leg dich sofort hin, oder ich gehe und hole Mama.«

»Es war meine grüne Dame«, fuhr David atemlos fort, viel zu aufgeregt, um sich über Isas Drohung ernsthaft Gedanken zu machen. »Meine grüne Dame, und sie hat mir gesagt, dass ich nicht mehr

30

einsam sein soll, dass sie mich heute Abend abholen kommt.«

Isa lachte und sagte ihm, er solle nicht so albern sein, sondern sofort schlafen gehen, woraufhin sie sich schnell zurückzog und nach unten zu ihren Eltern in den Salon ging.

In dieser Nacht, gegen zwölf Uhr, wurde Isa durch lauten, klagenden Gesang einer Frauenstimme geweckt, der offenbar aus dem Flur kam. Erschrocken stand sie auf, und als sie die Tür öffnete, sah sie ihre Eltern und die Dienerschaft, alle im Nachthemd, auf dem Treppenabsatz zusammengekauert und lauschend.

»Das ist sicher die Banshee«, flüsterte der Koch schließlich. »Ich hörte meinen Vater darüber sprechen, als ich noch ein Kind war. Sie singt, sagt er, schöner als jede große Dame, aber traurig und nur vor einem Tod.«

»Vor einem Tod«, stammelte Isas Mutter. »Aber wer wird denn hier sterben? Wir sind doch alle gesund und munter.« Während sie sprach, verstummte der Gesang, es trat eine abrupte Stille ein, und alle zogen sich langsam in ihre Zimmer zurück.

Während der Nacht war nichts weiter zu hören, aber am Morgen, als es Zeit für das Frühstück war, fehlte David. Es erhob sich ein Geschrei und ein Rufen und es fand eine gründliche Suche statt; schließlich entdeckte man ihn ertrunken in einem Wasserspeicher auf dem Dach.

III. Die bösartige Banshee

Die Banshees, die im letzten Kapitel behandelt wurden, können alle als sympathische oder freundliche Banshees bezeichnet werden. Ich werde dem Leser nun einige ebenso authentische Berichte über böswillige oder unfreundliche Banshees präsentieren.

Zuvor möchte ich jedoch die Aufmerksamkeit auf die Tatsache lenken, dass einmal, als ich vor der Irish Literary Society am Hanover Square [in London, gegründet 1892] einen Vortrag über Banshees hielt, eine Dame auf meine Bemerkung hin, dass nicht alle Banshees gleich seien, aufstand und versuchte, zu beweisen, dass ich falschliege, und zwar unter der Annahme, dass alle Banshees traurig und schön sein müssten, weil die Banshee in ihrer Familie zufällig traurig und schön sei – ein Argument, wenn man es denn als Argument bezeichnen kann – und, obwohl es ziemlich verbreitet ist, natürlich nicht ernst zu nehmen ist.

Darüber hinaus gibt es, wie ich bereits erwähnt habe, zahlreiche Beweise dafür, dass es viele und unterschiedliche Arten von Banshees gibt und dass keine zwei von ihnen genau gleich zu sein scheinen oder auf genau dieselbe Weise handeln.

Laut Mr McAnnaly ist die bösartige Banshee immer 'eine schreckliche Hexe mit hässlichen, entstellten Zügen. Unheil verkündende Worte stehen in jeder Zeile ihres faltigen Gesichts geschrieben, und ihre ausgestreckten Arme rufen Flüche auf das verdammte Mitglied des verhassten Geschlechts herab.'

Auch andere Autoren scheinen mehr oder weniger der Vorstellung Vorschub zu leisten, dass alle bösartigen Banshees in eine Schublade gesteckt werden, und alle schönen Banshees in eine andere, während ich aus eigener Erfahrung sagen muss, dass Banshees, ob gut oder böse, genauso individuell sind wie jedes Mitglied der Familie, die sie heimsuchen.

Es wird von einer bestimmten alten Mayo-Familie berichtet [Mayo – irisch 'Maigh Eo', ein County im Westen Irlands], dass ein Anführer dieses Geschlechts einst mit einem sehr schönen Mädchen geschlafen hat, das er betrog und anschließend ermordete. Mit ihrem letzten Atemzug verfluchte das Mädchen ihren Mörder und schwor, sie würde ihn und die Seinen für immer verfolgen.

Die Jahre vergingen, der grausame Betrüger heiratete, und nach dem Ableben all derer, die ihn in seiner Jugend gekannt hatten, galt er als Musterbeispiel für absolute Anständigkeit und Rechtschaffenheit.

So saß er also eines Abends vor einem großen, lodernden Feuer im Saal seines Schlosses, äußerlich glücklich und von seinen Söhnen und Töchtern umgeben, als ein lauter Jubelschrei ertönte, der, wie es schien, von jemandem kam, der auf dem Weg nahe der Schlossmauern stand.

Alle eilten hinaus, um zu sehen, wer es war, aber es war niemand da, und das Gelände war, soweit das Auge reichte, völlig verwaist.

Später jedoch, einige Zeit, nachdem sich die Hausgemeinschaft zur Ruhe begeben hatte, kam es zu derselben dämonischen Ruhestörung; ein wildes, bösartiges Gelächter nach dem anderen ertönte, gefolgt von einem unharmonischen Stöhnen und Schreien.

Diesmal begleitete der alte Hausherr den Rest der Familie nicht bei der Suche nach dem Verursacher der Unruhen. Möglicherweise glaubte er, in dem unharmonischen Stöhnen und Schreien die Stimme des ermordeten Mädchens zu erkennen, und möglicherweise nahm er die Erscheinung als Todeswarnung an und war nicht überrascht, als man ihm am nächsten Tag im Freien aufgelauert hatte und er von einem seiner Gefolgsleute brutal zu Tode gebracht wurde.

Es ist wohl überflüssig zu erwähnen, dass der Spuk dieser Banshee immer noch andauert und dass die gleichen Phänomene in jeder Generation der Familie mindestens einmal auftreten, bevor eines ihrer Mitglieder stirbt.

Erfreulicherweise geht der Spuk nun aber nicht unbedingt einem gewaltsamen Tod voraus und unterscheidet sich in dieser Hinsicht – wenn auch nur in dieser – vom Original.

Als ich das letzte Mal in Irland war, erfuhr ich von einem weiteren Spuk durch dieselbe Banshee-Art. Ich besuchte zufällig eine Verwandte von mir, die zu diesem Zeitpunkt in Black Rock wohnte, und von ihr erfuhr ich das Folgende, das nun zum ersten Mal im Druck erscheint.

Um die Mitte des letzten Jahrhunderts, als meine Verwandte im Teenageralter war, lebten einige Freunde von ihr, die O'D.'s, in einem großen, altmodischen Landhaus irgendwo zwischen Ballinanty und Hospital in der Grafschaft Limerick.

Die Familie bestand aus Mr O'D., der in seiner Jugend einige Zeit in Indien gewesen war und sich jetzt sehr zurückgezogen lebte, obwohl er in der Gegend wegen seiner extremen Frömmigkeit und Gutherzigkeit sehr geschätzt wurde. Dann noch Mrs O'D., die trotz ihres grauen Haares und ihres faltigen Gesichts noch immer Spuren eines mehr als gewöhnlichen guten Aussehens bewahrte, sowie Wilfred, einem gut aussehenden, aber entschieden zu eigensinnigen jungen Mann zwischen fünfundzwanzig und dreißig, und Ellen, einem blauäugigen, goldhaarigen Mädchen vom wahrem milesianischem Typ irischer Schönheit.

Meine Verwandte war mit der ganzen Familie, vor allem aber mit den beiden Jüngeren, auf das Engste verbunden, und es wurde allgemein erwartet, dass sie und Wilfred zu dem kommen würden, was man gemeinhin als 'Ehestand' bezeichnet. Tatsächlich ereignete sich das erste der geisterhaften Ereignisse, das sie im Zusammenhang mit den O'D.'s erlebte, genau an dem Tag, an dem Wilfred den lang erwarteten Schritt wagte und ihr einen Antrag machte.

Es ergab sich, dass meine Verwandte eines Nachmittags mit Ellen und Wilfred spazieren ging, als Letzterer – die plötzliche Lust seiner Schwester ausnutzend, vorauszugehen, um nach Heckenrosen zu suchen – leidenschaftlich seine Liebe erklärte, und anscheinend nicht vergebens.

In mehr oder weniger gehobener Stimmung – meine Verwandte hatte Ellen natürlich in das Geheimnis eingeweiht – ging das Trio dann gemeinsam nach Hause, und als sie durch ein großes hölzernes Tor in den Garten hinter dem Haus der O'D's gingen, sahen sie eine große, schmächtige Frau, die mit dem Rücken zu ihnen stand und wütend herumgrub.

»Hallo«, rief Wilfred, »wer ist das?«

»Ich weiß es nicht«, antwortete Ellen. »Es ist sicher nicht Mary« (Mary war die alte Köchin, die sich, wie viele der Bediensteten jener Zeit, nicht auf die Kochkunst beschränkte, sondern auch alle möglichen Gelegenheitsarbeiten verrichtete), »und auch niemand von der Farm. Aber was in aller Welt denkt sie, was sie da tut? Hey, da!«, und Ellen erhob ihre natürlich süße und musikalische Stimme und stieß einen kleinen Schrei aus.

Die Frau drehte sich augenblicklich um, und das Trio bekam einen ziemlich heftigen Schock. Das

Licht schwand, denn es war schon spät am Nachmittag, aber das Wenige, das noch vorhanden war, schien sich ganz auf das Gesicht vor ihnen zu konzentrieren und ließ es leuchtend erscheinen.

Es war ein breites Gesicht mit stark ausgeprägten Wangenknochen; ein großer Mund, dessen dünne Lippen zu einem furchtbaren und spöttischen Grinsen verzogen waren, und sehr blasse, schräg gestellte Augen, die böse glühten, als sie den Blicken der drei nun entsetzten Zuschauern begegneten.

Einige Sekunden lang stand das bösartig aussehende Wesen totenstill da und schien sich über die Aufregung, die ihr Erscheinen hervorgerufen hatte, zu freuen. Dann schulterte sie plötzlich ihren Spaten und ging langsam davon, wobei sie sich immer wieder umdrehte, um ihnen denselben bösartigen, schadenfrohen Blick zuzuwerfen, bis sie zu der Hecke kam, die den Garten von einem längst stillgelegten Steinbruch trennte, als sie plötzlich in der nun sehr schummrigen Dämmerung zu verschwinden schien.

Einige Augenblicke lang sprach niemand und rührte sich nicht, sondern starrte ihr wie gelähmt nach. Wilfred war der Erste, der das Schweigen brach.

»Was für eine schrecklich aussehende Hexe«, rief er aus. »Wo ist sie denn hin?«

Ellen stieß einen Pfiff aus. »Frag jemand anders«, sagte sie. »Sie kann nirgends hingehen, außer in den

Steinbruch, und ich kann nur hoffen, dass sie mit einem gebrochenen Genick auf dem Grund liegt, denn ich möchte sie nie wieder sehen. Aber kommt, lasst uns weitergehen, mir ist kalt.«

Sie machten sich auf den Weg, waren aber nur wenige Meter weit gekommen, als aus der Richtung des Steinbruchs ein so spöttisches und bösartiges Gelächter ertönte, dass alle drei unwillkürlich ihre Schritte beschleunigten und gleichzeitig nicht mehr sprachen, bis sie das Haus erreicht hatten, das sie eilig betraten und die Tür hinter sich fest verschlossen. Dann gingen sie direkt zu Mr O'D. und fragten ihn, wer die alte Frau sei, die sie gerade gesehen hatten.

»Wie sah sie denn aus?«, fragte er. »Ich habe niemandem außer Mary erlaubt, in den Garten zu gehen.«

»Das war bestimmt nicht Mary«, antwortete Ellen sofort. »Es war eine grässliche alte Schachtel, die wie wild um sich grub. Als wir uns näherten, ließ sie von uns ab und warf uns den teuflischsten Blick zu, den ich je gesehen habe.

Dann ging sie weg und schien in der Hecke am Steinbruch zu verschwinden. Danach hörten wir sie das schrecklichste und böseste Lachen von sich geben, das man sich vorstellen kann. Wer ist sie?«

»Ich weiß es nicht«, antwortete Mr O'D., der ungewöhnlich blass aussah. »Es ist niemand, den ich kenne. Sehr wahrscheinlich war sie eine

Landstreicherin oder Zigeunerin. Wir müssen darauf achten, dass alle Türen verschlossen bleiben. Was auch immer du tust, erwähne kein Wort über sie gegenüber deiner Mutter oder Mary – sie sind beide nervös und sehr leicht zu erschrecken.«

Alle drei gaben ihr Versprechen ab, und man ließ die Sache auf sich beruhen; aber meine Verwandte, die nach Hause zurückkehrte, bevor es ganz dunkel wurde, erfuhr später, dass in dieser Nacht, einige Zeit, nachdem sich alle im Hausstand der O'D's zur Ruhe begeben hatten, immer wieder dasselbe infernalische Spottgelächter zu hören war, direkt unter den Fenstern, zuerst auf der Vorderseite des Hauses, dann auf der Rückseite.

Am nächsten Morgen kam die Nachricht, dass das Unternehmen, in das Mr O'D. den größten Teil seines Geldes investiert hatte, pleite gegangen war und die Familie praktisch mittellos war.

Das Haus drohte nun verkauft zu werden, und viele glaubten, dass Ellen nur deshalb die Aufmerksamkeit eines sehr vulgären Emporkömmlings (ein Engländer) in Limerick annahm und ihn schließlich heiratete, um diese Katastrophe abzuwenden und ihren Eltern ein Dach über dem Kopf zu ermöglichen.

Wo aber keine Liebe ist, gibt es kein Glück, und wo nicht einmal 'mögen' ist, gibt es sehr oft Hass; und in Ellens Fall gab es ohne jeden Zweifel Hass. Von Anfang an war sie kaum in der Lage, ihren Mann zu ertragen.

Seine Lieblingslist war es, ihr in der Öffentlichkeit seine Liebe zu zeigen und sie fast im selben Atemzug – ebenfalls in der Öffentlichkeit – – zu schikanieren.

Schlussendlich begann sie, ihn zu verabscheuen, und schließlich, unfähig, seine verhasste Anwesenheit länger zu ertragen, brannte sie mit einem Offizier durch, der in der Nähe stationiert war.

In der Nacht, bevor Ellen diesen Schritt unternahm, hörten meine Verwandte und Wilfred (Letzterer begleitete seine Verlobte nach einem angenehmen Abend in ihrer Gesellschaft nach Hause) erneut das bösartige Gelächter, das sie (obwohl sie niemanden sehen konnten) über eine gewisse Strecke durch die mondbeschienenen Gassen und über die gemeinsame Straße verfolgte, die zu dem Ort führte, an dem meine Verwandte wohnte.

Danach war das Lachen zwei Jahre lang nicht mehr zu hören, aber am Ende dieses Zeitraums hatte meine Verwandte eine weitere Erfahrung mit diesem Phänomen.

Sie verbrachte den Abend wieder bei den O'D.'s, und bei dieser Gelegenheit besprach sie mit Mr und Mrs O'D. die Ankunft von Wilfred, der in den nächsten Tagen von den Westindischen Inseln nach Hause kommen sollte.

Meine Verwandte war natürlich sehr interessiert, denn es war vereinbart worden, dass sie und Wilfred so bald wie möglich nach seiner Ankunft in Irland heiraten sollten.

Sie waren alle drei – Mr und Mrs O'D. und meine Verwandte – in ein angeregtes Gespräch vertieft (die alten Leute waren unerwartet zu etwas Geld gekommen, und auch das hatte erheblich zu ihrer Fröhlichkeit beigetragen), als Mrs O'D. meinte, jemanden aus dem Garten rufen zu hören. Sie stand auf und ging zum Fenster.

»Harry«, rief sie aus, immer noch den Blick nach draußen gerichtet und offenbar unfähig, ihn abzuwenden, »komm doch. Da ist die schrecklichste alte Frau im Garten und starrt mich an. Schnell, ihr beiden. Sie ist ganz furchtbar, sie macht mir Angst.«

Meine Verwandte und Mr O'D. sprangen sofort auf und eilten zu ihr. Dort sahen sie, wie ein Gesicht zu ihnen aufblickte, dessen Blässe seiner Wangen durch einen verirrten Mondstrahl, der sich nur auf es zu konzentrieren schien, noch verstärkt wurde.

Meine Verwandte erkannte es sofort als das der Frau, die sie vor zwei Jahren beim Graben im Garten gesehen hatte.

Auch die alte Hexe schien sich an meine Verwandte zu erinnern, denn als sich ihre Blicke trafen, schlich sich ein Schimmer des Erkennens in ihre hellen Augen und wich einen Moment später einem Ausdruck von so teuflischem Hass, dass meine Verwandte unwillkürlich Mr O'D. zum Schutz festhielt. Als das Wesen dies bemerkte, grinste es furchtbar, zog sich etwas wie einen Schal oder eine Kapuze über den Kopf und verschwand mit einer Art gleitender Bewegung um eine Ecke der Wand.

Mr O'D. ging sofort in den Garten hinaus, kehrte aber nach einigen Minuten zurück und erklärte, dass er, obwohl er in allen Richtungen gesucht hatte, nirgends eine Spur der unheimlich aussehenden Besucherin entdecken konnte.

Er hatte jedoch kaum zu Ende gesprochen, als aus der Nähe des Hauses mehrere Töne des höllischsten Gelächters erschallten, die in einem lauten, lang anhaltenden Schrei endeten, der unverkennbar unheilvoll und bedrohlich war.

»Oh, Harry«, rief Mrs O'D. aus, die kurz vor der Ohnmacht stand, »was hat das zu bedeuten? Das war sicher keine lebende Frau.«

»Nein«, antwortete Mr O'D. langsam, »es war die Banshee. Ihr müsst wissen, dass die Banshee der O'Ds aus irgendeinem Grund einen unausrottbaren Hass auf meine Familie hat, und wir müssen uns wieder auf eine böse Nachricht gefasst machen.«

»Aber«, fuhr er fort und beruhigte seine Stimme mühsam, »mit Gottes Gnade müssen wir uns dem stellen, denn was auch immer geschieht, es ist sein göttlicher Wille.«

Einige Tage später war meine Verwandte, wie man sich vorstellen kann, zutiefst erschüttert, als sie erfuhr, dass man Mr O'D. die Nachricht vom Tod Wilfreds übermittelt hatte.

Er war, wie es schien, an Fieber erkrankt, das er sich bei einem seiner Mitreisenden eingefangen haben soll, und war genau an dem Tag gestorben, an dem er hätte an Land gehen sollen, also genau an dem Tag (wie sich später durch einen Vergleich der Daten herausstellte), an dem seine Eltern und seine Verlobtc gemeinsam die Banshee gehört und gesehen hatten.

Bald nach diesem unglücklichen Ereignis verließ meine Verwandte die Gegend und zog zu Freunden in der Nähe von Dublin, und obwohl sie von Zeit zu Zeit mit den O'D.'s korrespondierte, hörte sie nie wieder etwas von ihrer Banshee.

Dieselbe Verwandte von mir, die ich jetzt Miss S ___ nennen werde (sie hat nie geheiratet), war mit zwei alten Damen namens O'Rorke bekannt, die vor vielen Jahren in einem Doppelhaus in der Nähe der Lower Merrion Street wohnten. Miss S ___ wusste nicht, zu welchem Zweig der O'Rorkes sie gehörten, denn sie waren sehr zurückhaltend, was ihre Familiengeschichte betraf, aber sie glaubte, dass sie ursprünglich aus dem Südwesten stammten und mit einigen ihrer eigenen Leute in entfernter Verbindung standen.

Was ihr Haus anbelangt, so gab es gewiss etwas Besonderes, denn darin befand sich ein Zimmer, das stets verschlossen blieb, und in Verbindung mit diesem Zimmer, so hieß es, existiere ein Geheimnis der furchterregendsten und grauenhaftesten Art.

Meiner Verwandten lag es oft auf der Zunge, dieses Zimmer zu erwähnen, um zu sehen, welche Wirkung es auf die beiden alten Damen haben würde, aber sie konnte nie den Mut aufbringen, dies zu tun. Eines Nachmittags jedoch, als sie die beiden besuchte, wurde das Thema auf sehr verblüffende Weise zur Sprache gebracht.

Die ältere der beiden Schwestern, Miss Georgina, die das Wort am Teetisch führte, hatte Miss S ___ gerade eine Tasse Tee gereicht und wollte sich selbst eine weitere einschenken, als eine der Bediensteten mit schief sitzender Mütze und hervorquellenden Augen ins Zimmer stürzte.

»Großer Gott!«, rief Miss Georgina aus, »was ist denn los, Bridget?«

»Was los ist!«, erwiderte Bridget in einem irischen Akzent, den ich nicht nachzuahmen versuche. »Jemand ist in das Zimmer eingedrungen, das Sie immer abschließen, und macht einen Höllenlärm, der alle Heiligen im Himmel aufwecken würde. Norah (Norah war die Köchin) und ich haben es beide gehört – ein Stöhnen, ein Glucksen und ein Kratzen, als ob die Kreatur die Bretter herausreißt und alle Möbel kaputt macht, und die ganze Zeit jammert und lacht sie.«

»Um Himmels willen, meine Damen, kommen Sie und hören es selbst. Ein solches Treiben! Ochone! Ochone!« [irisch-schottischer Ausruf des Bedauerns und des Schmerzes, vom gälischen 'Ochóin']

»Beide Damen«, sagte Miss S ___, »wurden totenbleich, und Miss Harriet, die jüngere Schwester, war den Tränen nahe.«

»Wo ist die Köchin?«, sagte Miss Georgina, die bei Weitem die geistig stärkere der beiden war, plötzlich an Bridget gewandt. »Wenn sie oben ist, sag ihr, sie soll sofort herunterkommen. Miss Harriet und ich werden nachsehen, was das für ein Lärm ist, über den ihr euch oben beschwert. Es gibt wirklich keinen Grund, so viel Unruhe zu stiften« – hier nahm sie eine äußerst strenge Haltung ein – »es sind sicher entweder Mäuse oder Ratten.«

»Mäuse oder Ratten!«, erwiderte Bridget. »Mir täten die Mäuse und Ratten leid, die so einen Lärm machen. Das ist bestimmt ein böser Geist, und Norah ist derselben Meinung«, und mit diesen Worten schlug sie die Tür hinter sich zu.

Die Schwestern baten darum, für ein paar Minuten entschuldigt zu werden, verließen den Raum und kehrten kurz darauf zurück, wobei sie furchtbar blass und verstört aussahen.

»Ich bin sicher, dass Sie das alles sehr seltsam finden«, bemerkte Miss Georgina so unbekümmert wie möglich, »und ich denke, wir schulden Ihnen eine Erklärung, aber ich muss Sie bitten, kein Wort von dem, was wir Ihnen sagen, an jemand anderen weiterzugeben.«

Miss S ___ versprach, dies nicht zu tun, und setzte sich dann, um zuzuhören.

»Wir haben in unserer Familie«, begann Miss O'Rorke, »ein höchst unangenehmes Anhängsel, mit anderen Worten, eine höchst unangenehme Banshee.

Da Sie Irin sind, werden Sie natürlich nicht, wie viele Engländer, über das lachen, was ich sage. Sie wissen vielleicht so gut wie ich, dass viele der wirklich alten irischen Familien Banshees besitzen.«

Miss S ___ nickte. »Wir haben selbst eine«, bemerkte sie, »aber fahren Sie bitte fort. Ich bin sehr interessiert.«

»Nun, im Gegensatz zu den meisten Banshees«, fuhr Miss Georgina fort, »ist unsere entsetzlich hässlich und bösartig; in der Tat so furchtbar, dass ihr Anblick manchmal sogar tödlich ist.«

»Einer unserer Urgroßonkel zum Beispiel, dem sie einmal erschien, soll an einem Schock gestorben sein; ein ähnliches Schicksal ereilte einen anderen unserer Vorfahren, der sie ebenfalls sah.«

»Glücklicherweise scheint lediglich ein alter goldener Ring eine starke Anziehungskraft auf sie auszuüben, der sich seit Urzeiten im Besitz der

Familie befindet. Beide Vorfahren, die ich erwähnt habe, sollen diesen Ring getragen haben, als die Todesfee ihnen erschien, und es heißt, dass sie ihre Erscheinungen strikt auf die unmittelbare Nähe dieses Gegenstandes beschränkt.«

Aus diesem Grund haben unsere Eltern den Ring immer streng isoliert in einem verschlossenen Raum aufbewahrt, dessen Schlüssel sie keinen Augenblick aus den Händen gegeben haben. Und wir sind ihrem Beispiel strikt gefolgt. Das ist die Erklärung für das Geheimnis, von dem Sie zweifellos gehört haben, denn ich glaube, es ist – dank der Dienerschaft – zum Klatsch und Tratsch in halb Dublin geworden."

»Und das Geräusch, von dem Bridget sprach«, wagte Miss S --- etwas zaghaft zu bemerken, »war das die Banshee?«

Miss Georgina nickte.

»Ich fürchte, das war sie«, bemerkte sie feierlich, »und wir werden bald vom Tod eines Verwandten oder einer schweren Katastrophe eines Familienmitglieds hören; wahrscheinlich liegt ein Vetter von uns in der Grafschaft Galway, der seit einigen Wochen krank ist, im Sterben.«

Sie hatte zum Teil recht, wenn auch die letzte Vermutung nicht zutraf. Innerhalb weniger Tage nach dem Besuch der Banshee starb ein Mitglied der Familie, aber es war nicht die kranke Cousine, sondern Miss Georginas eigene Schwester Harriet!

IV. Die Banshee außerhalb Irlands

Wie ich bereits in einem früheren Kapitel [Seite 10] bemerkt habe, hört man von der Banshee heute häufiger im Ausland als in Irland. Sie verfolgt das Schicksal der echten alten milesianischen Iren – die echten O und Mc, nicht die verfälschten O'Walters oder O'Cassons – überall hin, sogar zu den Polen.

Lady Wilde zitiert in ihren 'Ancient Legends, Mystic Charms and Superstitions of Ireland' [Alte Legenden, mystischer Zauber und Aberglaube in Irland] den Fall eines Banshee-Spuks, den ein Zweig des Clans O'Grady erlebte, der sich in Kanada niedergelassen hatte.

Der Ort, den seine Familie als Wohnsitz gewählt hatte, war ungewöhnlich wild und weit abgelegen. Eines Nachts um zwei Uhr, als alle im Bett lagen, wurden sie durch einen lauten Schrei geweckt, der offenbar von außerhalb des Hauses kam. Es wurde nichts Verständliches geäußert, nur ein Geräusch, das auf die größte Bitterkeit und den größten Kummer hindeutete, wie man es sich bei einer Frau vorstellen kann, aber nur, wenn sie sich in einem Seelenschmerz befindet, der das menschliche Fassungsvermögen fast übersteigt.

Die Wirkung, die er hervorrief, war unglaublich erschreckend, und alle schienen instinktiv zu spüren, dass die Quelle, von der er ausging, nicht von dieser Welt war und ganz und gar ins Unbekannte gehörte. Aus den Aussagen von Lady Wilde können wir jedoch schließen, dass eine gründliche Durchsuchung der Räumlichkeiten vorgenommen wurde, die erwartungsgemäß zum völligen Scheitern der Suche nach einer physischen Ursache führte, die den Schrei in irgendeiner Weise erklären könnte.

Am folgenden Tag gingen der Hausherr und sein ältester Sohn auf einem See in der Nähe des Hauses Boot fahren und kehrten, obwohl sie dies vorhatten, nicht zum Abendessen zurück.

Verschiedene Familienmitglieder wurden ausgeschickt, um nach ihnen zu suchen, aber nirgends war eine Spur von ihnen zu sehen, und das Rätsel, was mit ihnen geschehen war, wurde nicht gelöst, bis um zwei Uhr nachts, als genau vierundzwanzig Stunden nach dem Schrei einige der Suchenden zurückkehrten und die nassen, zerlumpten und leblosen Körper von Vater und Sohn bei sich hatten.

Da ertönte erneut der unheimliche und unheilvolle Laut, der sie in der vorangegangenen Nacht so erschreckt hatte, und die leidgeprüfte Familie – das heißt, diejenigen, die von ihr übrig geblieben waren – war sich nun einig, dass die Todesfee sie tatsächlich besucht hatte, und erinnerten sich daran, dass ihr geliebter Vater, den sie gerade verloren hatten, oft von der Todesfee gesprochen hatte, die ihren Zweig des Clans seit unzähligen Generationen heimgesucht hatte.

Ein weiterer Fall von Banshee-Spuk, an den ich mich erinnere, bezieht sich auf einen Zweig der südlichen O'Neills, der sich vor vielen Jahren in Italien niederließ. Er wurde mir in Paris von einer Mrs Dempsey erzählt, die mir versicherte, Augenzeugin der Phänomene gewesen zu sein, und ich gebe ihn nun zum ersten Mal gedruckt wieder.

Als Mrs Dempsey einmal in einem Hotel in Norditalien weilte, bemerkte sie unter den Gästen einen älteren Mann, dessen sehr markante Gesichtszüge mit einem sehr traurigen Ausdruck schnell ihre Aufmerksamkeit erregte. Sie beobachtete, dass er sich völlig von seinen Mitgästen fernhielt und sich jeden Abend nach dem Abendessen aus dem Salon zurückzog, sobald der Kaffee herumgereicht worden war und nach draußen auf die Veranda ging, von wo aus er das Ufer der Adria betrachtete.

Sie erkundigte sich nach seinem Namen und seiner Geschichte und erfuhr, dass es sich um den Grafen Fernando Asioli handelte, einen wohlhabenden Florentiner Bürger, der, nachdem er erst kürzlich seine Frau verloren hatte, der er treu ergeben war, natürlich nicht an der allgemeinen Unterhaltung teilnehmen wollte.

Als Mrs Dempsey dies hörte, war sie mehr denn je interessiert. Es war noch nicht lange her, dass auch sie ihren Gatten verloren hatte, dem sie sehr zugetan war, und als sie den Grafen eines Abends wie üblich auf die Veranda gehen sah, beschloss sie, ihm zu folgen und zu versuchen, wenn möglich mit ihm ins Gespräch zu kommen.

Mit diesem Ziel vor Augen wollte sie gerade die Schwelle der Veranda überschreiten, als sie zu ihrem Erstaunen feststellte, dass der Graf nicht allein dort war. An seiner Seite stand ein großes, schlankes Mädchen, das eine Hand zärtlich auf seine Schulter gelegt hatte und dessen prächtiges rotgoldenes Haar bis zur Taille reichte. Sie trug ein smaragdgrünes Kleid aus einem sehr hauchdünnen Stoff, aber ihre Arme und Füße waren nackt und hoben sich im sanften Glanz der Mondstrahlen so deutlich ab, dass Mrs Dempsey, die Künstlerin war und auf dem Kontinent studiert hatte, mit Erregung feststellte, dass sie in ihrer Schönheit jeder griechischen oder florentinischen Skulptur gleichkamen, vielleicht sogar übertraf.

Völlig verwirrt, wer diese seltsam gekleidete Besucherin sein könnte, die mit dem Grafen so gut befreundet war, blieb Mrs Dempsey ein oder zwei Sekunden lang stehen und beobachtete sie, und dann zog sie sich zurück, aus Angst, die Aufmerksamkeit des Grafen zu erregen und so scheinbar beim Spionieren erwischt zu werden.

Als sie jedoch wieder in den Salon zurückkehrte, erkundigte sie sich etwas empört bei einer Dame, die bei den Mahlzeiten gewöhnlich neben ihr saß, nach der Identität des Mädchens, das sie soeben neben dem, wie es hieß, herzkranken Grafen in einer so innigen Haltung hatte stehen sehen.

»Eine Frau mit dem Grafen!«, war die Antwort. »Sicherlich nicht! Wer kann sie sein, und wie sah sie aus?«

Mrs Dempsey beschrieb die Fremde ausführlich, aber die Dame in ihrer Gesellschaft schüttelte den Kopf und konnte nur vermuten, dass es sich um einen Neuankömmling handelte, um einen Gast, der im Hotel angekommen war und auf die Veranda gegangen war, während sie zu Abend aßen. Sie fühlte sich jedoch ein wenig neugierig und ging zur Veranda, kehrte aber nach kurzer Zeit zurück und sah etwas verwirrt aus.

»Sie müssen sich geirrt haben«, flüsterte sie, »es ist niemand bei Graf Asioli, und wenn jemand weggegangen wäre, hätten wir ihn sehen müssen.«

»Ich bin mir ganz sicher, dass ich dort eine Frau gesehen habe«, antwortete Mrs Dempsey, »und zwar erst vor ein oder zwei Minuten; sie muss irgendwie entkommen sein, obwohl es anscheinend keinen anderen Weg als durch dieses Zimmer gibt.«

In diesem Augenblick betrat der Graf das Zimmer und nahm neben ihnen Platz, und das Thema musste natürlich fallengelassen werden. In der nächsten Nacht wiederholten sich jedoch die Ereignisse. Mrs Dempsey folgte dem Grafen auf die Veranda, sah dort das grün gekleidete Mädchen mit der Hand auf seiner Schulter stehen, kam zurück und erzählte es ihrer Tischnachbarin, die, als sie auf die Veranda eilte, um nachzusehen, erneut zurückkehrte und erklärte, der Graf sei allein.

Daraufhin kam es zu einer kleinen Auseinandersetzung zwischen den beiden Damen, wobei die eine erklärte, dass es sich um eine optische

Täuschung der anderen handele und die andere nachdrücklich an ihrer Geschichte festhielt, dass sie das von ihr beschriebene Mädchen tatsächlich gesehen habe.

Sie trennten sich, beide ein wenig verärgert, obwohl keiner es zugeben wollte, und am folgenden Abend holte Mrs Dempsey, sobald sie den Grafen auf die Veranda gehen sah, ihre Bekanntschaft.

»Nun«, sagte sie, »kommen Sie mit mir und sehen es sich selbst an.«

Die beiden Damen begaben sich auf die Veranda und öffneten vorsichtig die Tür, um einen Blick hineinzuwerfen.

»Da ist sie«, flüsterte Mrs Dempsey, »sie steht genau in der gleichen Position.«

Der Klang ihrer Stimme, die so leise war, dass sie selbst von der neben ihr stehenden Dame kaum gehört werden konnte, schien sowohl die Aufmerksamkeit des Mädchens als auch die des Grafen zu erregen, denn sie drehten sich gleichzeitig um.

Jetzt sah Mrs Dempsey, deren Blick nur auf das Mädchen gerichtet war, ein Gesicht von fast unbeschreiblicher Schönheit – mit fein gemeißelten, aber keineswegs kalten, klassischen Zügen, langen Augen von wunderbarem Blau, einer glatten, breiten Stirn und einem zart und fein geformten Mund; es war das Gesicht eines jungen Mädchens, kaum aus dem Teenageralter heraus, und es war erfüllt von einem Ausdruck unendlicher Trauer und Zuneigung.

Mrs Dempsey war so verzaubert, dass sie, um ihre eigenen Worte zu zitieren, 'in sprachloser Ehrfurcht und Verwunderung dastand' und vielleicht immer noch dastünde, wenn sie nicht die Stimme des Grafen auf die Erde zurückgerufen hätte.

»Ich hoffe, meine Damen«, sagte er, »dass Sie an meiner Erscheinung heute Abend nichts ungewöhnlich Beunruhigendes finden, denn ich scheine zweifellos das Objekt Ihrer Besorgnis zu sein. Darf ich fragen, warum?«

Obwohl er sehr höflich sprach, konnte selbst der Dümmste erkennen, dass er mehr als nur ein wenig verärgert war. Mrs Dempsey beeilte sich daher, ihm zu antworten.

»Es sind nicht Sie«, stammelte sie, »es ist die Dame – die Dame, die Sie bei sich haben. Ich dachte, ich würde sie kennen.«

»Die Dame, die ich bei mir habe«, sagte der Graf vollkommen überrascht. »Erklären Sie mir bitte, was Sie meinen?«

»Nun, die Dame ...«, begann Mrs Dempsey, dann blickte sie sich um.

Der Graf stand vor ihr – aber er war ganz allein. Auf der Veranda war weder ein Mädchen in Grün zu sehen, noch irgendeine andere Person, außer ihnen selbst, und direkt unterhalb, in einer Entfernung von mindestens dreißig Fuß, schimmerten der weiße Kies der stillen und verlassenen – vollkommen verlassenen – Küste.

»Sie ist weg«, rief Mrs Dempsey, »aber ich bin mir sicher, dass ich sie gesehen habe – eine Dame in Grün, die neben Ihnen stand.«

Da spürte sie zum ersten Mal Angst und zitterte.

Der Graf, der sie sehr genau beobachtet hatte, ging nun ein oder zwei Schritte auf sie zu und sagte in einem ganz anderen Tonfall:

»Würden Sie bitte die Dame beschreiben? War sie alt oder jung, mit dunklem oder hellem Haar?«

»Jung und schön, sehr schön«, rief Mrs Dempsey aus. »Aber kommen Sie bitte herein, denn ich habe einen ziemlichen Schock erlitten und kann vielleicht besser im Gaslicht mit Ihnen sprechen, mit Leuten in der Nähe, von denen ich weiß, dass sie Menschen sind.«

Er tat, was sie verlangte, und wurde immer interessierter, je weiter sie mit ihrer Beschreibung fortfuhr, wobei er sie hin und wieder mit Fragen unterbrach. Ob sie sicher sei, dass das Mädchen blaue Augen habe, fragte er, und wie sie die Farbe der Augen allein durch das Licht des Mondes erkennen konnte.

Mrs Dempsey antwortete darauf, dass der ganze Körper des Mädchens von innen beleuchtet zu sein schien, sodass man jede Einzelheit fast, wenn auch nicht ganz so deutlich, sehen konnte, als stünde sie im vollen Schein eines elektrischen Lichtes. Nach Beendigung ihrer Erzählung wurde Frau Dempsey vom Grafen weiter befragt.

»Hat man ihnen«, fragte er, »jemals gesagt, dass ich zum Teil irisch bin, denn«, fügte er hinzu, als er eine verneinende Antwort erhielt, »ich bin es, und mein richtiger Name ist O'Neill, da mein Ururgroßvater den Namen Asioli annahm, um zu einem gewissen Besitz zu kommen, als die Familie, die aus dem Süden Irlands kam, sich vor vielen, vielen Jahren in Italien niederließ.«

»Was Sie aber sicher sehr interessieren wird, ist die Tatsache, dass dieser Zweig der O'Neills, zu dem ich gehöre, von einer Banshee heimgesucht wird und dass diese Banshee Ihnen, wie ich glaube, erschienen ist.«

»Die Beschreibung, die mir von verschiedenen Mitgliedern meiner Familie gegeben wurde, stimmt mit der Beschreibung überein, die Sie mir von dem Mädchen gegeben haben, das Sie neben mir stehen sahen.«

»Ich möchte noch hinzufügen, dass sie sich nie zeigt, es sei denn, ein O'Neill ist im Begriff zu sterben, und da ich der letzte meines Geschlechts bin, kann ich mir keinen Grund vorstellen, warum sie in drei aufeinanderfolgenden Nächten erschienen ist, es sei denn natürlich, um mein eigenes Ende vorherzusagen.«

Mrs Dempsey wurde nicht lange im Ungewissen gelassen. Am nächsten Tag wurde der Graf in einer dringenden Angelegenheit nach Venedig gerufen, und auf dem Weg zum Bahnhof brach er plötzlich tot zusammen, da die Aufregung und die Anstrengung, wie man annahm, zu viel für sein bekanntlich schwaches Herz gewesen waren.

Da die O'Neills♣ von dem jüngeren der beiden Söhne von König Milesius abstammen sollen, ist es nicht verwunderlich, dass sie eine Banshee besaßen – es wäre sogar verwunderlich, wenn sie keine besäßen – aber ich habe festgestellt, dass es etwas schwierig ist, sie zu finden. Laut Lady Wilde in ihrem Buch 'Irish Wonders', Seite 112, gibt es jedoch einen Raum in Shane Castle, der ausschließlich für sie reserviert ist.

[♣ weitere Hinweise auf die Banshee der O'Neills finden Sie in dem Kapitel 'Ergänzungen']

Die Banshee, sagt Lady Wilde, wird sehr oft in diesem Raum gesehen, manchmal in einen dunklen, nebelartigen Mantel gehüllt, und manchmal als sehr hübsches junges Mädchen mit langem, rot-goldenem Haar, gekleidet in einen scharlachroten Mantel und einen grünen Rock, der mit Gold verziert ist.

Lady Wilde erzählt weiter, dass der Besuch der Banshee nie etwas Schlimmes bewirkt, es sei denn, sie wird beim Weinen gesehen, was als sicheres Zeichen dafür gewertet werden kann, dass ein Mitglied der Familie bald sterben wird.

Mr McAnnaly bestätigt dies, indem er sagt, dass bei einer Gelegenheit einer der O'Neills von Shane Castle die Banshee weinen hörte, gerade als er zu einer Reise aufbrechen wollte, und bald danach umkam, was etwas ungewöhnlich ist, denn in den meisten Fällen, die mir bekannt geworden sind, zeigt sich die Banshee niemals derjenigen Person, deren Tod sie voraussagt.

Ein sehr alter, wahrscheinlich der älteste Zweig der O'Neills wohnt jetzt in Portugal, aber bis jetzt ist es mir nicht gelungen, irgendwelche Beweise zu erhalten, welche die Annahme rechtfertigen, dass ein Banshee-Spuk auch in diesem Land stattgefunden hat.

In der Tat scheint die Banshee genauso unberechenbar und eigensinnig zu sein wie jede Tochter Evas, denn ihr Umherschweifen ist in keiner Weise einheitlich. Gerade die Familien, von denen man annimmt, dass sie sie heimsucht, meidet sie oft eifrig, und nicht selten konzentriert sie ihre Aufmerksamkeit auf Personen, die völlig unergründbar sind, wenn auch immer von glaubhaft irischer Herkunft.

V. Fälle von Verwechslungen

In den vorangegangenen Kapiteln habe ich mich ausschließlich mit Fällen befasst, bei denen es sich zweifellos um echten Banshee-Spuk handelt. Ich schlage nun vor, einige Fälle zu schildern, die ich als Fälle von zweifelhaftem Banshee-Spuk bezeichne, d. h. Fälle von Spukereien, die zwar als Banshee-Erscheinungen bezeichnet werden, aber angesichts der Phänomene und Umstände nicht mit einem Mindestgrad an Sicherheit als solche betrachtet werden können.

Zunächst möchte ich an den Fall der Familie R ___ erinnern, die in Kanada lebte. Ihr Haus, ein langes, niedriges, zweistöckiges Gebäude, stand an einer einsamen Stelle an der Straße nach Montreal, und eine junge Dame, die ich Miss Delane nennen werde, war bei ihnen zu Besuch, als sich die Vorfälle ereigneten, von denen ich nun erzählen werde.

Das Wetter war für diese Jahreszeit ungewöhnlich gut gewesen, aber schließlich hatten sich die unvermeidlichen und unmissverständlichen Anzeichen einer Veränderung eingestellt, und eines Abends zogen schwarze Wolken am Himmel auf. Der Wind pfiff unheilvoll in den Schornsteinen und rüttelte wild an den bunten Ahornblättern, während sich nach einiger Zeit der Mond, der wie eine große rote Kugel über dem Sankt-Lorenz-Strom gehangen hatte, plötzlich verfinsterte und große Regentropfen gegen die Fenster prasselten.

Miss Delane, wurde von einer seltsamen Unruhe ergriffen, die sie nicht abschütteln konnte. Sie ging in den Saal und wollte gerade mit einer Nichte von Major R ___ sprechen, die ebenfalls zu Besuch war, als ihre Aufmerksamkeit durch das Geräusch eines schweren Wagens abgelenkt wurde, der mit großer Geschwindigkeit die Hauptstraße aus Richtung Montreal entlangfuhr.

Da es nun fast zehn Uhr war, eine Stunde, in der normalerweise nur wenig Verkehr herrschte, war sie etwas überrascht, und ihr Erstaunen steigerte sich sprunghaft, als sie das Knirschen der Räder auf dem Kiesweg hörte und die Kutsche sich rasch dem Haus näherte.

»Sicherlich ist es zu spät ...«, begann sie, wurde aber vom Major unterbrochen, der sich plötzlich an ihr vorbei zur Haustür drängte, gerade als die Kutsche anfuhr, sie zuwarf und in zitternder Eile abschloss, vergitterte und verriegelte.

Dann hörte man Schritte, die eilig die Stufen zur Haustür hinaufstiegen, und gleich darauf eine Reihe lauter Klopfgeräusche, obwohl es, wie sich jeder sofort erinnerte, keinen Klopfer an der Tür gab, denn der Major hatte ihn vor vielen Jahren aus einem Grund entfernen lassen, den er entweder nicht erklären konnte oder wollte.

Von dem Lärm fast um den Verstand gebracht, hatte sich der gesamte Haushalt in wenigen Sekunden in der Halle versammelt und kniete nun zusammengekauert vor der Tür, während der Major mit einer Stimme, die, obwohl bis zur höchsten Tonlage erhoben, kaum über das wütende und rasende Klopfen hinweg zu hören war, den Allmächtigen um Schutz anflehte.

Während er weiter betete, wurden die fortwährenden Klopftöne immer schwächer, bis sie schließlich verstummten, woraufhin die Schritte auf der Steintreppe wieder zu hören waren, diesmal abwärts, und der Wagen davonfuhr.

Der Major erhob sich jedoch erst von seinen Knien, als der Nachhall der Räder nicht mehr zu hören war. Dann forderte er seine Hausgenossen auf, sich sofort und ohne ein Wort zu sagen, in ihre Zimmer zurückzuziehen, und verbot ihnen, ihm gegenüber, jemals wieder etwas davon zu erwähnen.

Sobald Miss Delane und die Nichten des Majors in ihrem Schlafzimmer waren – sie teilten sich einen Raum – liefen sie zum Fenster und schauten hinaus. Der Himmel war jetzt ganz klar, und der Mond schien in seiner ganzen ruhigen, kalten Majestät; aber das Gelände und die Straße dahinter waren völlig verlassen; nirgends war die Spur einer Person oder eines Wagens zu sehen, und als sie am nächsten Morgen die Treppe hinuntereilten und den Kies untersuchten, gab es keinerlei Anzeichen von Räderspuren.

Der Tag verging recht ereignislos, und die Nacht war wieder einmal gekommen. Der Major hatte wie üblich gegen zehn Uhr die Gebete gelesen, und der

Haushalt hatte sich ebenfalls wie üblich zur Ruhe begeben.

Miss Delane, die an viel spätere Stunden gewöhnt war, fiel es schwer, sich so früh zum Schlafen zu bringen, aber sie hatte es gerade geschafft, einzuschlafen, als sie von ihrer Freundin Ellen, der älteren der beiden Nichten des Majors, geweckt wurde, die heftig an ihrem Bettzeug zerrte.

Als sie aufblickte, sah sie eine hochgewachsene Gestalt, die in etwas gekleidet war, das wie ein Nonnengewand aussah und mit langen, verstohlenen Schritten durch das Zimmer ging. Als sie sie mit atemlosem Erstaunen ansah, hielt sie plötzlich inne, drehte ihren Kapuzenkopf herum und starrte Ellen starr an, um dann weiterzugehen und mit der Wand zu verschmelzen. Auf jeden Fall war sie verschwunden, und dort, wo sie gestanden hatte, war nichts zu sehen, außer dem Mondlicht.

Einige Minuten lang war Ellen zu erschrocken, um zu sprechen, aber schließlich rief sie Miss Delane zu und bat sie inständig, mit zu ihr ins Bett zu kommen, da sie es nicht mehr wagte, dort allein zu liegen.

»Haben Sie gesehen, wie sie mich angesehen hat?«, flüsterte sie und klammerte sich heftig zitternd an Miss Delane. »Ich glaube nicht, dass ich jemals darüber hinwegkommen werde. Wir müssen morgen von hier fort. Wir müssen, wir müssen«, und sie brach in Tränen aus.

Wie man sich vorstellen kann, schlief keines der Mädchen in dieser Nacht, und es schien ihnen, als würde der Morgen nie kommen; aber als er endlich kam, erzählten sie Major R ___ was geschehen war, und erklärten, dass sie es wirklich nicht wagten, noch eine weitere Nacht in dem Haus zu verbringen.

Obwohl der Major sichtlich erschüttert war, als er das hörte, drängte er sie nicht, ihren Entschluss zu ändern und zu bleiben, sondern sagte ihnen, dass er es unter den gegebenen Umständen für das Klügste und Sicherste halte, dass sie gehen. Etwa eine Stunde später, nachdem sie ihre Sachen gepackt hatten, machten sie alle drei einen letzten gemeinsamen Spaziergang im Garten, als sie glaubten, jemanden zu hören, der ihnen auf einem der Gehwege nachlief, und als sie sich umdrehten, sahen sie die Gestalt, die sie in der Nacht gestört hatte, dicht hinter ihnen stehen.

Das Sonnenlicht, das direkt auf sie fiel, ließ die Züge von jemandem erkennen, der schon lange tot, aber dennoch von einem ganz und gar feindseligen und bösartigen Geist beseelt war. Als sie erschrocken zurückwichen, streckte sie einen ihrer langen, knochigen Arme aus und berührte zuerst Ellen und dann ihre Schwester an der Schulter. Dann drehte sie sich um, entfernte sich mit denselben langen und verstohlenen Schritten und schien plötzlich mit den Schatten der Bäume zu verschmelzen und zu verschwinden.

Einige Augenblicke lang waren die Mädchen vor Angst zu sehr gelähmt, um etwas anderes zu tun, als zitternd an Ort und Stelle zu verharren; aber als sie schließlich wieder bei Sinnen waren, rannten sie plötzlich mit Höchstgeschwindigkeit auf das Haus zu, bis sie es erreicht hatten.

Erst einige Wochen später erhielt Miss Delane, die wieder in ihre irische Heimat zurückgekehrt war, eine Erklärung für die Phänomene, die sie beobachtet hatte. Sie wurde ihr von einem Freund der R ___s gegeben, der zufällig einen Verwandten von Miss Delane in Dublin besuchte.

»Was Sie gesehen haben«, sagte dieser Freund der R ___s zu Miss Delane, »war, glaube ich, die Banshee, die sich immer vor dem Tod eines Familienmitglieds manifestiert. Manchmal schreit sie wie eine Frau, die grausam zu Tode gebracht wird, und manchmal starrt sie ihr Opfer nur an oder berührt es mit ihrer Skeletthand an der Schulter. In jedem Fall ist ihr Auftauchen tödlich. Nur«, fügte er hinzu, »ich bitte Sie, den R ___s gegenüber kein Wort davon zu sagen, denn sie erwähnen ihr Gespenst gegenüber niemandem.«

Miss Delane versprach es natürlich und hoffte inständig, dass die Phänomene, die sie beobachtet hatte, nicht auf die Krankheit oder den Tod einer ihrer Freundinnen hinweisen würden. Sie wurde jedoch zutiefst enttäuscht, denn wenige Wochen nach dem Erscheinen der Banshee – wenn es denn wirklich eine war – erhielt sie die Nachricht vom Tode Ellens und ihrer Schwester (Erstere erlag einem bösartigen Fieberanfall, Letztere hatte einen tödlichen Unfall), und außerdem erfuhr sie, dass Major R ___ ebenfalls gestorben war.

Da Major R ___ mit niemandem über den Geist seiner Familie sprach, ist es unmöglich, zu sagen, ob er glaubte, dass es sich bei dem Spuk um die Erscheinung einer Banshee handelte oder nicht; aber viele glaubten offenbar, dass es sich um diese Art von Spuk handelte, und ich muss sagen, dass ich glaube, dass sie falschlagen.

Zunächst einmal waren die R ___s anglo-irisch. Ihre Verbindung zu Irland mag etwa ein Jahrhundert zurückliegen, aber sie waren sicher nicht von milesischer oder gar keltisch-irischer Abstammung und konnten schon aus diesem Grund nicht von einer Banshee heimgesucht werden.

Außerdem erscheint die Banshee, die wir kennen, nicht, wie das Gespenst der R ___s in den Gewändern eines religiösen Ordens und das Phantasma der Kutsche oder des Leichenwagens (das im Fall des R ___s der Manifestation der angeblichen Banshee vorausging), ist keineswegs ein ungewöhnlicher Spuk♣. Da er meistens von Erscheinungen des Totentyps begleitet wird (der Typ, der von Miss Delane und den Nichten des Majors beobachtet wurde), kann man sagen, dass es sich als eine besondere Form des Familienspuks darstellt, die natürlich nicht ausschließlich auf die Iren beschränkt ist.

[♣ Siehe Kapitel 'Ergänzungen']

Daher widerspreche ich der Theorie, dass der berüchtigte Geist der R ___s überhaupt etwas mit der Banshee zu tun hat. Was die Kutschen angeht, so erinnere ich mich an eine Begebenheit, die der Altmeister des Unheimlichen, J. Sheridan Le Fanu, in einer Kurzgeschichte erzählt, mit dem Titel 'A Chapter in the History of a Tyrone Family' [Ein Kapitel aus der Geschichte einer Tyroner Familie – Tyrone = Grafschaft im heutigen Nordirland gelegen]. Da sie sich auf jene Art von Phantasma bezieht, die so oft törichterweise mit der Banshee verwechselt wird, kann ich wohl nicht anders, als sie kurz zu skizzieren.

Miss Richardson, ein junges anglo-irisches Mädchen, wohnte mit ihren Eltern in Ashtown, Tyrone, und ihre ältere Schwester, die vor Kurzem einen Mr Carew aus Dublin geheiratet hatte, wurde mit ihrem Mann zu einem Besuch erwartet, und es wurden große Vorbereitungen für ihren Empfang getroffen.

Sie würden Dublin am Montagmorgen mit der Kutsche verlassen, hatten sie geschrieben, und hofften, am nächsten Tag in Ashtown einzutreffen. Der Morgen und der Nachmittag vergingen jedoch ohne ein Zeichen der Carews, und als es dunkel wurde und sie immer noch nicht kamen, wurde die Familie Richardson ein wenig unruhig.

Die Nacht war schön, der Himmel wolkenlos, und der Mond, als er endlich aufging, hätte nicht strahlender sein können.

Es war auch eine stille Nacht, so still, dass sich kein Blatt rührte und so still, dass diejenigen, die wachsam waren und ihre Ohren bis zum Äußersten spitzten, das Geräusch eines sich nähernden Fahrzeugs auf der Hauptstraße hätten hören müssen, wenn es eines gegeben hätte, selbst wenn es noch in einer Entfernung von mehreren Meilen gewesen wäre. Aber es war kein Geräusch zu hören.

Als die Abendessenszeit gekommen war, machte Mr Richardson wie üblich einen Rundgang durch das Haus, zog sorgfältig die Fensterläden zu und verschloss die Türen. Immer noch lauschte die Familie, und immer noch konnten sie nichts hören, nichts, weder in der Nähe noch in der Ferne.

Es war inzwischen Mitternacht, aber niemand ging zu Bett, denn alle waren von der verzweifelten Hoffnung beseelt, dass endlich etwas geschehen würde – entweder würden die Carews selbst plötzlich auftauchen oder ein Bote mit einem Brief, der die Verzögerung erklärte.

Jedoch, keine der beiden Möglichkeiten trat ein, und nichts geschah, bis Miss Richardson, die ihre Gedanken für einen Moment auf ein ganz anderes Thema gerichtet hatte, aufschreckte.

Ihr Herz schlug laut, und sie hielt den Atem an! Sie hörte Kutschenräder. Ja, ohne Zweifel, sie hörte Räder – Räder einer Kutsche oder eines Wagens, und sie wurden immer deutlicher. Aber sie blieb still. Man hatte sie schon ein- oder zweimal zurechtgewiesen, weil sie einen falschen Alarm gegeben hatte – jetzt würde sie jemand anderen zuerst sprechen lassen.

In der Zwischenzeit kamen die Räder immer näher, hielten kurz an, während das eiserne Tor am Eingang zur Einfahrt in seinen rostigen Angeln aufgeschwungen wurde. Sie fuhren dann weiter und weiter, lauter, lauter und lauter, bis alle zwischen dem Bellen der Hunde das Geräusch von aufgewirbeltem Kies und das Schlagen und Zischen der Peitsche hören konnten.

Jetzt gab es keinen Zweifel mehr, und mit dem freudigen Ruf »Sie sind es! Endlich sind sie da!«, stürmten die Eltern und die Schwester, die Dienerschaft und die Hunde zur Tür und wetteiferten miteinander, wer als Erster dort ankommen würde.

Aber siehe da, als die Tür geöffnet wurde und sie herauskamen, war nirgends eine Kutsche oder ein Wagen zu sehen; nichts war zu sehen als der breite Kiesweg und der Rasen dahinter, der von Mondstrahlen erhellt und von seltsamen Schatten bevölkert war, aber absolut still, mit einer Stille, die an einen Kirchhof erinnerte.

Alle sahen sich nun mit bleichen und verwirrten Gesichtern an; sie begannen sich zu fürchten, und auch die Hunde, die herumliefen, schnüffelten und winselten, fühlten sich offensichtlich unwohl und hatten Angst.

Schließlich brach eine Art Panik aus, und alle eilten ins Haus, wobei sie darauf achteten, die Tür mit noch größerer Eile zu schließen, als sie diese geöffnet hatten.

Die Familie zog sich zurück, um sich auszuruhen, aber nicht um zu schlafen, und am nächsten Morgen erhielten sie eine Nachricht, die ihren Verdacht voll und ganz bestätigte.

Mrs Carew war am Montag, als die Vorbereitungen für die Abreise getroffen wurden, an Fieber erkrankt und verstorben, wahrscheinlich in dem Augenblick, als die Richardsons, die die Phantomkutsche hörten und sie für eine echte hielten, ihre Haustür öffneten, um sie zu empfangen.

Das ist der Kern der von Mr Le Fanu erzählten Begebenheit, und ich habe sie lediglich zitiert, um zu zeigen, wie ein Fall dieser Art, insbesondere wenn er sich in Irland ereignet und eine Familie betrifft, die seit geraumer Zeit mit Irland in Verbindung gebracht wird, manchmal mit einem echten Banshee-Spuk verwechselt werden kann.

Es gibt natürlich keinen Grund anzunehmen, dass Mr Le Fanu selbst diesbezüglich unter einer Täuschung litt oder seinen Lesern einen Eindruck von dem Spuk vermitteln wollte, den die Umstände nicht rechtfertigten. Er gibt lediglich an, dass es sich um einen Fall von Übernatürlichkeit handelt, ohne zu versuchen, ihn in eine bestimmte Kategorie einzuordnen.

Lady Wilde zitiert in ihrem Buch 'Ancient Cures, Charms and Usages of Ireland' [Alte Heilmittel, Zaubersprüche und Bräuche Irlands] auf den Seiten 163 und 164 einen weiteren Fall von einem Kutschengespenst in Irland – einem sehr schrecklichen – und in einem Buch mit dem Titel 'Rambles in Northumberland' [Streifzüge in Northumberland] von derselben Autorin heißt es:

'Wenn man gegen Mitternacht die von kopflosen Pferden gezogene und von einem kopflosen Kutscher gelenkte Todeskutsche schnell, aber geräuschlos in Richtung Kirchhof fahren sieht, ist der Tod einer bedeutenden Persönlichkeit der Gemeinde in nicht allzu ferner Zeit gewiss.'

Es gibt auch ein Gespenst dieser Art, das gelegentlich auf der Straße in der Nähe von Langley in Durham gesehen wird, und meine Verwandten, die Vizes♣ aus Limerick – zumindest pflegte meine Großmutter, geborene Sally Vize, dies zu sagen – werden ebenfalls von einer Gespensterkutsche heimgesucht; in der Tat scheint es kein Ende dieser Art von Spuk zu geben, der immer entweder sehr pittoresk oder sehr erschreckend ist und manchmal sogar beides, sowohl pittoresk als auch erschreckend.

[♣ Siehe Kapitel Ergänzungen]

Gleichzeitig ist die Phantomkutsche, obwohl sie zweifellos hochinteressant ist, im Wesentlichen nicht irisch und in keiner Weise mit der Banshee verbunden.

Als Beispiel für ein extremes Bemühen mancher Leute, für irischstämmig gehalten zu werden und eine Banshee zu haben, möchte ich auf eine Begebenheit im Zusammenhang mit Mrs Elizabeth Sheridan verweisen, die in den Fußnoten auf den Seiten 32 und 33 des Buches 'The Memoirs of the Life and Writings of Mrs Frances Sheridan' [Erinnerungen an das Leben und die Werke von Mrs Frances Sheridan] enthalten sind, welches von ihrer Enkelin Miss Alicia Lefanu zusammengestellt und 1824 veröffentlicht wurde und daraus folgendes zitieren:

'Wie viele irische Damen, die zu Beginn ihres Lebens im Land lebten, glaubte Miss Elizabeth Sheridan fest an die Banshi [Banshee], eine Dämonin, die mit alten irischen Familien verbunden ist.

Sie behauptete ernsthaft, dass man die Banshi der Familie Sheridan unter den Fenstern von Quilca weinen hörte, bevor die Nachricht vom Tod von Mrs Frances Sheridan in Blois eintraf und ihnen so eine übernatürliche Vorahnung des bevorstehenden traurigen Ereignisses vermittelte.

Eine Nichte von Miss Sheridan machte sie sehr wütend, indem sie bemerkte, dass Miss Frances Sheridan als gebürtige Chamberlaine, eine Familie englischer Abstammung, kein Recht auf die Gesellschaft einer irischen Fee habe und dass die Banshi daher einen Fehler gemacht haben müsse.'

Ich stimme mit Miss Sheridans Nichte überein, wenn ich bezweifle, dass der Schrei, der vor dem Tod von Mrs Frances Sheridan zu hören war, der einer echten Banshee war.

Ich bezweifle es aber nicht, weil Mrs Frances Sheridan englischer Abstammung war, denn die Banshee wurde häufig vor dem Tod einer Frau gehört, deren Ehemann einem alten irischen Clan angehörte – auch wenn die Frau überhaupt kein irisches Blut in sich hatte, sondern ich bezweifle es, weil der Ehemann von Mrs Frances Sheridan einer Familie angehörte, die, da sie nicht von wirklich alter irischer Abstammung war, meiner Meinung nach keine Banshee besitzt.

In dem Buch 'Personal Sketches of his Own Times' [Persönliche Studien aus seiner eigenen Zeit] von Sir Jonah Barrington finden wir (S. 152-154, Bd. II.) den Bericht über eine Geistererfahrung des Autors und seiner Frau, die der Verfasser des Absatzes, der sich in den Anmerkungen zu T. C. Crokers 'Banshee Stories' [Banshee Geschichten] auf dieses Werk bezieht, offensichtlich als eng mit der Banshee verbunden ansah.

Zum Zeitpunkt des Vorfalls war Lord Rossmore Oberbefehlshaber der Streitkräfte in Irland. Er war gebürtiger Schotte, war aber schon in jungen Jahren nach Irland gekommen und hatte den Posten eines persönlichen Dieners des Lord-Lieutenants erhalten.

Das Glück hatte ihn auf Schritt und Tritt begünstigt. Er war nicht nur in dem Beruf, den er schließlich gewählt hatte, außerordentlich erfolgreich, sondern hatte auch in der Liebe und in Sachen Geld Glück gehabt.

Die Dame, in die er sich verliebt hatte, erwiderte seine Zuneigung und brachte ihm bei ihrer Heirat eine reiche Mitgift mit. Mit ihrem Geld kaufte er unter anderem das Anwesen Mount Kennedy und baute darauf eines der edelsten Herrenhäuser in Wicklow.

Nicht sehr weit von Mount Kennedy entfernt und im Zentrum dessen, was als der goldene Gürtel Irlands bezeichnet wird, stand Dunran, die Residenz der Barringtons, sodass Lord Rossmore und die Barringtons praktisch Nachbarn waren.

Eines Nachmittags, während des Vizekönigtums von Earl Hardwick, traf Lord Rossmore im Salon des Dubliner Schlosses Lady Barrington und lud sie ein, am nächsten Tag zu seiner Hausparty auf Mount Kennedy zu kommen.

»Meine kleine Bäuerin«, sagte er, sie mit ihrem Kosenamen anredend, »wenn Sie nach Hause gehen, sagen Sie Sir Jonah, dass ihn nichts daran hindern soll, Sie morgen zum Abendessen zu mir zu bringen. Ich will kein Wenn und Aber, also sagen Sie ihm, dass er kommen MUSS.«

Lady Barrington versprach es, und am nächsten Tag waren sie und Sir Jonah am Mount Kennedy. In dieser Nacht gegen zwölf Uhr, zogen sie sich zur Ruhe zurück, und gegen zwei Uhr morgens wurde

Sir Jonah durch ein Geräusch von ganz außergewöhnlicher Art geweckt. Es trat zunächst in kurzen Abständen auf und ähnelte weder einer Stimme noch einem Instrument, denn es war leiser als jede Stimme und wilder als jede Musik und schien in der Luft zu schweben, mal an der einen, mal an der anderen Stelle. Um Sir Jonahs eigene Worte zu zitieren:

'Ich weiß nicht, warum, aber mein Herz klopfte heftig; der Klang wurde noch kläglicher, bis er fast in der Luft erstarb. Da änderte ein plötzlicher Wechsel, wie von einem Schmerz erregt, den Ton; er schien von oben herunterzukommen. Ich spürte, wie jeder Nerv zitterte. Es war kein natürliches Geräusch, und ich konnte nicht erkennen, woher es kam.'

'Schließlich weckte ich Lady Barrington, die das Geräusch ebenso gut hörte wie ich. Sie vermutete, dass es sich um eine äolische Harfe handeln könnte, aber mit diesem Instrument hatte sie keine Ähnlichkeit – es war ein ganz anderer Klangcharakter.'

'Meine Frau schien zunächst weniger betroffen zu sein als ich, aber danach war sie es umso mehr. Wir gingen nun zu einem großen Fenster in unserem Schlafzimmer, das direkt auf einen kleinen Garten darunter blickte. Das Geräusch schien nun offensichtlich von einer Wiese unmittelbar unter unserem Fenster heraufzukommen.'

'Es ging weiter. Lady Barrington bat mich, ihr Dienstmädchen zu rufen, was ich auch tat, und sie war offensichtlich mehr betroffen als wir beide. Die Geräusche hielten mehr als eine halbe Stunde an. Endlich schien ein tiefer, schwerer, pochender Seufzer von der Stelle zu kommen, und kurz darauf folgten ein scharfer, tiefer Schrei und der deutliche, dreimal wiederholte Ausruf 'Rossmore – Rossmore! – Rossmore!'

'Ich will nicht versuchen, meine eigenen Gefühle zu beschreiben', fährt Sir Jonah fort. 'Das Dienstmädchen floh entsetzt vom Fenster weg, und nur mit Mühe konnte ich Lady Barrington überreden, ins Bett zurückzukehren. Nach etwa einer Minute verstummte das Geräusch allmählich, bis alles still war.'

Sir Jonah fügt hinzu, dass Lady Barrington, die nicht so abergläubisch war wie er selbst, ihm das Versprechen abverlangte, den Vorfall am nächsten Tag niemandem gegenüber zu erwähnen, damit sie nicht zum Gespött des Ortes würden.

Gegen sieben Uhr morgens klopfte Sir Jonahs Diener Lawler an die Schlafzimmertür und rief in höchst aufgeregtem Tonfall: »Oh, mein Gott, oh mein Gott!«, sodass Sir Jonah sofort ausrief: »Was ist denn los?«

»Oh, Sir«, brach es aus Lawler heraus, »Lord Rossmores Lakai lief in großer Eile an meiner Tür vorbei und erzählte mir im Vorbeigehen, dass sein Herr, nachdem er aus dem Schloss zurückkam, bei bester Gesundheit zu Bett gegangen war (Lord Rossmore, wenn auch im fortgeschrittenen Alter, hatte stets einen besonders robusten Eindruck hinterlassen und Sir Jonah hatte ihn nicht ein einziges Mal klagen hören, dass es ihm nicht gut ginge).

Heute Morgen aber, gegen halb drei, hatte sein persönlicher Diener ein Geräusch im Bett seines Herrn gehört (er schlief im selben Zimmer). Er ging zu ihm und fand ihn in Todesqualen. Bevor er die anderen Bediensteten alarmieren konnte, war alles vorbei.«

Sir Jonah bemerkt, dass Lord Rossmore in dem Augenblick im Sterben lag, als Lady Barrington und er (Sir Jonah) hörten, wie der Name seiner Lordschaft ausgesprochen wurde; und er fügt hinzu, dass er völlig unfähig ist, die Töne durch natürliche Ursachen zu erklären.

Die Frage, die mich am meisten beschäftigt ist, ob das auf die Banshee zurückzuführen ist oder nicht, und da Lord Rossmore anscheinend nicht von alter irischer Abstammung war, bin ich geneigt zu glauben, dass die Phänomene ihren Ursprung einer anderen Art von Phantasma verdanken; vielleicht einem, das mit Lord Rossmores Familie in Schottland verbunden war. Außerdem habe ich noch nie gehört, dass die Banshee so gesprochen hätte, wie die unsichtbare Präsenz bei dieser Gelegenheit sprach; das Phänomen scheint mir eher schottisch als irisch zu sein.

VI. Doppelte und dreifache Banshee-Erscheinungen

Es ist eine etwas merkwürdige und vielleicht nicht sehr bekannte Tatsache, dass einige Familien zwei Banshees besitzen, eine freundliche und eine unfreundliche, während einige, wenn auch nur wenige, drei besitzen – eine freundliche, eine unfreundliche und eine neutrale.

Ein Fall von zwei Banshees, der zu einem doppelten Banshee-Spuk führte, wurde mir vor Kurzem von einem Mann erzählt, den ich in Paris bei Henriette in Montparnasse traf. Er war ein Schotte, ein Journalist namens Menzies, und seine Geschichte betraf einen irischen Freund von ihm, ebenfalls ein Journalist, den ich O'Hara nennen werde.

Soweit ich das beurteilen konnte, waren diese beiden Männer von absolut gegensätzlicher Natur. O'Hara – warmherzig, impulsiv und bis zu einem gewissen Grad großzügig; Menzies – etwas kalt, vorsichtig in Bezug auf Geld und äußerst zurückhaltend; und doch hatten sie, abgesehen von ihrer Berufung, die das scheinbare Bindeglied zwischen ihnen war, eine Eigenschaft gemeinsam – sie liebten beide hübsche Frauen. Die hohe Stirn und die extreme Feministin mit ihren starren Zügen und ihrem hochmütigen Lächeln waren ihnen ein Albtraum; sie suchten immer etwas Angenehmes und Zartes, frei von akademischen Einbildungen, und sie fanden es in Paris – bei Henriette.

So kam es, dass sie eines Tages, als sie bei Henriette keinen Tisch mehr bekommen konnten, weil das Lokal überfüllt war, den Boulevard Montparnasse entlanggingen und in ein neues Restaurant in der Nähe des Boulevard Raspail einbogen. Auch dieses Lokal war sehr voll, aber es gab einen kleinen Tisch, an dem allein ein junges Mädchen saß, und auf O'Haras Vorschlag hin gingen sie sofort dorthin.

»Du schlauer Bursche«, flüsterte Menzies seinem Freund zu, nachdem sie einige Minuten gesessen hatten, »ich weiß, warum du unbedingt hierherkommen wolltest.«

»Nun, hatte ich nicht recht«, antwortete O'Hara, dessen Augen das Gesicht des Mädchens nicht ein einziges Mal verlassen hatten. »Sie ist die Hübscheste, die ich seit Langem gesehen habe.«

»Nicht schlecht!«, antwortete Menzies, etwas kritisch. »Aber ihr Mund gefällt mir nicht, er sieht lüstern aus.«

O'Hara konnte jedoch nichts Fehlerhaftes an ihr sehen, und je länger er sie ansah, desto mehr verliebte er sich in sie. Nicht dass das etwas Ungewöhnliches wäre, denn O'Hara war kaum von einer Flamme weg, als er schon mit einer anderen zusammen war, und im Durchschnitt hatte er mindestens zwei oder drei Liebesaffären pro Jahr. Aber für Menzies war diese jüngste Affäre ärgerlich; er wusste, dass O'Hara, wenn er sein Herz verlor, in der Regel auch seinen Kopf verlor und nie über etwas anderes reden oder denken konnte als über die Augen, die Haare, den Mund und die Fingernägel – denn wie die meisten Iren hatte O'Hara eine Leidenschaft für gepflegte, wohlgeformte Hände seiner neuen Gottheit, doch bei dieser Gelegenheit wollte er, dass O'Hara noch ein wenig länger bei Verstand blieb.

Vor allem aus diesem Grund geriet Menzies selbst etwas in Erregung über die neue Entdeckung; denn er musste zugeben, dass es trotz des anzüglichen Ausdrucks um den Mund herum diesmal eine gewisse Entschuldigung für die Begeisterung seines Freundes gab. Das Mädchen war hübsch, eine fast perfekte Blondine mit zierlich geformten Händen und so gekleidet, wie sich nur eine junge Pariser Schönheit kleiden kann, die über Geld und Muße verfügt.

Ja, es gab eine Entschuldigung, und doch war es der Gipfel der Torheit. Mädchen bedeuten auf die eine oder andere Weise Ausgaben, und im Moment hatten weder er noch O'Hara etwas zum Ausgeben. Während er jedoch nachdachte, handelte O'Hara.

Er bot dem Mädchen eine Zigarette an; sie lehnte lächelnd ab, aber das Eis war gebrochen, und das Gespräch begann. Es erübrigt sich, auf Einzelheiten einzugehen, was dann folgte – es war das, was in einem Fall dieser Art immer folgte – eine blinde Verliebtheit, die immer mit einer verblüffenden Plötzlichkeit endete. In diesem Fall war die Verliebtheit jedoch blinder als je zuvor, und das Ende war, wenn auch plötzlich, nicht gewöhnlich.

O'Hara lud das Mädchen an diesem Abend zum Essen ein. Sie nahm an, und er führte sie am nächsten Abend wieder aus. Von diesem Moment an verließ ihn jede Vernunft, und er gab sich den verrücktesten aller verrückten Leidenschaften hin.

Menzies sah ihn wenig, aber wenn sie sich zufällig begegneten, war es immer dieselbe alte Geschichte – Gabrielle! – Gabrielle Delacourt. Ihre sternförmigen Augen, ihr wunderschönes Haar und so weiter.

Eines Abends, als Menzies seiner eigenen Gesellschaft überdrüssig war, wanderte er zum Montmartre und traf dort einen seiner Landsleute namens Douglas.

»Ich frage mich, alter Freund«, bemerkte dieser, als sie sich an einem kleinen Marmortisch rekelten und die mehr als gewagten Darbietungen einer Varietékünstlerin beobachteten, »was ist mit deinem irischen Kumpel, 'O' oder so ähnlich. Ich habe ihn hier neulich mit Marie Diblanc gesehen.«

»Marie Diblanc!«, sagte Menzies. »Ich habe noch nie von ihr gehört.«

»Noch nie von Marie Diblanc gehört!«, rief Douglas aus. »Ich dachte, jeder Journalist in Paris kennt sie, aber vielleicht war sie vor deiner Zeit da, denn sie hat eine ziemlich lange Zeit im Gefängnis verbracht – mindestens fünf oder sechs Jahre, was, wie du weißt, heutzutage für eine Frau ziemlich hart ist – und sie ist erst vor Kurzem herausgekommen.«

»Sie war fast noch ein Kind, als man sie einlochte, aber ein Kind mit einem Verstand, der so alt war wie der von Brinvillier [Marie-Madeleine Marguerite d'Aubray, Marquise de Brinvilliers, 1630 – 1676, war eine der bekanntesten Giftmörderinnen der Kriminalgeschichte], was Verbrechen und Laster angeht – sie hat ihre eigene Mutter für ein paar Louis ausgeraubt und fast ermordet, außerdem hat sie Schecks gefälscht und in Geschäften und Hotels im großen Stil Diebstähle begangen.«

»Man sagt, sie sei mit den schlimmsten Gaunern Europas verkehrt und übertreffe sie alle an Raffinesse und Kühnheit. Als ich sie neulich abends sah, war ihr Haar gefärbt, und sie trug ein Gesicht wie eine Heilige, aber ich erkannte sie trotzdem. Sie konnte weder ihren Mund noch ihre Hände verbergen, und das sind die Merkmale, die mir bei einer Frau am meisten auffallen.«

»"Beschreib sie mir«, sagte Menzies.

»Ursprünglich brünett«, antwortete Douglas, »aber jetzt blond – mit Massen von sehr kunstvoll gewelltem goldenem Haar, auffallend langen Augen – für meinen Geschmack etwas zu intensiv blau und weit auseinanderliegend – ein gut geformter Mund, obwohl die Lippen viel zu dünn sind und sie sofort verraten."

»Das ist das Mädchen«, rief Menzies mit Nachdruck aus. »Das ist das Mädchen, das er Gabrielle Delacourt nennt. Ich war an dem Tag bei ihm, als er sie zum ersten Mal traf – drüben in Montparnasse.«

Douglas nickte.

»Das stimmt«, sagte er. »Das ist der Name, mit dem er sie mir vorgestellt hat. Aber ich bin mir ganz sicher, dass sie Marie Diblanc ist, und ich denke, Sie sollten ihm den Tipp geben. Wenn man ihn mit ihr sieht, wird er von der Polizei verdächtigt. Außerdem wird sie sicher ein Verbrechen begehen – ein Mädchen mit einem solchen Gesicht und einer solchen Geschichte wird sich nie bessern, sie bleibt bis zum bitteren Ende böse. Sie wird ihn in die Sache hineinziehen. Möglicherweise wird sie ihn nur als ihr Werkzeug benutzen.«

»Ich werde ihn aufsuchen und warnen«, sagte Menzies. »Ich werde heute Abend bei ihm vorbeischauen, aber man kann nicht wissen, wann er auftaucht, denn er ist das unberechenbarste Wesen unter der Sonne.«

Wie er es sagte, stand Menzies nach einigen weiteren Minuten des Gesprächs auf und ging zurück zum Montparnasse. O'Hara wohnte in der Rue Campagne Première, in der Nähe des berühmten 'Kaninchenbaus'. Seine Tür war, wie es nicht selten vorkam, unverschlossen, aber er war nicht da. Menzies ging hinein, betrat das kleine Zimmer, das als Wohn-, Ess- und Arbeitszimmer diente, warf sich in einen Sessel und zündete sich eine Zigarette an. Er machte sich nicht die Mühe, das Licht anzumachen, denn es war eine

Mondnacht, und die Dunkelheit passte zu seiner derzeitigen Stimmung. Nach einer Weile jedoch, als er sich ein wenig fröstelte, schaltete er das Gasfeuer ein, und als er dann einen Blick auf die Uhr über dem Kaminsims warf, stellte er fest, dass es kurz vor zwölf war.

In diesem Augenblick hörte er draußen ein Geräusch, und da er dachte, es sei O'Hara, rief er: »Hallo, Bob, bist du das?«

Als er keine Antwort erhielt, rief er erneut, und diesmal ertönte ein Lachen – ein hässliches, bösartiges Lachen, das Menzies dazu veranlasste, sofort aufzuspringen und wütend zu fragen, wer da sei. Da er keine Antwort erhielt, ging er zur Zimmertür, öffnete sie weit und sah wenige Meter von sich entfernt eine große, dunkle Gestalt, die in etwas gehüllt war, das wie ein Mantel aussah.

»Hallo!«, rief er. »Wer bist du, und was zum ... willst du hier?«

Daraufhin zog die Gestalt ihre Verkleidung beiseite und enthüllte ein Gesicht, das Menzies einen Schreckensausruf entlockte und ihn zurückspringen ließ. Es war das Gesicht einer alten Frau mit sehr hohen Wangenknochen, straff gezeichneter, schrumpeliger Haut und schräg gestellten, blassen Augen, die Menzies' entsetztem Blick mit einem bösen Schimmer begegneten. Eine ungeordnete Masse verfilzter gelber Haare krönte ihren Kopf und reichte ihr bis zur Hälfte der Schultern hinunter, wobei jedoch ihre Ohren zum

Vorschein kamen, die riesig und spitz vom Kopf abstanden, wie die eines riesigen Wolfes. Ein bleiernes, weißes Leuchten schien von ihr auszugehen und das allgemeine Entsetzen über ihre Erscheinung zu verstärken.

Obwohl Menzies noch nie an Geister geglaubt hatte, war er sich jetzt sicher, dass er etwas sah, das nicht zu dieser Welt gehörte. Es war, wie er beteuerte, so absolut höllisch, dass er ein Gebet gesprochen hätte, um es zu vertreiben, wären ihm nicht die Worte im Hals stecken geblieben, sodass er keinen Laut herausbringen konnte. Dann versuchte er, eine Hand zu heben, um sich zu bekreuzigen, aber auch das gelang ihm nicht, und das Einzige, was er tun konnte, war, stumm und mit offenem Mund hinzustarren und zu staunen.

Wie lange dieser Zustand angedauert haben mag, lässt sich nicht sagen, aber beim Geräusch schwerer und unverkennbar menschlicher Schritte, die zuerst im unteren Teil des Gebäudes und dann die Steintreppe zu dieser Wohnung hinaufkamen, verschwand die alte Frau und verschmolz offenbar mit den etwas kunstvollen Wandbehängen hinter ihr. Menzies rieb sich noch immer die Augen und sah sich um, als O'Hara zu ihm hereinplatzte.

»Hallo, Donald, bist du das?«, begann er. »Ich habe es getan.«

»Was getan?« Menzies stotterte, seine Nerven lagen ohnehin blank.

»Nun, ich habe Gabrielle natürlich einen Antrag gemacht«, fuhr O'Hara aufgeregt fort, »und sie hat angenommen. Sie, das hübscheste, süßeste, feinste, kleine Mädchen, das mir je begegnet ist, hat mir gesagt, dass sie mich heiraten will. Ihr Götter, ich werde den Kopf verlieren vor Freude; ich werde völlig verrückt werden, das sage ich dir.«

Und während er den Fußboden des Arbeitszimmers überquerte, stürzte er in den Stuhl, in dem Menzies gerade noch gesessen hatte.

»Warum gratulierst du mir nicht, alter Freund?«, fuhr er fort.

»Ich gratuliere dir«, bemerkte Menzies und nahm wieder Platz. »Natürlich gratuliere ich dir, aber bist du sicher, dass sie die Art von Mädchen ist, die du immer mögen wirst oder die dich immer mögen wird. Ihr kennt euch noch nicht sehr lange, und die meisten Frauen kosten verdammt viel Geld, besonders die französischen. Mache keine unwiderruflichen Schritte, bevor du sie nicht gut überlegt hast.«

»Das habe ich«, entgegnete O'Hara, »es hat also keinen Sinn, mir eine Predigt zu halten. Ich habe mich entschlossen, Gabrielle zu heiraten, und nichts auf der Welt wird mich davon abhalten.«

»Kennst du ihre Leute oder irgendetwas über sie?«, wagte Menzies zu fragen.

O'Hara lachte.

»Nein«, sagte er, »aber das stört mich nicht im Geringsten. Es ist mir gleichgültig, ob ihr Vater Schiffsjunge oder Zöllner war oder ob ihre Mutter Wäsche wusch und ab und zu ein paar Hemden und Socken stibitzte – nur spielt das alles keine Rolle, denn beide sind tot. Gabrielle ist eine Waise – ganz allein – also bin ich in dieser Hinsicht völlig sicher. Kein aufgeblasener Papa, den man konsultieren muss, keine streitsüchtige alte Schwiegermutter, die man fürchten muss. Gabrielle wurde in einer Klosterschule erzogen und weiß, auch wenn du vielleicht lachst, so gut wie nichts über die Welt. Sie ist so unschuldig wie ein Schmetterling. Wir werden nächsten Monat heiraten.«

Da Menzies feststellte, dass es keinen Sinn hatte, noch mehr zu diesem Thema zu sagen, brachte er das Gespräch auf den Vorfall mit der alten Frau.

O'Hara zeigte sich sofort interessiert.

»Nun«, sagte er, »nach deiner Beschreibung muss sie eine der Banshees gewesen sein, die unsere Familie heimsuchen sollen und von denen meine Mutter immer behauptete, sie hätten sie kurz vor dem Tod meines Vaters gesehen. Eine grässliche Hexe mit einem Schopf aus schleierfarbenem Haar, die auf der Treppe stand, teuflisch lachte und dann mit einem Mal verschwand. Man nennt sie die böse Banshee, um sie von der guten Banshee zu unterscheiden, die, so habe ich immer gehört, sehr schön ist, sich aber nie zeigt, außer wenn einem O'Hara etwas besonders Schreckliches zustößt.«

Menzies, der sich sehr unwohl fühlte, wünschte seinem Freund eine gute Nacht und ging nach Hause.

Danach vergingen die Tage, und Menzies sah nichts mehr von O'Hara, bis er eines Abends, als er glaubte, dass die Hochzeit bald stattfinden würde, O'Hara in seiner Wohnung auftauchte und vorschlug, dass sie einen Spaziergang in Richtung der Festungsanlagen bei Montsouris machen sollten.

O'Hara war jedoch nicht in seiner gewohnten Stimmung; er wirkte sehr mürrisch und niedergeschlagen, und Menzies vermutete, dass es zwischen seinem Freund und Gabrielle gelegentlich zu Meinungsverschiedenheiten gekommen war und dass die Angelegenheit nicht ganz so glatt lief, wie sie sollte. Gabrielle hatte sehr viele Verehrer, darunter einen sehr reichen, und O'Hara war offensichtlich sehr verärgert über die Aufmerksamkeiten, die sie seiner Verlobten schenkten, und über die Art und Weise, wie sie sie empfing.

Aber da war noch etwas anderes; etwas, das er im Gesicht und im Verhalten seines Freundes sehen konnte, das O'Hara aber nicht einmal andeuten wollte.

Menzies war natürlich erfreut, denn nun schien es einen Hoffnungsschimmer zu geben, dass sich diese Reibereien zu etwas Stärkerem und Eindeutigerem verdichten und zu einem endgültigen Bruch führen würden.

Er war so in solche Spekulationen vertieft, dass er die Zeit und den Ort, an dem sie sich befanden, völlig vergaß und erst durch das Pfeifen und Kreischen eines Zuges auf den Boden der Tatsachen zurückgeholt wurde, wodurch er sofort erkannte, dass sie Montsouris verlassen hatten und sich mehrere Meilen vor der Festung befanden.

Außerdem dämmerte es bereits, und da er am nächsten Morgen ungewöhnlich früh aufstehen musste, schlug er O'Hara vor, dass sie besser umkehren sollten.

Sie befanden sich in der Nähe eines Gebüschs und einer sehr hohen Kiefer, die sich auf so eigenartige Weise hin- und herbewegte, dass Menzies' Aufmerksamkeit sofort auf sie gerichtet war.

»Was ist mit dem Baum los?«, fragte er und deutete mit seinem Stock auf ihn.

»Was mit dem Baum los ist?« O'Hara lachte. »Nun, es ist nicht der Baum, mit dem etwas nicht stimmt – der Baum ist in Ordnung, ganz in Ordnung – du bist es, mit dem etwas nicht stimmt. Warum in aller Welt starrst du ihn auf diese lächerliche Weise an? Bist du plötzlich verrückt geworden?«

Menzies antwortete nicht, sondern ging zu dem Baum hin und untersuchte ihn. Als er dies tat, ließ ihn eine leichte Erschütterung im Gebüsch aufblicken, und er sah einige Meter von ihm entfernt die hochgewachsene Gestalt eines Mädchens, das in eine Art langen, fließenden Mantel gekleidet war, aber mit nacktem Kopf und Füßen. Das Mondlicht fiel auf ihr Gesicht, und Menzies, der in der Regel schwer zufriedenzustellen war, erkannte, dass es schön war, viel schöner, wie er später erklärte, als jedes andere Frauengesicht, das er je gesehen hatte.

Die Augen beeindruckten ihn ganz besonders, denn obwohl er in der Dunkelheit ihre Farbe nicht erkennen konnte, sah er, dass sie eine sehr schöne Form und einen sehr schönen Ausdruck hatten, und sie schienen von einem Kummer erfüllt zu sein, der fast mehr war, als ihr Herz ertragen konnte.

In der Tat war ihr Kummer so ergreifend, dass auch Menzies, der davon angesteckt wurde, die Tränen nicht zurückhalten konnte, und obwohl er von Natur aus mürrisch und gefühllos war, wurde sein ganzes Wesen plötzlich von Traurigkeit und Mitleid durchdrungen.

Das Mädchen sah ihn direkt an, aber nur für ein paar Sekunden, dann wandte sie sich O'Hara zu und schien ihre ganze Aufmerksamkeit auf ihn zu richten.

Jetzt, dachte Menzies, hatte sie etwas Undeutliches und Schemenhaftes an sich, das er zuerst nicht bemerkt hatte, und er überlegte, wie er sie testen könnte, um zu sehen, ob sie wirklich materiell war oder nur eine optische Täuschung.

In diesem Moment rief O'Hara, der seiner langen Abwesenheit überdrüssig geworden war, nach ihm, woraufhin das Mädchen sofort verschwand.

Während sie mit dem Hintergrund verschmolz, stieß sie in der gleichen unerklärlichen Weise, wie es die alte Frau getan hatte, einen so schrecklichen, erschütternden Schrei aus, dass er die ganze Luft zu erfüllen schien und eine Ewigkeit andauerte.

Völlig erschrocken floh Menzies, sobald sich seine zerstreuten Sinne wieder sammeln konnten, von der Stelle und hörte nicht auf zu rennen, bis O'Haras wütender Schrei ihn zum Stillstand brachte.

Zu seinem Erstaunen hatte O'Hara nichts gehört und war nur verärgert über sein scheinbar verrücktes Verhalten. Auf seine Beschreibung des Mädchens und des Heulens hin erklärte O'Hara jedoch sofort, dass es sich um die Banshee handelte, die er schon immer so gerne sehen wollte.

»Wenn du dir keinen Scherz auf meine Kosten machst«, sagte er, »und dafür siehst du zu verängstigt aus, dann hast du sie tatsächlich gesehen.«

»Sie ist ein sehr schönes Mädchen, gekleidet nach einem alten irischen Brauch, in einem weiten, fließenden grünen Mantel – nur konntest du natürlich die Farbe nicht sehen – mit unbedecktem Kopf und nackten Füßen.«

»Aber das mit dem Schreien ist seltsam. Die gute Banshee in einer Familie sollte es immer machen, aber warum habe ich sie nicht gehört? Warum nur du? Du bist Schotte, nicht Ire.«

»Wofür ich wirklich dankbar bin«, sagte Menzies warmherzig. »Ich habe achtunddreißig Jahre lang gelebt, ohne jemals einen Geist oder irgendetwas Ähnliches gesehen oder gehört zu haben, und jetzt habe ich innerhalb von drei Wochen zwei gesehen und gehört, und das alles deinetwegen, weil du Ire bist.«

»Nein, danke, eure Banshees sind nichts für mich«, fuhr er fort. »Ich bin lieber, zehntausend Mal lieber, ein ganz gewöhnlicher Bursche aus den Highlands und kann auf deinen hocharistokratischen und anspruchsvollen Familiengeist verzichten.«

»Nun komm«, sagte O'Hara gut gelaunt, »wir wollen uns doch nicht über so eine unwesentliche Sache wie die Banshee streiten. Beeilen wir uns und trinken wir eine Flasche Cognac, damit wir an etwas Fröhlicheres denken können.«

Menzies dachte oft an diese Worte, denn nicht selten sind es die unbedeutendsten Worte und Handlungen, die uns in späteren Tagen am stärksten in Erinnerung bleiben.

Der Rest des Abends verlief recht ereignislos, und nachdem sie gegenseitig 'angestoßen' hatten, trennten sich die beiden Freunde für die Nacht.

Zwei Tage später lag O'Haras Leiche in der Totenhalle, wohin sie aus der Seine gebracht worden war.

Obwohl Zweifel an der genauen Todesursache aufkamen, wurde offiziell 'Tod durch Unfall' festgestellt, und Menzies erfuhr die Wahrheit erst einige Jahre später.

Er befand sich damals in Mexiko, in einer kleinen Stadt an der Westküste, nicht einmal zwanzig Meilen von San Blas entfernt, und arbeitete für eine südamerikanische Zeitung.

Ein Ladenbesitzer und seine Frau wurden ermordet, und zwar auf eine selbst für diese Gegend ungewöhnlich grausame Weise. Einer der Mörder wurde auf frischer Tat ertappt; dem anderen Täter, einer Frau, gelang es, zu entkommen.

Da es in letzter Zeit so viele Morde in dieser Gegend gegeben hatte, erklärten die Bürger, dass sie an dem Schuldigen ein strenges Exempel statuieren und ihn gleich am Ort seiner teuflischen Tat aufhängen würden.

Menzies, der so etwas noch nie erlebt hatte und natürlich darauf erpicht war, darüber zu berichten, ließ es sich nicht nehmen, dabei zu sein.

Er stand ganz in der Nähe des in Handschellen gefesselten Mannes und nahm jedes Wort des Geständnisses auf, das dieser gegenüber dem örtlichen Pater ablegte.

Er gab seinen Namen als André Fécamps, sein Alter als fünfundzwanzig und seine Nationalität als französisch an.

Er behauptete, dass er zuerst durch die Liebe zu einer berüchtigten französischen Verbrecherin namens Marie Diblanc zum Verbrechen verleitet wurde, die ihn als ihren Liebhaber akzeptierte, unter der Bedingung, dass er sich einer Bande von Apachen [französischer Ausdruck für Mitglieder krimineller Banden, speziell in Paris] anschloss, deren anerkannte Anführerin sie war.

Er folge ihrer Aufforderung und wurde sogleich in jede nur erdenkliche Schlechtigkeit gestürzt.

Neben anderen Verbrechen, in die er verwickelt war, erwähnte er den Mord an einem Iren namens O'Hara, der angeblich durch Ertrinken in der Seine zu Tode gekommen war.

Was wirklich geschah, so der junge Desperado, war Folgendes:

Mr O'Hara war wahnsinnig in Marie Diblanc verliebt, die sich ihm gegenüber als Gabrielle Delacourt ausgab, ein unschuldiges junges Mädchen vom Lande, obwohl sie bereits fest verheiratet war und zu dieser Zeit von mehr als einem verzweifelten Ehemann auf Schritt und Tritt gesucht wurde.

Nun, eines Tages überredete sie Mr O'Hara, sie zu einem Tanzabend mitzunehmen, der von einigen sehr wohlhabenden Freunden von ihm veranstaltet wurde.

Er tat es, und es gelang ihr, ohne dass er es wusste, mich einzuschleusen, und wir gingen mit Schmuck im Wert von etwa zehntausend Pfund davon.

Mr O'Hara schöpfte Verdacht – wie, das weiß ich nicht, es sei denn, er hörte zufällig ein Gespräch zwischen ihr und einem anderen Mitglied unserer Bande in einem der Restaurants, in denen sie zu speisen pflegten.

Wie auch immer, sie erfuhr davon und beschloss sofort, ihn aus dem Weg zu räumen.

Es wurde vereinbart, dass sie ihn in ein Haus am Montmartre bringen sollte, wo sich einige von uns versteckt hielten, und dass wir ihn dort töten und begraben sollten.

Nun, er kam, und als er merkte, dass er in eine Falle getappt war, bat er sie, wenn sein Leben schon verwirkt werden müsse – da er nun wusste, dass sie eine Diebin war, wollte er es nicht anders haben – es sich selbst zu nehmen.

Sie willigte schließlich ein, und als er in ihren Armen lag, erlaubte er ihr, ihm einen Giftbeutel über den Mund zu stülpen und ihn so zu töten.

Seine Leiche wurde in der Nacht in einer Droschke zur Seine gebracht und dort versenkt.

Fécamps fügte hinzu, dass dies die einzige Gelegenheit war, bei der er Marie Diblanc wirklich gerührt gesehen hatte, und er glaubte, dass sie ein wenig in den Iren verliebt war, das heißt, wenn sie überhaupt in jemanden verliebt sein konnte.

Menzies, der sich natürlich sehr dafür interessierte, entlockte dem Mann jede nur erdenkliche Information, aber nichts konnte ihn dazu bringen, ein Wort darüber zu verlieren, was aus Diblanc geworden war.

»Wenn ich in die Hölle komme«, sagte er, »dann kommt sie sicher auch dorthin, denn so schlimm ich auch bin, ich glaube, sie ist unendlich viel schlimmer, hundertmal schlimmer als jeder Apache [Bandenkrimineller, siehe auch Seite 89], den ich je getroffen habe. Und doch, so verdorben und böse sie auch ist, liebe ich sie und werde keine Sekunde glücklich sein, bis sie sich mir anschließt.«

Der Mann starb, und während Menzies eine Skizze seines am Galgen schwingenden Körpers anfertigte, fühlte er sich endlich vollkommen sicher, dass der Geist, den er außerhalb der Festungsanlagen von Monsouris gesehen hatte, die gute und schöne Banshee war, die Banshee, die sich nur zeigte, wenn ein ungewöhnlich schreckliches Schicksal einen O'Hara ereilen wird.

VII. Ein ähnlicher Fall aus Spanien

Ein weiterer Fall von doppeltem Banshee-Spuk, der mir einfällt, ereignete sich in Spanien, wo sich so viele der ältesten irischen Familien niedergelassen haben. Er er wurde mir von einem meiner entfernten Verwandten, einem O'Donnell, berichtet.

Er erinnerte sich gut daran, dass ihm sein Vater, der als Offizier in der carlistischen* Armee diente, vor vielen Jahren, als er noch ein Junge war, von einem Abenteuer erzählte, das ihm beim ersten Ausbruch des Bürgerkriegs widerfuhr. Sein Vater und ein anderer junger Mann, Dick O'Flanagan, waren damals Unteroffiziere in einem Kavallerieregiment, das in einem verzweifelten Gefecht mit der Armee der Königin eine wichtige Rolle spielte. Die Carlisten** wurden zurückgedrängt, als ihre Handvoll Kavallerie als letztes verzweifeltes Mittel angriff und das Geschick des Tages sofort wendete.

In der Hitze des Gefechts wurden jedoch Ralph O'Donnell und Dick O'Flanagan in ihrem Enthusiasmus vom Rest des Korps getrennt, sodass sie wegen der rein zahlenmäßigen Überlegenheit des Gegners überwältigt und gefangen genommen wurden.

[*,** Der Carlismus (auch Karlismus) ist eine monarchistische politische Strömung in Spanien, deren Anhänger die Legitimität der Thronfolge der spanischen Königin Isabella II. (1833–1868) bestreiten]

In jenen Tagen herrschte auf beiden Seiten viel Brutalität, und unsere beiden Helden – geschlagen, zerschrammt und ausgehungert - wurden in einem halb ohnmächtigen Zustand unter dem Spott und den Sticheleien ihrer Entführer weggeschleppt, bis sie schließlich in den schmutzigen Kerker einer alten Bergfestung gebracht wurden, wo man ihnen mitteilte, dass man sie bis zur Stunde ihrer Hinrichtung festgehalten würde.

Sobald sie allein waren, bemühten sie sich nach Kräften, die Riemen aus zähem Rindsleder zu lösen, mit denen ihre Hände und Füße so grausam zusammengebunden waren, und letztendlich, nach vielen verzweifelten Versuchen, gelang es ihnen.

Zunächst glückte es O'Flanagan, sich zu befreien, und sobald seine betäubten Gliedmaßen es zuließen, kroch er zu seinem Freund und befreite auch ihn.

Dann untersuchten sie den Raum, so gut es in der Dunkelheit möglich war, und kamen zu dem Schluss, dass ihre einzige Hoffnung auf Flucht im Schornstein lag, der zu ihrem Glück eine dieser altmodischen Konstruktionen war, breit genug, um das Durchschlüpfen einer ausgewachsenen Person zu ermöglichen.

Ralph begann als Erster mit dem Aufstieg. Nach mehreren vergeblichen Versuchen, bei denen er sich anstieß und verletzte und einen solchen Lärm machte, dass O'Flanagan befürchtete, er würde von der Wache draußen gehört werden, gelang es ihm endlich Halt zu finden und so weit voranzukommen, dass O'Flanagan ihm nachfolgen konnte.

Bei allem, was sie in dieser Nacht taten, war ihnen das Glück hold.

Als sie aus dem Schornstein heraus auf das Dach des Schlosses stiegen, waren sie froh, einen Baum zu finden, der so nahe an einer der Mauern wuchs, dass es ihnen nicht schwerfiel, sich an einem seiner Äste festzuhalten und so sicher auf den Boden zu gelangen.

Die Wachen schienen zu schlafen, jedenfalls war nirgends jemand zu sehen, und so tasteten sie sich vorsichtig durch ein dichtes Dickicht von Bäumen und Sträuchern, bis sie das Gelände bald ganz verlassen hatten und sich wieder in Freiheit befanden, allerdings in einem Teil des Landes, der ihnen völlig unbekannt war.

Nach einer zweistündigen Wanderung auf einer gewundenen, hügeligen Landstraße oder, um es treffender zu sagen, auf einem Pfad, denn mehr war es nicht, erreichten sie schließlich ein Gasthaus am Wegesrand, wo sie trotz der fortgeschrittenen Stunde – es war zwischen ein und zwei Uhr morgens – beschlossen, die Suche nach einer Unterkunft für die Nacht zu riskieren. Ich sage 'riskieren', denn draußen herrschte eine starke Parteinahme, und es war sehr wahrscheinlich, dass die Wirtsleute Anhänger der Königin waren.

Ralph klopfte mehrmals, und endlich öffnete ein junges Mädchen die Tür. Sie hielt einen Kerzenständer in der einen Hand, rieb sich mit der anderen Hand verschlafen die Augen und fragte in einem etwas gereizten Ton, was die Herren wohl im Sinne hätten, zu so später Stunde ins Haus zu kommen und alle zu wecken.

Ralph und O'Flanagan waren von ihrer Erscheinung so überwältigt, dass sie sie einige Sekunden lang nur anstarren konnten, ohne jegliche Fähigkeit zu sprechen.

Solch einen Anblick von Schönheit hatte keiner von ihnen seit Langem gesehen, und beide waren mehr als sonst empfänglich für das schöne Geschlecht.

Sie war dunkel wie die meisten Mädchen in Spanien, aber nicht dunkelhäutig, sondern hatte andererseits einen außergewöhnlich hellen Teint, ohne die Neigung zur Behaarung, die bei so vielen Frauen in diesem Land zu beobachten ist.

Ihre Gesichtszüge waren vielleicht ein wenig zu kühn, aber in strengen Proportionen und ihre Augen ein wenig hart, obwohl ihre Form und Farbe – bei Kerzenlicht ein fast purpurrotes Grau – einzigartig schön waren.

Sie hatte auch sehr weiße Zähne, aber ihr Mund hatte etwas an sich, zum Beispiel in der Stellung der Lippen, wenn sie geschlossen waren, und im allgemeinen Ausdruck, was Ralph verwirrte und ihm später noch oft in den Sinn kommen sollte.

Ralph bemerkte auch, dass ihre Hände nicht die von einer bäuerlichen Klasse waren, einer Klasse, die viel raue und harte Arbeit verrichten muss, sondern dass sie weiß und gepflegt erschienen, die Finger spitz zulaufend und die Nägel lang und mandelförmig.

Sie trug mehrere Ringe und Armbänder und schien ganz anders zu sein als der Typ Mädchen, den man in einem so unprätentiösen Gebäude, das noch dazu an einem so abgelegenen Ort liegt, erwarten würde.

Ralph war nicht ganz so impulsiv wie sein Freund, und obwohl er, wie gesagt, sehr empfänglich war, ließ er sich nicht so sehr von seinen Gefühlen leiten, dass er nicht mehr in der Lage gewesen wäre, sie genau zu beobachten. Seine ersten Eindrücke von dem Mädchen waren, dass sie zwar außerordentlich hübsch war, aber es gab etwas – über ihren Mund hinaus – das er nicht ergründen konnte und das ihm ein unbestimmtes Unbehagen bereitete.

Er bemerkte es besonders, als ihr Blick zu ihren von der Reise befleckten Uniformen wanderte und für einen Moment auf O'Flanagans Solitärring mit einem Rubin ruhte, der eine Art von Familienmaskottchen war, ähnlich dem berühmten Katharinenring des Grafen Daniel O'Donnell von Tirconnell.

Sie murmelte etwas, von dem Ralph glaubte, dass es sich auf das Wort 'Carlisten' bezog, und dann, als ob sie sich bewusst war, dass er sie beobachtete, hob sie schnell die Augen und fragte in einem diesmal schläfrig gleichgültigen Ton, was die Herren wollten.

Ralph antwortete sofort, dass sie ein Bett mit Frühstück brauchten, und zwar nicht zu früh, sondern vielleicht später zum Mittagessen. Er fügte hinzu, dass es ihnen nichts ausmachen würde in einer Scheune oder einem Stall zu schlafen, wenn das Gasthaus voll sei.

»Alles, was wir wollen«, sagte er, »ist, uns irgendwo hinzulegen, wo wir ein Dach über dem Kopf haben, denn wir sind furchtbar müde.«

Bei der Erwähnung eines Stalls lächelte das Mädchen und sagte, dass sie ihnen etwas Besseres anbieten könne.

Sie bat die beiden, ihr möglichst geräuschlos nach oben zu folgen, und führte sie in ein großes Zimmer mit einer sehr niedrigen Decke, wo sie den Kerzenständer auf einer Kommode abstellte, ihnen eine gute Nacht wünschte und sich lautlos zurückzog.

»Besser als unser letztes Quartier im Gefängnis«, sagte Ralph, als er sich die Wohnung ansah, »aber ein bisschen düster.«

»Blödsinn!«, erwiderte O'Flanagan. »Das einzig Düstere hier sind deine eigenen Gedanken. Ich möchte für immer hierbleiben, denn ich habe nie ein hübscheres Mädchen oder ein gemütlicheres Bett gesehen.«

Während er sprach, begann er sich zu entkleiden, und in wenigen Minuten lagen beide jungen Männer ausgestreckt da und schliefen fest.

Etwa zwei Stunden später wachte Ralph mit einem heftigen Schreck auf, als er deutliche Schritte hörte, die sich leise durch den Gang zur Zimmertür bewegten. Sofort waren alle seine Sinne in Alarmbereitschaft, und er setzte sich im Bett auf und lauschte.

Dann regte sich etwas in der Ecke am Fenster, und als er in diese Richtung blickte, sah er zu seinem Erstaunen die Gestalt eines großen, schlanken Mädchens in einem langen, weiten, fließenden Kleid aus irgendeinem dunklen Stoff, mit einem sehr blassen Gesicht, schön gemeißelten, wenn auch keineswegs streng klassischen Zügen und Massen von glänzendem, goldenem Haar, das ihr in kräuselnder Verwirrung in den Nacken und auf die Schultern fiel.

Der Gedanke, dass sie die Banshee war, kam ihm sofort. Nach der Beschreibung seines Vaters, der oft mit ihm über sie gesprochen hatte, waren diese und die schöne Frau, die er jetzt betrachtete, sich gewiss sehr ähnlich; und da die Banshee, als sein Vater sie sah, weinte, und diese Frau weinte – sie weinte sehr bitterlich, und ihr ganzer Körper schwankte hin und her, als ob sie vom größten Kummer geplagt wäre –

konnte er nicht umhin zu denken, dass die Identität zwischen ihnen feststand und dass sie tatsächlich ein und dieselbe Person war.

Während er sie noch mit dem tiefsten Mitleid, aber auch der größten Bewunderung betrachtete, wurde seine Aufmerksamkeit plötzlich durch ein seltsames Kratzgeräusch zum Fenster gelenkt, wo er, an die Scheibe gepresst, ein Gesicht erblickte, das in jeder Einzelheit einen erschreckenden Kontrast zu dem Gesicht darstellte, an dem sich seine Augen noch vor einer Sekunde ergötzt hatten.

Es war so bösartig, dass er glaubte, es könne nur aus dem tiefsten Inferno stammen, und es starrte ihn mit einer so entsetzlichen Bösartigkeit an, dass er, der sich auf dem Schlachtfeld als tapferer Mann erwiesen hatte, jetzt völlig die Nerven verlor und geschrien hätte, wenn nicht beide Gestalten plötzlich verschwunden wären.

Ihrem Verschwinden folgten sofort die qualvollsten, herzzerreißenden Schreie, die sich mit lautem Gelächter und teuflischem Kichern vermischten und ihn für den Augenblick völlig lähmten. Die Schreie dauerten noch einige Sekunden an, während derer jedes Teilchen von Blut in Ralphs Adern zu gefrieren schien, und dann herrschte Stille – tiefe und grausame Stille.

Aus Angst, noch länger im Dunkeln zu bleiben, sprang Ralph aus dem Bett und zündete die Kerze an. Dabei hörte er deutlich, wie sich Schritte eilig von der Tür entfernten und heimlich auf Zehenspitzen den Gang hinuntergingen.

Wie man sich vorstellen kann, schlief er einige Zeit nicht wieder ein, ja nicht einmal bis zum Tagesanbruch, als er allmählich in einen Dämmerschlaf fiel, aus dem er schließlich durch lautes Klopfen an der Tür und die Stimme des hübschen Wirtshausmädchens geweckt wurde, das verkündete, dass es Zeit zum Aufstehen sei.

Nach dem Frühstück erzählte er O'Flanagan, was er in der Nacht erlebt hatte, und zu seinem Erstaunen lachte dieser nicht, sondern rief ganz ernst aus:

»Du hast unsere Banshee gesehen. Zumindest ist das Mädchen in Grün unsere Banshee. Ich habe sie vor dem Tod eines Cousins von mir gesehen, und meiner Mutter erschien sie in der Nacht vor dem Tod meines Vaters. Ich weiß nicht, was die andere Erscheinung gewesen sein könnte, es sei denn, es handelte sich um das, was mein Vater die 'hasserfüllte Todesfee' zu nennen pflegte, die, wie er sagte, nur vor einer sehr schrecklichen Katastrophe erscheinen sollte, schlimmer noch als der Tod, wenn es überhaupt etwas Schlimmeres geben kann.«

»Ihr habt nicht das Monopol auf Banshees«, lachte Ralph. »Wir haben auch eine, und ich bin mir sicher, dass die Frau, die ich gesehen habe – die schöne Frau, meine ich – die O'Donnell Banshee war. Die O'Donnells aus Limerick, mit denen ich in Verbindung stehe, sind eine ebenso alte Familie wie die O'Flanagans; sie stammen in der Tat direkt von Niall of the Nine Hostages* ab.«

[* Niall der neun Geiseln. Er soll der Gründer der mächtigsten irischen Königsdynastie gewesen sein und seine Nachkommen sollen Irland für die sechs Jahrhunderte nach seinem Tod regiert haben. Niall erhielt seinen Beinamen, weil er eine Vorliebe für Geiseln aus anderen Königreichen hatte; seine berühmteste Geisel war St. Patrick]

»Das trifft auch auf uns zu«, antwortete O'Flanagan scharf, dann brach er in Gelächter aus.

»Sieh an, sieh an«, sagte er, »wie kann man sich über etwas so Unwichtiges wie eine Banshee streiten. Aber wenn es wirklich Banshees waren, die du letzte Nacht gesehen hast, dann haben sie sich ein wenig verschätzt. Sie hätten vor dem Scharmützel kommen müssen, nicht danach; es sei denn, sie prophezeien den Tod eines Verwandten von uns. Ich hoffe, es ist nicht meine Schwester.«

»Ich glaube nicht, dass es etwas mit dir zu tun hat«, erwiderte Ralph. »Sie haben mich beide angeschaut.«

Er wollte gerade noch etwas sagen, als O'Flanagan das junge Mädchen ins Zimmer kommen sah, um die Frühstückssachen wegzuräumen. Er unterhielt sich sofort mit ihr, und da es nur zu offensichtlich war, dass er das Feld für sich allein haben wollte, denn er war offensichtlich bis über beide Ohren verliebt, stand Ralph auf und kündigte an, dass er einen Spaziergang um das Anwesen machen würde.

»Gehen Sie nicht in den Wald, Señor, was immer Sie auch tun«, bemerkte das Mädchen, »denn dort wimmelt es von Räubern. Sie lassen uns in Ruhe, weil wir einmal gut zu einem ihrer Kranken waren – und der Spanier, auch wenn er ein Räuber ist, vergisst nie eine Gefälligkeit – aber sie greifen Fremde an, und Sie sind gut beraten, wenn Sie sich auf der Hauptstraße halten.«

»Was ist die nächste Stadt?«, fragte Ralph.

»Trijello«, antwortete das Mädchen, wobei sich derselbe neugierige Ausdruck in ihre Augen schlich, der Ralph zuvor so sehr verwirrt hatte und den er nicht zu analysieren vermochte.

»Das ist etwa acht Meilen von hier entfernt«, sagte sie, Don Hervado, der Gouverneur, ist ein Carlist und hat dort gestern einige Carlistensoldaten bewirtet.«

»Gut!«, rief Ralph aus. »Ich werde dorthin gehen. Willst du mit mir kommen, Dick, oder willst du hier warten, bis ich zurückkomme? Ich glaube nicht, dass ich vor dem Abend zurück sein werde.«

»Oh, nur keine Eile«, lachte O'Flanagan und blickte das Mädchen verzückt an, »ich bin hier sehr glücklich und brauche dringend eine Pause.«

»Was auch immer du tust, sag niemandem, der mit dem Hauptquartier zu tun hat, wo wir sind«, sagte Ralph dann zu O'Flanagan. »Sollen sie doch eine Zeit lang glauben, wir seien tot.«

»Die Señores waren in einer Schlacht, ja?«, unterbrach das Mädchen schüchtern.

»Eine Schlacht«, lachte O'Flanagan, »und nicht nur eine halbe. Wir wurden nämlich gefangen genommen und sind nur dank meines unvergleichlichen Verstandes und meiner Beharrlichkeit entkommen.«

»Ich bedauere jedoch nicht im Geringsten die Gefahren und Entbehrungen, die wir durchgemacht haben, denn wenn es anders gekommen wäre, hätten wir nie die Freude gehabt, Sie zu sehen, Señora.« Er ergriff ihre Hand, bevor sie ihn daran hindern konnte, drückte sie leidenschaftlich an seine Lippen und erstickte sie mit Küssen.

Ralph war der Meinung, dass es höchste Zeit war, aufzubrechen und machte sich auf den Weg. Ein paar Stunden Fußmarsch brachten ihn nach Trijello, wo er ohne einen glücklichen Zwischenfall vielleicht in einer schweren Lage gekommen wäre, denn am Stadtrand traf er auf einen alten Bauern, der unter einem Sack Zwiebeln schwankte, und kaum hatte dieser seine Uniform erblickt, rief er ihm auch schon zu:

»Señor, wenn Sie Ihre Freiheit schätzen, werden Sie Trijello nicht in dieser Tracht betreten. Der

Gouverneur ist ein erklärter Feind aller Carlisten und hat strikt angeordnet, dass jeder, der dieser Partei nahesteht, sofort verhaftet werden muss.«

»Sind Sie sicher?«, rief Ralph aus. »Man hat mir gesagt, es sei genau umgekehrt, und er sei ein großer Anhänger unserer Sache.«

»Wer immer Ihnen das gesagt hat, hat gelogen«, erwiderte der alte Mann, »denn er hat erst gestern Morgen einen Neffen von mir erschießen lassen, weil er öffentlich gesagt hat, er hoffe, dass dieser erbärmliche Schwächling einer Frau bald vom Thron gestoßen wird und wir an ihrer Stelle jemanden bekommen, der zum Regieren taugt – damit meinte er Don Carlos.«

»Hören Sie auf meinen Rat, Señor, und ziehen Sie sich entweder sofort um oder machen Sie einen großen Bogen um Trijello.«

Ralph fragte ihn daraufhin, ob es in der Nähe einen Ort gäbe, an dem er einen Zivilanzug kaufen könne.

Als ihm mitgeteilt wurde, dass es nur wenige Gehminuten entfernt ein jüdisches Geschäft gäbe, bedankte er sich herzlich bei dem alten Mann für die freundliche Warnung und machte sich sofort auf den Weg dorthin.

Um es kurz zu machen, kaufte er die Kleider und ging so getarnt in die Stadt, wo er im Haupthotel zu Abend aß, um alle möglichen Informationen über die feindlichen Truppen zu sammeln, und den Gesprächen, die um ihn herum stattfanden, aufmerksam zuhörte.

Später am Tag trafen einige Christinos* ein, Offiziere aus dem Stab eines der königlichen Generäle, und Ralph beschloss, die Nacht im Hotel zu verbringen, um zu sehen, ob er ein paar wirklich konkrete Neuigkeiten in Erfahrung bringen konnte, die für sein eigenes Hauptquartier von Nutzen sein könnten.

[* Soldaten, Unterstützer von Isabell II, auch Isabellinos oder Liberales genannt]

Als er erfuhr, dass jemand das Hotel in Kürze verlassen und an dem Gasthaus vorbeikommen würde, in dem O'Flanagan wohnte, gab er ihm einen Zettel, den er seinem Freund geben sollte, und auf dem stand, dass er nicht vor dem nächsten Tag, vielleicht erst gegen Mittag, zurück sein könne.

Dann nahm er vor dem Kamin Platz, scheinbar vertieft in die Lektüre der neuesten Nachrichten aus Madrid.

In Wirklichkeit hielt er aber seine Ohren offen für jede Unterhaltung, die es wert sein könnte, in seinem Taschenbuch festgehalten zu werden.

Und er wurde nicht enttäuscht, denn die Soldaten von Christino wurden bei dem besten Portwein meines Wirts sehr gesprächig und verrieten viele Geheimnisse über die Bewegungen der Streitkräfte der Königin, die mit Sicherheit ein Kriegsgericht nach sich gezogen hätten, wenn ihr General davon erfahren hätte.

In dieser Nacht, obwohl das Zimmer, das ihm zugewiesen wurde, ziemlich hell und freundlich war und ganz anders als das, in dem er am Abend zuvor gewohnt hatte, war sein Geist so voller grimmiger Befürchtungen, dass es ihm unmöglich war, zu schlafen.

Er dachte immer wieder an die Bilder, die er gesehen hatte – das liebliche, feenhafte Gesicht des Mädchens mit den goldenen Haaren, den anbetungswürdigen Augen, dem himmlischen, wenn auch sehr menschlichen Mund. Sie war so vollkommen, so engelsgleich, so voller köstlicher Sympathie und Mitleid, so ganz anders als jede irdische Frau, der er je begegnet war.

Und dann dieses andere Gesicht – diese zutiefst bösen, blassgrünen Augen, dieser finstere, spöttische Mund, diese furchtbar unordentliche Masse verfilzter, sehr hellblonder Haare.

Es war zu teuflisch – zu unvorstellbar ekelhaft und verderblich, als dass er es wagen konnte, daran zu denken, und von einem Schauer ergriffen, schob er seinen Kopf unter die Bettdecke, um es nicht wieder vor sich erscheinen zu sehen.

Worauf, so fragte er sich, deuteten sie hin?

Hoffentlich nicht auf ein schreckliches Ereignis für Dick. Er hatte immer verstanden, dass derjenige, der die Banshee während ihrer Erscheinungen weder sieht noch hört, dem Tod geweiht ist. Und doch war Dick in seinem Gasthaus sicherer wie er hier, wo er von allen Seiten von seinen Feinden umgeben war.

Ein oder zwei Mal glaubte er zu hören, dass sein Name gerufen wurde. Es war so realistisch, dass er sich, seine Furcht vergessend etwas Satanisches im Zimmer zu sehen, schließlich im Bett aufsetzte und lauschte.

Aber alles war still; es gab keine Geräusche, kein einziges, außer dem leisen Säuseln des Windes, der leise am Fenster vorbeizog, und dem fernen Rufen eines Nachtvogels.

Dann legte er sich wieder hin, und noch einmal schien von irgendwo ganz in der Nähe eine Stimme zu ihm zu kommen, die sehr deutlich und klagend seinen Namen aussprach – Ralph, Ralph, Ralph – dreimal kurz hintereinander, und dann verstummte sie. Er hörte sie auch nicht wieder.

Müde und unausgeschlafen stand er früh auf, bezahlte seine Rechnung und machte sich mit langen, schnellen Schritten auf den Weg in Richtung des Gasthauses.

Als er dort ankam, herrschte eine wunderbare Ruhe und Stille. Alle Sonnenstrahlen schienen sich an diesem einen Ort zu versammeln und die Wände und Fensterscheiben des kleinen altmodischen Gebäudes in glänzendes Gold zu verwandeln. Die Vögel zwitscherten fröhlich in den Baumwipfeln und unter den Dachvorsprüngen, und ein köstlicher Duft von Geißblatt und Rosen durchzog die ganze Atmosphäre.

Ralph war verzaubert, und alle seine düsteren Vorahnungen vom Vorabend waren sofort verflogen. Die Unterkunft trug mit recht den Namen 'The Travellers' Rest' [Erholungsort des Reisenden]; man hätte sie auch 'The Travellers' Paradise' [Paradies des Reisenden] nennen können, denn alles schien so ruhig und heiter, so wahrhaft himmlisch.

Er klopfte an die Tür, und nach einigen Augenblicken klopfte er erneut.

Dann hörte er Schritte, die ihm irgendwie seltsam bekannt vorkamen, vorsichtig den steinernen Gang entlangkommen und auf der anderen Seite der Tür innehalten, als ob ihr Besitzer im Zweifel wäre, ob er sie öffnen sollte oder nicht.

Wieder klopfte er, und dieses Mal wurde die Tür geöffnet, und das junge Mädchen erschien.

Sie sah ziemlich blass aus, war aber viel hübscher und adretter als bei ihrer letzten Begegnung mit Ralph.

Bekleidet war sie mit einem bezaubernden Zigeunerkleid aus rotem Samt – der Rock war sehr kurz und das Mieder mit Unmengen glänzender

Silbermünzen geschmückt – und an den Füßen trug sie sehr elegante, zierliche, ebenfalls rote Schuhe mit großen Silberschnallen.

»Ihr Freund ist weg«, sagte sie. »Er schien sehr verärgert darüber zu sein, dass Sie gestern Abend nicht aufgetaucht sind, und ist gleich nach dem Frühstück weggegangen.«

»Aber hat er denn meinen Zettel nicht bekommen?«, rief Ralph aus, »und hat er keine Nachricht hinterlassen?«

»Nein, Señor«, erwiderte das Mädchen. »Es kam keine Nachricht für ihn, aber er sagte, er würde versuchen, morgen früh noch einmal hier vorbeizukommen, um zu sehen, ob Sie angekommen sind.«

»Und er hat nicht gesagt, wohin er gegangen ist?«

»Nein.«

Ralph beäugte sie neugierig. Sie war wirklich sehr hübsch, und sie roch erstaunlicherweise nicht nach Knoblauch. Ja, er würde bleiben und versuchen, in den Bann ihrer Schönheit zu geraten, so wie es Dick getan hatte.

Aber warum war Dick so überstürzt weggegangen? Was hatte dieses blauäugige Geschöpf getan, um ihn zu vertreiben?

Ralph wusste, dass O'Flanagan zuweilen zu impulsiv und voreilig in seinen Liebesbeziehungen war. Hatte er es ein bisschen zu eilig gehabt?

Spanische Mädchen sind sehr leicht aus der Fassung zu bringen, und vielleicht hatte diese hier einen Liebhaber im Hintergrund.

Vielleicht war sie auch verheiratet. Das schien ihm die denkbarste Erklärung für Dicks Abwesenheit zu sein. Sich darüber zu ärgern, dass er gestern Abend nicht aufgetaucht war, war völliger Unsinn. Dafür kannte Ralph seinen Freund viel zu gut.

Jedenfalls beschloss er zu bleiben, und das Mädchen bot ihm das Zimmer an, das er und Dick zuvor bewohnt hatten. Sie erklärte ihm jedoch, dass er es erst später am Tag betreten dürfe, da es noch gereinigt werden müsse.

Nach dem Mittagessen, das er allein einnahm, da das Mädchen sich trotz seiner dringenden Einladung weigerte, mit ihm zu essen, weil sie viele Dinge zu erledigen hatte, ging er ein Stück den Hang hinter dem Haus hinauf und hielt im Schatten der Bäume eine ruhige Siesta. Er schlief sogar so lange, dass die Dämmerung schon weit fortgeschritten war, bevor er erwachte und sich erneut auf den Weg zum Gasthaus machte.

Diesmal trat er durch eine Tür auf der Rückseite des Hauses ein und sah in einem kleinen gepflasterten Hof das Mädchen, das in einem etwas alltäglicheren Gewand, aber mit immer noch sehr kokett mit Bändern geschmücktem Haar, ein langes, glänzendes Messer auf einem großen Schleifstein schärfte, den sie mit der Geschicklichkeit einer früheren Meisterin dieser Kunst hin und her drehte.

»Hallo!«, rief er aus. »Was treiben Sie da? Ich hoffe, Sie schärfen nicht die Klinge, um damit auf mich einzustechen.«

»Hat der Señor schon etwas von Schweinen gehört«, antwortete das Mädchen und zeigte ihre schönen Zähne in einem Lächeln, das fast einem Grinsen glich. »Nun, ich werde heute Nacht eines töten.«

»Gütiger Himmel!«, rief Ralph aus und blickte ungläubig auf die weißen, runden Arme und die langen, schlanken, spitzen Finger. »Sie schlachten ein Schwein! Machen Sie die ganze Arbeit in diesem Haus? Gibt es hier niemanden, der ihnen hilft?«

»Oh, ja, Señor«, lachte das Mädchen. »Es gibt da Isabella, eine alte Frau, die jeden Tag hierherkommt, um die harte Arbeit zu verrichten, und meine Tante, aber es gibt bestimmte Arbeiten, die sie nicht machen können, weil ihre Augen nicht sehr gut sind und ihren Händen die Geschicklichkeit fehlt.«

»Der Herr schaut schockiert, aber ist es denn so schrecklich, ein Schwein zu töten? Ein Hieb und es ist schnell erledigt – sehr schnell. Irgendwie müssen wir ja leben, und der Señor ist schließlich Soldat – er folgt der Berufung des Tötens!«

»Oh ja, bei großen, rauen Männern ist das in Ordnung«, sagte er. Man verbindet sie irgendwie mit Gewalttaten und Blutvergießen. Aber bei schönen, zierlichen Mädchen wie Ihnen ist das anders. Sie müssten bei dem Gedanken an Blut erschaudern und voller Mitleid sein.

»Aber nicht bei Schweinen«, lachte das Mädchen, »und auch nicht bei den Señores.«

Und jetzt gehen Sie bitte rein und setzen Sie sich in die Stube, sonst hört meine Tante, wie ich mich mit Ihnen unterhalte, und wirft mir vor, meine Zeit zu verschwenden.«

Ralph gehorchte widerwillig und zog seinen Stuhl nahe an das Kaminfeuer heran – die Sommerabende in Spanien sind oft sehr kühl – und war bald tief in Pläne und Spekulationen über die Zukunft versunken.

Als das junge Mädchen nach dem Essen ins Zimmer kam, um den Tisch abzuräumen, bemerkte Ralph, dass sie wieder die fröhliche Kleidung trug, ganz in Rot, die sie am Vortag getragen hatte. Bis hin zu den Schleifen in ihrem Haar schien sie koketter denn je gekleidet zu sein.

Sie war nun auch kommunikativer, und auf Ralphs Einladung hin, ein Glas Wein mit ihm zu trinken, holte sie einen Sessel und stellte ihn dicht neben ihn.

So hübsch er sie vorher gefunden hatte, so unbeschreiblich lieblich erschien sie ihm jetzt, und je länger er sie anstarrte, in die Tiefen ihrer großen, schön geformten, purpurgrauen Augen starrte, desto hoffnungsloser wurde er versklavt, bis er schließlich merkte, dass sie ihn ganz und gar in ihrer Gewalt hatte und dass er wahnsinnig und verzweifelt in sie verliebt war.

Sie tranken zusammen, und er war so vertieft in den Anblick ihrer Augen – ja, er hörte nicht auf, sie anzustarren – dass er nicht darauf achtete, was er trank und wie oft sie sein Glas nachfüllte.

Hätte sie ihm einen vergifteten Kelch gegeben, es wäre dasselbe gewesen, er hätte ihn geleert und mit seinem sterbenden Atem ihre Hände und Füße geküsst.

»Nun, Señor«, sagte sie dann, nachdem er ihre Hand an seine Lippen geführt und sie buchstäblich mit Küssen überschüttet hatte, »nun, Señor, ist es Zeit, dass Sie zu Bett gehen. Bei uns ist es nicht lange hell, und morgen wird der Señor, wenn er immer noch in der gleichen Stimmung ist, genügend Zeit haben, mir gegenüber seine Gefühle zu wiederholen.«

»Morgen«, stotterte Ralph. »Morgen, das ist noch sehr weit weg, und kommt dieser O'Flanagan nicht morgen zurück?«

Das Mädchen lachte. »Ja«, sagte sie frech, »morgen werdet Ihr zu zweit sein, der eine so schlecht wie der andere, und ich dachte, Señor, Sie seien der standhaftere von beiden.«

»Nun gut, Sie sind beide Soldaten, und Soldaten waren schon immer fröhliche Hunde; aber Sie müssen aufpassen, Señor, dass Sie und Ihr Freund sich nicht streiten, denn, wie Sie wissen, wurde schon mehr als eine Freundschaft durch den bezaubernden Blick einer Dame beendet, und Sie beide scheinen gerne in meine Augen zu schauen.«

»Was!«, stotterte Ralph verärgert. »Hat dieser Dick Sie angeschaut? Hat er es gewagt, Sie anzuschauen? Verdammt ...«

Aber bevor er eine weitere Silbe aussprechen konnte, legte ihm das Mädchen ihre weiche kleine Hand auf den Mund und schob ihn sanft zur Tür.

Abwechselnd erklärte er ihr ungestüm seine Liebe und verdammte leidenschaftlich Dick.

Dann ließ er sich durch Drängen und Zureden nach oben in sein Zimmer bringen, und als er einen letzten verzweifelten Versuch unternahm, sie zu küssen und zu streicheln, schlug ihm die Tür ins Gesicht, und er war – allein.

Einige Augenblicke lang zerrte und drehte er an der Türklinke. Dann, als er feststellte, dass seine Bemühungen keine Wirkung zeigten, taumelte er zum Bett und wollte sich so, wie er war, hineinlegen, als er mit dem Fuß an etwas hängen blieb und mit dem Gesicht auf die Kante eines Stuhls aufschlug.

Einen Augenblick lang war er teilweise betäubt, aber als er das Blut aus seiner Nase bemerkte, kam er allmählich wieder zu sich, und jede Spur seiner Trunkenheit war verschwunden.

Das Erste, was er dann tat, war, auf den Teppich zu schauen, der zufälligerweise karminrot war, ein sehr ausgeprägtes, virulentes Karminrot, genau die Farbe seines Blutes.

Die Stelle, an der er gefallen war, befand sich in der Nähe des Bettes, und als er seinen Blick über den Teppich an der Seite des Bettes schweifen ließ, glaubte er, einen weiteren feuchten Fleck zu sehen.

Sofort holte er die Kerze und sah sich die Stelle genauer an.

Ja, da war ein großer feuchter Fleck auf dem Boden, in der Nähe des Kopfendes des Bettes, ungefähr in einer Linie mit dem Kissen.

Er berührte den Fleck mit dem Finger und hielt ihn dann gegen das Licht – er war nasses Blut.

Mit einem beklemmenden Gefühl der Beunruhigung untersuchte Ralph das Zimmer, und als er den Deckel einer riesigen Eichentruhe anhob, die in einer Ecke stand, entdeckte er mit Schrecken den nackten Körper eines Mannes, der zusammengekauert auf dem Boden der Truhe lag.

Als er die Leiche vorsichtig anhob und sich hinunterbeugte, um sie zu untersuchen, erlebte Ralph einen zweiten Schock.

Das Gesicht, das ihn so ausdruckslos aus seinen großen, wulstigen, glasigen Augen ansah, war das des einst fröhlichen und humorvollen Dick O'Flanagan.

Die Art und Weise, wie er starb, war nur zu offensichtlich. Seine Kehle war durchgeschnitten worden, nicht sauber, wie es ein Mann getan hätte, sondern mit wiederholten Schnitten und Hieben, die nur allzu deutlich auf das Werk einer Frau hindeuteten.

Das erklärte dann alles. Es erklärte das merkwürdige Etwas in den Augen und im Mund des Mädchens, das er bemerkt hatte, als er sie zum ersten Mal sah, und es erklärte auch die verstohlenen, auf Zehenspitzen gehenden Schritte auf dem Gang in jener Nacht, den Grund für das Auftauchen der Banshees, den Eifer, mit dem das Mädchen ihn mit Wein überschüttet hatte, ihr rotes Kleid – und den roten Teppich.

Aber warum hatte sie es getan – aus reiner Raubgier oder weil sie Carlisten waren? Als er sich dann an den Blick erinnerte, mit dem sie den Rubin in Dicks Ring betrachtet hatte, schien die Antwort klar. Es war natürlich Raub. Wie eine Schlange benutzte sie ihre schönen Augen, um ihre Opfer zu faszinieren, sie in falscher Sicherheit zu wiegen, und dann, wenn sie der Liebe und dem Wein, von dem sie diese satt gemacht hatte, völlig erlegen waren, schlachtete sie sie ab.

Morde in spanischen Gasthäusern waren zu dieser Zeit und auch noch viel später keine Seltenheit und wäre dieser Mord von einem alten, hässlichen und mürrischen 'Wirt' begangen worden, hätte sich Ralph nicht gewundert, aber dass dieses Mädchen es getan haben sollte, dieses so junge und bezaubernde Mädchen, das war fast unvorstellbar, und er hätte es nicht geglaubt, wenn nicht die grimmigen Beweise dafür so nahe gelegen hätten.

Was sollte er tun? Natürlich war es jetzt, da er nüchtern und im Vollbesitz seiner Kräfte war, lächerlich, sich vor einem Mädchen zu fürchten, selbst wenn es bewaffnet war; aber angenommen, sie hatte Verbündete, und es war kaum wahrscheinlich, dass sie allein im Haus war.

Nein, er musste versuchen zu entkommen – aber wie?

Er untersuchte das Fenster, es war schwer vergittert; er versuchte es mit der Tür, sie war von außen verschlossen; er schaute den Schornstein hinauf, er war viel zu schmal, um jemanden durchzulassen, der auch nur halb so groß war wie er.

Er war am Ende, und das Einzige, was er tun konnte, war zu warten. Warten, bis das Mädchen auf Zehenspitzen ins Zimmer schlich, um zu töten, und dann – er konnte den Gedanken nicht ertragen, mit ihr zu kämpfen, obwohl sie den armen Dick so grausam ermordet hatte – zu fliehen.

Mit diesem Ziel vor Augen blies er die Kerze aus, legte sich auf das Bett und tat so, als schliefe er fest.

Nach etwa einer Stunde hörte er Schritte, leise, vorsichtige Schritte, die die Treppe hinaufstiegen und sich heimlich an seine Tür heranschlichen.

Dann hielten sie inne, und er wusste instinktiv, dass sie lauschte. Er atmete schwer, wie es ein Mann tun würde, der nicht mit Maßen, sondern zu viel getrunken hatte und deshalb in einen tiefen Schlaf gefallen war. In diesem Moment bewegte sich leicht die Türklinke.

Er atmete weiter, und die Bewegung wurde wiederholt. Noch mehr sehr laute Atemzüge, und diesmal wurde die Klinke vollständig gedreht.

Ganz behutsam kroch er vom Bett zur Tür, und als sie sich langsam öffnete und eine rot gekleidete Gestalt, die furchtbar gespenstisch und unheimlich aussah, hereinschlüpfte, schoss er plötzlich an ihr vorbei und stürzte in den Gang.

Ein wilder Schrei ertönte, etwas zischte an seinem Kopf vorbei und fiel mit einem lauten Klirren auf den Boden, und alle Türen im Haus unten schienen sich gleichzeitig zu öffnen.

Mit wenigen Schritten erreichte er das obere Ende der Treppe und war in Windeseile unten. Eine hässliche alte Hexe stürzte sich mit einem Beil auf ihn, während ein anderes altes Wesen, dessen Geschlecht er nicht bestimmen konnte, mit einem anderen Gegenstand wild nach ihm schlug, aber Ralph wich beiden aus und erreichte die Haustür, die zu seinem Glück nur geschlossen und nicht verriegelt war.

Schnell war er aus dem Haus und auf der breiten Landstraße.

Die Schreie der Frauen fanden im Wald ihren Widerhall in den noch lauteren Rufen der Männer, und Ralph nahm die Beine in die Hand und rannte weiter, bis er auf dem Weg nach Trijello war.

Er ging jedoch nicht in diese Stadt, da er befürchtete, dass die Leute des Gasthauses ihm dorthin folgen und ihn als Carlisten verhaften könnten; stattdessen verließ er die Hauptstraße auf einem Nebenweg und traf zu seinem Glück gegen Mittag auf einen vorgeschobenen Wachposten der Carlistenarmee.

Damit waren seine Sorgen zumindest für eine gewisse Zeit vorbei, aber zu seinem bleibenden Bedauern konnte er Dicks Tod nie rächen; denn als der Krieg endlich vorbei war und es ihm gelungen war, die örtlichen Behörden zu überreden, die Sache in die Hand zu nehmen, fand man das Gasthaus leer und verlassen vor. Auch die hübsche Mörderin wurde in dieser Gegend nie wieder gesehen oder gehört.

VIII. Die Banshee auf dem Schlachtfeld

Obwohl der Banshee-Spuk, von dem ich in meinem letzten Kapitel sprach, während eines Krieges stattfand, fanden die Erscheinungen nicht auf dem Schlachtfeld statt, und sie waren auch nicht wirklich auf die Kämpfe zurückzuführen. Gleichzeitig kann nicht geleugnet werden, dass sie das Ergebnis davon waren, denn wenn unsere beiden Leutnants nicht verzweifelt in einem Scharmützel gekämpft hätten und vom Hauptteil der Armee getrennt worden wären, hätten sie aller Wahrscheinlichkeit nach niemals das Gasthaus am Wegesrand besucht, und die Banshee-Erscheinungen dort wären niemals aufgetreten.

Es gibt jedoch viele Fälle von Banshee-Erscheinungen auf dem Schlachtfeld, entweder unmittelbar vor oder nach oder sogar während der eigentlichen Kämpfe. Mr McAnnaly sagt in seinem Buch 'Irish Wonders' [Irische Wunder], S. 117:

»Vor der Schlacht am Boyne* hörte man Banshees in der Luft über dem irischen Lager singen, und die Wahrheit der Prophezeiung wurde durch die Totenliste des nächsten Morgens bestätigt.«

[* Die Schlacht am Boyne (englisch 'Battle of the Boyne', irisch 'Cath na Bóinne') im Jahre am 1690 ist ein entscheidendes Ereignis der irischen und nordirischen Geschichte. Am Fluss Boyne in der Nähe von Rosnaree konnte der protestantische König Wilhelm III. von England den katholischen ehemaligen König von England Jakob II. aus dem

Hause Stuart besiegen und die abgefallene Insel Irland erneut unterwerfen. Die Schlacht spielt in der Erinnerungskultur der nordirischen Unionisten bis heute eine zentrale Rolle]

Mehrere meiner unmittelbaren Vorfahren nahmen an der Schlacht am Boyne teil♣, und einer Familiengeschichte zufolge hat einer von ihnen die Banshee gesehen und gehört.

[♣ interessanterweise sei hier erwähnt, dass meine Vorfahrin Helena Sarsfield eine Tochter von James Sarsfield war, dem Großonkel von Patrick Sarsfield, dem Earl of Lucan und Verteidiger von Limerick gegen die Engländer]

Er saß in der Nacht vor den Kämpfen im Lager und unterhielt sich mit mehreren anderen Offizieren, darunter auch sein Bruder Daniel, als er einen eisigen Wind spürte, der von hinten kam und ihm in den Rücken blies.

Er drehte sich um, um seinen Mantel zu suchen, den er kurz zuvor wegen der Hitze eines Feuers in seiner Nähe abgelegt hatte.

Der Mantel war nicht da, und als er sich weiter umdrehte, um ihn zu finden, sah er zu seinem Erstaunen die Gestalt einer Frau einige Meter hinter ihm stehen, die von Kopf bis Fuß in einen Umhang aus einem dunklen, fließenden Stoff gehüllt war.

Er fragte sich, wer sie sein könnte, nahm aber an, dass sie eine Verwandte oder Freundin eines der

Offiziere sein müsse, denn ihr Mantel sah kostbar aus, und ihr Haar, das einen wunderbaren goldenen Farbton hatte, hing zwar lose auf ihren Schultern, war aber offensichtlich gut gepflegt, und so betrachtete er sie weiterhin mit Neugier.

Dann bemerkte er allmählich, dass sie zitterte – sie zitterte am ganzen Körper, was er zunächst für eine Reaktion auf ein Lachen hielt; aber aus dem ständigen Zusammenpressen ihrer Hände und dem Heben ihres Busens erkannte er schließlich, dass sie weinte, und er wurde in diesem Punkt noch sicherer, als ein plötzlicher Windstoß, der ihren Mantel zurück wehte, den Blick auf ihr Gesicht freigab.

Ihre Schönheit elektrisierte ihn. Ihre Wangen waren weiß wie Marmor, aber ihre Züge waren perfekt, und ihre Augen waren die schönsten, die er je gesehen hatte. Er wollte sie gerade ansprechen, um sich zu erkundigen, ob er ihr behilflich sein könne, als jemand rief und ihn fragte, was um Himmels willen er da tue. Da begann sie auf einmal zu zerfließen und verschmolz mit dem weichen Hintergrund des grauen Nebels, der vom Fluss her auf sie zukam, und verschwand schließlich.

Einige Stunden später dachte er jedoch wieder an sie, als sie sich alle hinlegten und versuchten, ein paar Stunden Schlaf zu erhaschen. Er glaubte, ihr schönes Gesicht und ihre Gestalt, ihre großen, traurigen Augen in schemenhaften Umrissen zu sehen, wie sie mitleidig erst den einen, dann den anderen seiner Kameraden ansah, besonders aber einen einfachen Jungen, der in seinen Militärmantel gehüllt dicht neben der schwelenden Glut des Feuers lag. Er stellte sich vor, dass sie sich diesem Jungen näherte und sich über ihn beugend, mit ihren zarten Fingern über sein kurzes, lockiges Haar strich.

Vielleicht schlief und träumte er, dachte er sich und rieb heftig seine Augen, aber die Umrisse waren immer noch da, wurden immer stärker und deutlicher, bis er mit einem großen Schreck feststellte, dass sie tatsächlich da war, genauso gewiss wie kurz zuvor, als er sie zum ersten Mal gesehen hatte.

Er war so sehr damit beschäftigt, sie zu beobachten, und wünschte sich, sie würde den Jungen verlassen und zu ihm kommen. Er bemerkte nicht, dass einer seiner Kameraden sie ebenfalls gesehen hatte, bis dieser, der sich in eine halb sitzende Position erhoben hatte, sprach. Daraufhin – genauso wie zuvor, schmolz die Gestalt des Mädchens dahin und schien in dem dunklen und schattenhaften Hintergrund aufzugehen.

Einen Augenblick später hörte er direkt über seinem Kopf ein lautes Stöhnen und Wehklagen, das mehrere Sekunden lang anhielt und dann in einem einzigen, lang gezogenen Schluchzen verklang, das auf seelische Qualen von unbeschreiblicher Verlorenheit und Hoffnungslosigkeit hindeutete.

Die meisten seiner nächtlichen Gefährten, darunter auch der lockige Junge, starben am nächsten Tag.

Obwohl die Banshee natürlich nur bei Soldaten irischer Abstammung auftritt, beschränkt sie sich nicht auf diejenigen, die in ihrem Heimatland kämpfen; es wurde berichtet, dass sie sich häufig bei Iren zeigte, die während der napoleonischen Kriege im Ausland im aktiven Dienst waren, und auch bei denen, die während des Bürgerkriegs in Amerika kämpften.

Was die Banshee-Erscheinungen im Zusammenhang mit den napoleonischen Feldzügen betrifft, so konnte ich keine schriftlichen Aufzeichnungen finden; aber als Ergebnis zahlreicher Briefe, die ich auf der Suche nach Informationen verschickt habe, wurde ich von mehreren Personen gebeten, entweder in ihren Häusern oder Klubs vorbeizuschauen, und da ich ihre Einladungen gerne annahm, erfuhr ich von ihnen die Vorfälle, die ich nun mit deren Erlaubnis erzählen werde.

Miss O'Higgins, eine ältere Dame, die vor dem letzten Krieg in der Nähe der Fifth Avenue in New York wohnte und als ich sie traf, eine Freundin in der Rue Campagne Première in Paris besuchte, erzählte mir, dass sie sich gut daran erinnerte, wie ihr Großvater ihr als Kind erzählte, er habe die Banshee bei Talavera gehört, ein oder zwei Tage vor der großen Schlacht.

Er diente in der spanischen Armee, da er die Tochter eines spanischen Offiziers geheiratet hatte. Er wusste damals nicht, dass es in seinem Korps Männer irischer Herkunft gab.

Er zeltete mit etwa hundert anderen Soldaten in einem Tal. In der Nacht wachte er mit einem unbändigen Durst auf und machte sich auf den Weg zu den Ufern des Flusses, der in der Nähe floss, löschte seinen Durst und wollte gerade zurückkehren, als er zu seinem Erschrecken einen qualvollen Schrei hörte, dem schnell ein weiterer folgte, und dann noch einer, die alle aus dem Lager zu kommen schienen, in dessen Richtung er seine Schritte wieder gelenkt hatte.

Er fragte sich, was um alles in der Welt passiert sein könnte, und neigte zu der Überzeugung, dass es irgendwie mit einer jener Diebinnen zu tun haben musste, die nachts überall herumstreiften und ungestraft raubten und mordeten, wo immer sie eine Gelegenheit sahen. Er beschleunigte seine Schritte, fand aber bei seiner Ankunft im Lager keinerlei Anzeichen für die Anwesenheit einer Frau, obwohl das Geschrei immer noch gleichermaßen heftig war.

Die Geräusche schienen zuerst aus einem Teil des Lagers zu kommen, dann aus einem anderen, aber immer über dem Kopf, als ob sie von unsichtbaren Wesen stammten, die in einer Höhe von etwa sechs oder sieben Fuß oder vielleicht mehr über dem Boden schwebten, und obwohl Leutnant O'Higgins diese Geräusche zunächst nur einer Person zugeschrieben hatte, glaubte er beim aufmerksamen Zuhören mehrere verschiedene Stimmen zu hören – alles Frauenstimmen – und kam schließlich zu dem Schluss, dass mindestens drei oder vier Phantasmen anwesend sein mussten.

Während er dastand und zuhörte und nicht wusste, was er tun sollte, schien das Weinen und Schluchzen immer erschütternder zu werden, bis es ihn so sehr berührte, dass auch er, der gegenüber jeder Art von Elend und Gewalt abgehärtet war, aus lauter Mitgefühl zu weinen begann.

Dieser Zustand dauerte jedoch nicht lange, denn beim Ertönen eines Musketenschusses (der, wie Leutnant O'Higgins später feststellte, von einem Wachposten stammte, der in einem entfernten Teil des Lagers falschen Alarm schlug), hörte das Weinen und Schluchzen abrupt und vollständig auf und war, wie der Leutnant erklärte, nie wieder von ihm zu hören.

Als er die Angelegenheit am Morgen einem seiner Offiziersbrüder erzählte, sagte dieser, ziemlich interessiert und überrascht, sofort: »Du hast zweifellos die Banshee gehört. Der arme D ___, der bei Corunna gefallen ist, hat mir oft davon erzählt, und du kannst dich darauf verlassen, dass im Moment einige Iren im Lager sind, und es war ihr Totenlied, das du gehört hast.«

Was er sagte, erwies sich als völlig richtig, denn auf Nachfrage stellte Leutnant O'Higgins fest, dass drei der Soldaten, die an diesem Abend um ihn herum schliefen, irische Namen trugen und zweifellos irischer Herkunft waren; sie alle kamen vierundzwanzig Stunden später auf dem blutigen Schlachtfeld von Talavera ums Leben*.

[* In der Schlacht bei Talavera de la Reina wehrten am 27. und 28. Juli 1809 eine britische Armee und eine spanische Armee die Angriffe einer französischen Armee ab.]

Miss O'Higgins erzählte mir auch eine Geschichte über einen O'Farrell, der im selben Krieg bei den Spaniern war; aber ob dieser O'Farrell der berühmte General dieses Namens war, oder nicht, weiß ich nicht. Die Geschichte verlief wie folgt♣:

[♣ Keine ihrer Geschichten ist bisher im Druck erschienen]

Es war der Tag vor dem Fall von Badajoz, und O'Farrell, der sich zu dieser Zeit in Badajoz aufhielt, wo er von den Franzosen gefangen gehalten wurde, war eingeladen, mit einigen seiner spanisch-irischen Freunde namens McMahon zu Abend zu essen.

Die Franzosen waren in der Regel nachsichtiger mit ihren irischen Gefangenen als mit den Engländern, und O'Farrell durfte sich in Badajoz völlig frei bewegen, wobei ihm lediglich das Versprechen abverlangt wurde, dass er sich nicht ohne besondere Erlaubnis außerhalb der Stadtgrenzen bewegen würde, und in der fraglichen Nacht verließ O'Farrell sein Quartier in bester Laune.

Er mochte die McMahons, insbesondere die jüngste Tochter Katherine, in die er sehr verliebt war. Er hielt seinen Fall jedoch für aussichtslos, da Herr McMahon, der arm war, oft gesagt hatte, keine seiner Töchter solle heiraten, es sei denn, es handele sich um jemanden, der wohlhabend genug sei, um sie gut zu versorgen, falls sie Witwe werden sollte; und da O'Farrell nichts außer seinem Lohn hatte, der wirklich mager genug war, sah er keine Aussicht, dem Objekt seiner Zuneigung jemals einen Antrag machen zu können.

Wäre er willensstark genug gewesen, sagte er sich, hätte er sich sofort von Katherine verabschiedet und sich nie wieder erlaubt, sie zu sehen oder auch nur an sie zu denken; aber der arme Schwächling, der er war, konnte den Gedanken nicht ertragen, einen allerletzten Blick in ihre Augen zu werfen – in die Augen, die er zu seinem Himmel und zu allem, was das Leben lebenswert machte, idealisiert hatte – und so nahm er immer wieder Einladungen in ihr Haus an und kreuzte ihren Weg, wann immer sich die geringste Gelegenheit bot.

Und nun eilte er ihr wieder entgegen, sagte sich immer wieder, dass es das letzte Mal sein sollte, aber gleichzeitig war er fest entschlossen, dass es nichts dergleichen geben würde. Er kam natürlich viel zu früh im Haus an – das tat er immer – und wurde in ein Zimmer geführt, um dort zu warten, bis die Familie sich für den Abend zurechtgemacht hatte.

Große Glastüren führten aus dem Zimmer auf eine Veranda, und O'Farrell trat auf diese hinaus, lehnte sich über das eiserne Geländer und blickte hinunter in den Innenhof mit Garten, in dessen Mitte sich ein Brunnen befand und der von der Marmorstatue eines sehr schönen Mädchens überragt wurde, von der ihm sein Gefühl sagte, dass sie ein genaues Abbild seiner geliebten Katherine war.

Er betrachtete sie und schwelgte in der freudigen Erwartung, in Kürze das Ebenbild aus Fleisch und Blut zu treffen, als durch die offene Tür Musik zu ihm drang – jemand spielte ein sehr, sehr trauriges und klagendes Lied auf der Harfe.

Sehr erstaunt, denn soweit er wusste, war keiner aus der Familie Harfenspieler, und er hatte auch noch nie eine Harfe im Haus gesehen, drehte er sich um, aber zu seinem Erstaunen war niemand da. Das Zimmer war anscheinend genauso leer, wie es war, als er hineingelassen wurde, und doch ging die Musik zweifellos von dort aus.

Völlig verblüfft blieb er auf der Veranda. Von Zeit zu Zeit erschienen die Klänge aus einer seltsamen Ferne zu kommen und die er mit nichts vergleichen konnte, was er je zuvor gehört hatte. Er wurde von einem seltsamen Gefühl der Ehrfurcht und etwas sehr Ähnlichem wie Furcht davon abgehalten, sich in den Raum zu wagen. Er war so beschäftigt, halb stehend und halb an den Rahmen der Glastür gelehnt, als das Harfenspiel plötzlich aufhörte und er ein Stöhnen und Schluchzen hörte, wie von einer Frau, die unter den Anfällen heftigsten und stärksten Kummers leidet.

Er kämpfte mit einer großen Angst, die ihn nun zu ergreifen begann, und fasste den Entschluss, noch einmal in das Zimmer zu spähen; aber obwohl seine

Augen den ganzen Raum abtasteten, konnte er keine Stelle entdecken, an der sich jemand verstecken könnte, und auch nichts, was die Geräusche erklären würde. Vor ihm gab es nichts als Wände, Möbel und – Raum. Kein einziges Lebewesen. Was also verursachte diese Geräusche? Diese Frage stellte er sich, als die Tür aufging und Mr McMahon, gefolgt von Katherine und allen anderen Mädchen, die Wohnung betrat; und mit ihrem Eintreten hörten die seltsamen Geräusche sofort auf.

»Was ist denn los, Mr O'Farrell«, sagten die Mädchen lachend. »Sie sind ja kreidebleich und zittern am ganzen Körper. Sie haben doch nicht etwa ein Gespenst gesehen, oder?«

»Ich habe nichts gesehen«, erwiderte O'Farrell, ein wenig verärgert über ihre Fröhlichkeit, »aber ich habe außergewöhnliche Geräusche gehört.«

»Außergewöhnliche Geräusche«, lachte Katherine. »Was in aller Welt meinen Sie damit?«

»Genau das, was ich sage«, bemerkte O'Farrell. »Als ich gerade auf der Veranda war, hörte ich deutlich den Klang einer Harfe in diesem Raum, und kurz darauf hörte ich eine Frau weinen.«

»Es muss jemand auf der Straße gewesen sein«, bemerkte Mr McMahon hastig und warf O'Farrell gleichzeitig einen warnenden Blick aus seinen dunklen und durchdringenden Augen zu. »Wir bekommen gelegentlich Besuch von Straßen- musikern«, sagte er schnell.

»Ich habe Ihnen etwas über die Engländer und ihren angeblichen neuen Angriff auf die Stadt zu sagen«, sagte er dann zur Ablenkung, zog O'Farrell zur Seite und flüsterte ihm zu:

»Erwähnen Sie auf keinen Fall wieder diese Musik. Es war zweifellos die Banshee, der Geist, den meine Vorfahren aus Irland mitgebracht haben, und man hört sie nur vor einer schrecklichen Katastrophe, die der Familie widerfährt.«

Am nächsten Tag wurde Badajoz* von den Engländern gestürmt und eingenommen, und in den wilden Szenen, die sich daraufhin abspielten und bei denen die betrunkenen englischen Soldaten völlig außer Kontrolle gerieten, kamen viele Spanier – Spanier und Franzosen und andere, die dort lebten – ums Leben, darunter auch die gesamte Familie McMahon.

[* Bei der Belagerung von Badajoz (16. März bis 6. April 1812) entriss die englisch-portugiesische Armee die Stadt Badajoz ihrer französischen Besatzung und erzwang die Kapitulation. Diese Belagerung war eine der blutigsten während der Napoleonischen Kriege und wird als ein teuer erkaufter Sieg der Briten betrachtet, bei dem 3000 alliierte Soldaten innerhalb weniger Stunden intensiver Kämpfe getötet wurden. Als die Belagerung sich dem Ende zuneigte, wurden bis zu 4000 spanische Zivilisten, unter ihnen viele Frauen und Kinder, von den alliierten Truppen massakriert]

IX. Die Banshee auf See

Apropos Geistermusik: Bei den keltischen Völkern ist der Glaube weit verbreitet, dass jedes Mal, wenn man sie vom Meer her hört, entweder ein Todesfall oder ein anderes großes Unglück vorausgesagt wird. Ein solcher Glaube ist an den Küsten von Schottland, Wales und Cornwall weit verbreitet, und Mr Dyer bezieht sich in seiner 'Ghost World' [Geisterwelt], S. 413, auf Irland.

»Manchmal«, so sagt er, »hört man Musik auf dem Meer, und in Irland glaubt man, dass beim Tod eines Freundes oder Verwandten eine warnende Stimme zu hören ist.«

Inwieweit diese Musik mit dem Spuk der Banshee zusammenhängt, lässt sich natürlich nicht sagen; aber ich kenne Fälle, in denen sie ihren Ursprung der Banshee und nur der Banshee verdankt.

Während des Bürgerkriegs in Amerika befand sich beispielsweise ein Transport konföderierter Soldaten auf dem Weg nach Charlestown, als ein junger irischer Offizier, der sich über den Schutzwall beugte und nachdenklich ins Meer blickte, zu seinem Erstaunen die allerliebsten Klänge von Musik hörte, die, so schien es ihm, aus den Tiefen des blauen Wassers kamen. Er dachte, er müsse träumen, rief einen Offiziersbruder zu sich und fragte ihn, ob er etwas hören könne.

»Ja«, antwortete dieser, »Musik und vor allem Gesang. Es ist eine Frau, und sie singt ein sehr zartes und klagendes Lied. Wie zum Teufel erklärst du dir das?«

»Ich weiß es nicht«, antwortete der junge Ire, »es sei denn, es ist die Banshee, und es klingt sehr ähnlich wie die Beschreibung, die mir meine Mutter immer gab. Ich hoffe nur, dass sie nicht den Tod eines meiner nahen Verwandten vorhersagt.«

Das passierte nicht, aber seltsamerweise stand ein Namensvetter von ihm, von dem er später erfuhr, dass er ein Cousin zweiten Grades war, keine zehn Meter von ihm entfernt, als er gerade der Musik lauschte, und wurde am folgenden Tag bei einem Einsatz von Charlestown aus getötet.

Eine ähnliche Geschichte wurde mir in Oregon von einem alten irischen Soldaten erzählt, der auf der Gegenseite in der Unionsarmee kämpfte und vorübergehend bei einem Apfelhändler in Medford, Jackson County, angestellt war. Ich verbürge mich in keiner Weise für den Wahrheitsgehalt, sondern gebe sie so wieder, wie sie mir erzählt wurde.

»Sie fragen mich, ob ich in Amerika jemals einem Geist begegnet bin«, sagte er. »Nun, ich glaube schon – mehrere sogar – unter anderem auch die Banshee.«

»Oh ja, ich bin Ire, obwohl ich mit dem Näseln eines gewöhnlichen Yankees spreche. Das tut jeder, der längere Zeit in den Oststaaten gelebt hat. Das liegt am Klima.«

»Mein Name ist jedoch O'Hagan, und ich wurde in der Grafschaft Clare geboren. Obwohl mein Vater nur ein Bauer war, bin ich verdammt viel irischer als die Hälfte der Leute, die heute in der alten Heimat Titel und große Ländereien besitzen.«

»Ich bin mit meinen Eltern aus Irland ausgewandert, als ich erst wenige Wochen alt war, und wir haben uns in New York niedergelassen, wo ich als Wärter an den Kais arbeitete, als der Bürgerkrieg ausbrach.«

»Wie die meisten Iren, die, wie Sie wissen, immer bereit sind, überall dorthin zu gehen, wo es die Möglichkeit gibt, ein bisschen zu kämpfen, meldete ich mich sofort bei den Marines, da ich leidenschaftlich gern zur See fuhr, und wurde zu gegebener Zeit auf ein Kanonenboot versetzt, das an der Küste von Carolina patrouillierte, um nach konföderierten Blockadebrechern Ausschau zu halten.«

»Nun, eines Nachts, kurz nachdem ich mich hingelegt hatte und in meiner Hängematte lag und versuchte, einzuschlafen – was gar nicht so einfach war, denn einer meiner Kameraden, ein ehemaliger Schauspieler, schnarchte so laut, dass er das ganze Schiff aufweckte – hörte ich plötzlich ein Klopfen an das Bullauge neben mir.«

»'Hallo'«, sagte ich zu mir selbst, »'das ist ein seltsames Geräusch. Das kann nicht das Wasser sein und auch nicht der Wind; vielleicht ist es ein

Vogel, eine Möwe oder ein Albatros', und ich hörte sehr aufmerksam hin.«

»Das Geräusch blieb, aber es hatte nichts von der Härte und Schärfe, die ein Schnabel mit sich bringt, es war weicher und lang anhaltender, mehr wie das Klopfen von Fingern. Hin und wieder hörte es auf, um dann wieder zu klopfen, klopfen, klopfen, bis es mich schließlich so sehr beunruhigte, dass ich aus meiner Hängematte sprang und nachschaute, was es war.«

»Zu meinem Erstaunen sah ich ein sehr weißes Gesicht, das gegen das Bullauge gepresst war und zu mir hereinschaute. Es war das Gesicht einer Frau mit rabenschwarzem Haar, das ihr in langen Locken um Hals und Schultern fiel. Sie hatte große goldene Ringe an den Ohren, die im Mondlicht besonders glänzten, ebenso wie ihre Zähne, die im schönsten Elfenbein strahlten, das ich je gesehen habe – absolut gleichmäßig und ohne den geringsten Makel.«

»Es waren aber ihre Augen, die mich am meisten faszinierten. Sie waren groß, aber nicht zu groß, sondern in einem perfekten Verhältnis zum Rest ihres Gesichts, und, soweit ich das im Mondlicht beurteilen konnte, entweder blau oder grau, aber unbeschreiblich schön und gleichzeitig unbeschreiblich traurig.«

»Als ich näher kam, wich sie zurück und deutete mit einer weißen, schlanken Hand auf einen Fleck auf dem Meer, und plötzlich hörte ich Musik, den fernen Klang einer Harfe, der, so schien es mir, etwa von dem Ort ausging, auf den sie hingedeutet hatte.«

»Es war eine äußerst ruhige Nacht, und die Geräusche waren sehr deutlich zu hören, über dem sanften Plätschern des Wassers an der Bordwand hinweg und dem mechanischen Zischen, das der Bug bei jedem Heben und Senken machte, während das Schiff sanft vorwärts pflügte.«

»Ich war so sehr mit dem Zuhören beschäftigt, dass ich die Gestalt der Frau mit dem schönen Gesicht ganz vergaß, und als ich mich umdrehte, um wieder nach ihr zu sehen, war sie verschwunden, und vor mir war nichts als eine endlose Weite des wogenden, schwankenden, mondbeschienenen Wassers.«

»Dann verstummte auch die Musik, und alles war wieder still, auf wundersame Weise still, und ich fühlte mich unerklärlich traurig und einsam. Ich hatte das Gesicht dieser Frau sehr lieb gewonnen – das einzige wirklich schöne Frauengesicht, das mich jemals so freundlich angesehen hatte – und legte mich wieder in meine Hängematte und schlief bald ein.«

»Am Hafen angekommen, informierte mich der erste Brief, den ich von zu Hause erhielt, über den Tod meines Vaters, der in derselben Nacht und etwa zur selben Zeit gestorben war, in der ich diese feenhafte Vision gesehen und diese feenhafte Musik gehört hatte.«

»Als ich meiner Mutter einige Zeit später davon erzählte, sagte sie, es sei die Banshee, und dass sie die Familie O'Hagan seit Hunderten von Jahren heimgesucht habe.«

Wie ich bereits sagte, handelt es sich hierbei lediglich um die Geschichte eines Soldaten, die von niemandem sonst bestätigt wird und natürlich nicht dem Standard der S.P.R.* entspricht. Dennoch glaube ich, dass sie mir in vollkommener Aufrichtigkeit erzählt wurde, und der Erzähler hatte nichts davon, wenn er sie erfand. Ich bot ihm nicht einmal einen Kautabak an, denn in diesem Moment war ich fast so knapp bei Kasse, wenn nicht sogar knapper als er selbst.«

[* S.P.R.S. Society for Psychical Research (Gesellschaft für die Erforschung des Übernatürlichen]

Und nun, bevor ich mit den Banshee-Erscheinungen ganz zum Schluss komme, die mit dem Krieg in Verbindung gebracht werden, muss ich mich auf eine Aussage in Mr McAnnalys Buch 'Irish Wonders' [Irische Wunder] beziehen, die besagt, dass nach dem Tod des Herzogs von Wellington das Heulen der Banshee um das Haus seiner Vorfahren herum gehört wurde.

Diese Aussage lässt sich meiner Meinung nach nicht überprüfen. Ich bin aber durchaus bereit zuzugeben, dass eine Art von Erscheinung – vielleicht ein Familiengeist, den er von dem einen oder anderen seiner anglo-irischen Vorfahren geerbt hatte – außerhalb des fraglichen Anwesens klagend gehört wurde; da aber die Familie, welcher der Herzog angehörte, nicht einmal annähernd alter irischer Abstammung war, kann ich es nicht für möglich halten, dass die erlebten Unruhen in irgendeiner Weise auf die echte Banshee zurückzuführen waren.

Um auf das Meer und den Banshee-Spuk zurückzukommen:

An der Küste von Donegal [Stadt im äußersten Nordwesten der Republik Irland] gibt es eine Flussmündung, die 'The Rosses'* genannt wird und von der es einst hieß, dass sie von verschiedenen Arten von Gespenstern heimgesucht wird, darunter auch von der Banshee, die sich bei einer ganzen Reihe von Gelegenheiten gezeigt haben soll.

[* Der Name kommt von 'Ros', dem irischen Wort für Landzunge]

Unter der Überschrift 'An Irish Water-fiend' [ein irischer Wassergeist] erzählt Bourke in seinen Anecdotes of the Aristocracy [Anekdoten aus der Aristokratie] (i. 329) den folgenden Fall einer dort stattgefunden habenden geisterhaften Begebenheit, die zwar nicht auf eine Banshee zurückzuführen ist, aber so charakteristisch für irische übernatürliche Phänomene ist, dass ich nicht darauf verzichten kann, sie zu zitieren.

Im Herbst 1777 ritt Rev. James Crawford, Pfarrer der Gemeinde Killina in der Grafschaft Leitrim, mit seiner Schwägerin Miss Hannah Wilson auf dem Soziussitz hinter ihm die Straße entlang, die zu 'The Rosses' führte, und als sie die Flussmündung erreichten, überquerte er sie sofort.

Nachdem sie eine gewisse Strecke zurückgelegt hatten, bemerkte Miss Wilson, dass das Wasser bereits die Sattelunterlage berührte, und war so beunruhigt, dass sie schrie und Mr Crawford bat, das Pferd umzudrehen und so schnell wie möglich an Land zurückzukehren.

»Ich glaube nicht, dass eine Gefahr besteht«, antwortete Mr Crawford, »denn ich sehe einen Reiter, der gerade die Furt keine zwanzig Meter vor uns überquert.«

Darauf erwiderte Miss Wilson, die den Reiter ebenfalls gesehen hatte: »Du solltest ihm zurufen und dich nach der Tiefe des dazwischenliegenden Wassers erkundigen.«

Mr Crawford tat dies sofort, woraufhin der Reiter anhielt, sich umdrehte und ein Gesicht zeigte, das von dem abscheulichsten Grinsen verzerrt war, das man sich vorstellen kann, und das so furchtbar weiß und böse war, dass der arme Geistliche sofort den Rückzug antrat und keinen Versuch unternahm, die wahnsinnige Eile seines in Panik geratenen Pferdes aufzuhalten, bis er die Mündung viele Meilen hinter sich gelassen hatte.

Als er zu Hause ankam, erzählte er seiner Frau und seiner Familie von dem Vorfall und erfuhr später, dass die Flussmündung dafür bekannt war, von mehreren Gespenstern heimgesucht zu werden, deren Aufgabe immer dieselbe war: entweder den Untergang der Person, der sie erschienen, durch Ertrinken vorherzusagen oder aber den Tod dieser Person herbeizuführen, indem sie diese immer weiter hineinlockten, bis sie der Halt verlor, und so umkam.

Man hätte meinen können, dass Mr Crawford nach der geschilderten Erfahrung in Zukunft einen großen Bogen um die Flussmündung machen würde, aber das war nicht der Fall.

Am 27. September 1777 versuchte er erneut, die Furt von 'The Rosses' zu überqueren, und ertrank bei dem Versuch.

Zu den vielen spannenden und – so kam es mir damals vor – authentischen Geschichten, die mir in meiner Jugend von einer Mrs Broderick, einer bekannten Orangen- und Schokoladenverkäuferin in Bristol, erzählt wurden, gehörten auch einige mitreißende Berichte über die Banshee.

Ich war damals ein Tagesschüler am Clifton College und wohnte nicht weit von der Schule entfernt, und Mrs Broderick, die jede Woche mit ihren Waren zu uns kam, interessierte sich besonders für mich, weil ich Ire war – einer der 'echten alten O'Donnells'.

Sie stammte aus Cork [im Süden von Irland] und war, so glaube ich, von dort mit der Juno, einem

144

alten Viehdampfer, übergesiedelt, der mehr als zwanzig Jahre lang regelmäßig jede Woche zwischen Cork und Bristol [im Südwesten von England] verkehrte und eine Handvoll Passagiere beförderte. Wegen des billigen Fahrpreises machten sie das Beste aus dem Hin- und Herrollen des Schiffs und dem äußerst begrenzten Raum, der ihnen für ihre Unterbringung zur Verfügung stand. In späteren Jahren bin ich oft mit der Argo, dem Schwesterschiff der Juno, von und nach Dublin und Bristol gereist, sodass ich frei und aus Erfahrung berichten kann.

Aber nun zu den Geschichten von Mrs Broderick über die Banshee.

Die eine, die einen Bericht über eine Banshee enthält, die auf dem Meer spukt, werde ich in diesem Kapitel erzählen, und die andere, die weder mit dem Meer noch mit dem Fluss zu tun hat, werde ich später behandeln.

Bevor ich jedoch mit einer der beiden Geschichten beginne, möchte ich sagen, dass Mrs Broderick zwar mit einem kräftigen Brogue [ländlicher Dialekt] sprach und wirklich irisch war, aber nur wenige – wenn überhaupt – jener Wörter und Ausdrücke benutzte, die einige Professoren der Dublin Academic School offenbar als untrennbar mit der Sprache der irischen Bauernklasse verbinden.

Ich kann mich zum Beispiel nicht daran erinnern, dass sie jemals Musha [ach, was], Arrah [drückt Überraschung oder Begeisterung aus] oder Oro [hey] gesagt hätte.

Und was das Erse* betrifft, so bin ich mir ziemlich sicher, dass sie kein einziges Wort davon kannte.

Dennoch war sie, wie gesagt, Irin, und zwar weitaus irischer als viele der heutigen Gälisch-Gelehrten, unerträglich stolz auf ihre Kenntnisse der keltischen Sprache und stocksteif mit ihren schwachen und vergeblichen Versuchen danach trachtend, sich etwas von dem echten irischen Witz und sprichwörtlichen Humor anzueignen.

[* Alternativename für goidelische Sprache, irische Sprache]

Mrs Broderick sprach nicht oft von ihren Eltern; sie waren wohl Bauern, oder vielleicht das, was wir als 'Kleinbauern' bezeichnen würden, und soweit ich es verstanden habe, lebten sie einst in einem kleinen Dorf außerhalb von Cork; aber Mrs Broderick erzählte mir, dass sie das Meer sehr liebte und oft, als sie ein Mädchen war, nach Cork ging und mit ihren jungen Freunden im Hafen von Queenstown in einem Boot herumfuhr.

Einmal segelte sie zusammen mit einem anderen Mädchen und zwei jungen Männern hinaus. Ein alter Fischer, den sie kannten, brachte sie ein Stück die Küste hinauf in Richtung Kinsale.

Als sie lossegelten, wehte eine leichte Brise, die aber plötzlich abfiel, als sie zurückfuhren. Da die Segel abgenommen und die Ruder benutzt werden mussten, boten die beiden jungen Männer an, zu rudern. Der alte Fischer nahm ihr Angebot an, und sie ruderten stetig weiter, bis sie ein altes Schiff erblickten. Es war dermaßen ramponiert und abgenutzt, dass es kaum mehr als eine bloße Hülle war und in einer kleinen Bucht halb im und halb außerhalb des Wassers lag. Da das Wetter schön war und niemand es eilig hatte, nach Hause zu kommen, wurde vorgeschlagen, zum Wrack zu fahren und es zu untersuchen.

Der alte Fischer zögerte, ließ sich aber bald überreden, und die beiden jungen Männer und die Freundin von Mrs Broderick stiegen in den alten Kahn, während Mrs Broderick und der Fischer im Boot blieben.

Die Schatten der Bäume und Felsen hatten sich bereits auf den glitzernden Kies des Strandes gelegt, und ein Leuchten, das vom rasch aufgehenden Mond und Myriaden funkelnder Sterne ausging, die jeden Moment mit zunehmender Brillanz aufleuchteten, zeigte jedes Objekt um sie herum mit verblüffender Deutlichkeit.

Mrs Broderick, die bei solcherlei Umgebung immer in ihrem Element war, genoss die Situation in vollen Zügen. Sie lehnte sich an die Bordwand und ließ eine Hand im Wasser baumeln, um die frische Nachtluft einzuatmen, die nach Blumen und Ozon duftete. Sie hörte, wie ihre Freunde sich unterhielten und lachten, während sie versuchten, sich auf den schrägen Brettern des alten Schiffsrumpfes zu halten, und bald schlug einer von ihnen, O'Connell, vor, dass sie unter Deck gehen und die Kajüten erkunden sollten.

Daraufhin wurden ihre Stimmen allmählich immer leiser, bis schließlich alles still war. Man konnte nur das Schlagen des Meeres an den Seiten des Bootes hören, das sanfte Plätschern der Wellen, die sich am Strand brachen, und das gelegentliche, weit entfernte Bellen eines Hundes – Geräusche, die irgendwie mehr zum Sommer zu gehören scheinen als zu irgendeiner anderen Zeit des Jahres.

Mrs Brodericks Gedächtnis, das durch diese Geräusche geweckt wurde, reiste zurück in vergangene Zeiten und stellte sich gerade wieder einige der alten Szenen vor, als auf einmal aus dem Wrack, von der Seite, die, wie es ihr schien, teilweise unter Wasser lag, eine Reihe der entsetzlichsten Schreie ertönte, genau wie die Schreie einer Frau, die plötzlich überfallen und entweder erstochen oder auf eine andere, ebenso wilde und brutale Weise behandelt wird.

Mrs Broderick dachte natürlich sofort an ihre Freundin Mary Rooney und rief, den Bootsführer am Arm haltend, aus:

»Ihr Heiligen da oben, es ist Mary. Sie ermorden sie.«

»Das ist keine Frau«, sagte der alte Fischer heiser. »Es ist die Banshee, und ich hätte mir das um nichts in der Welt gewünscht. Meine Mutter liegt sehr krank im Bett, mit Rheuma und einer Erkältung, die sie sich in der vorletzten Nacht beim Sitzen im nassen Gras zugezogen hat.«

»Sind Sie sicher?«, flüsterte Mrs Broderick und umklammerte ihn fester, während ihre Zähne klapperten. »Sind Sie sicher, dass es nicht Mary ist und dass sie sie nicht umbringen?«

»Sicher«, antwortete der Fischer, »so schreit die Todesfee immer – sie ist es, ganz sicher, es ist keine menschliche Frau«, und wie der gute Katholik, der er war, bekreuzigte er sich, tauchte die Ruder sanft ins Wasser und begann das Boot langsam und leise zu bewegen.

Nach und nach verstummte das Geschrei, und einen Augenblick später kamen die drei Abenteurer an Deck getrottet. Sie zeigten keinerlei Anzeichen von Beunruhigung und verneinten lachend, als sie gefragt wurden, ob sie etwas gehört hätten.

»Nur den Kuss«, fügte O'Connell scherzhaft hinzu, »den Mike Power von Mary gestohlen hat. Das war alles.«

Aber für O'Connell, dem alten Fischer, war das noch nicht alles.

Als er zu Hause ankam, stellte er fest, dass seine Mutter während seiner Abwesenheit plötzlich gestorben war, und zwar höchstwahrscheinlich genau in dem Moment, als Mrs Broderick und er die Banshee gehört hatten.

X. Angebliche Ebenbilder der Banshee

Außer in Irland gibt es in keinem Land eine Banshee, obwohl es in einigen Ländern ein Familien- oder Nationalgespenst gibt, das ihr ähnelt.

In Deutschland zum Beispiel erzählt der Volksmund von 'Weißen Frauen', die in Schlössern, Wäldern, Flüssen und Bergen herumspuken, wo man sie beim Kämmen ihrer gelben Haare, beim Harfenspiel oder beim Spinnen beobachten kann. Wie ihr Name vermuten lässt, tragen sie gewöhnlich weiße Kleider und nicht selten gelbe oder grüne Schuhe von zierlicher und kunstvoller Gestaltung.

Manchmal sind sie traurig, manchmal fröhlich; manchmal warnen sie vor dem nahenden Tod oder Unheil, und mitunter machen sie die Menschen durch ihre Schönheit blind für eine bevorstehende Gefahr und locken sie so in den Tod.

Wenn sie schön sind, sind sie oft sehr schön, obwohl sie fast immer dem gleichen Typ entsprechen – goldenes Haar und große blaue Augen; sie sind selten dunkel, und ihr Haar hat nie diesen besonderen kupferfarbenen und goldenen Farbton, der bei den Banshees so verbreitet ist.

Wenn sie hässlich sind, sind sie in der Regel wirklich hässlich – entweder abstoßende alte Vetteln, die den Hexen in Grimms Märchen nicht unähnlich sind, oder Totenschädel, die sich spöttisch mit den Utensilien der Jugend schmücken; aber ihre Hässlichkeit scheint nicht jenen grässlichen satanischen Spott, jene teuflische Bosheit zu umfassen, die untrennbar mit der bösartigen Gestalt der Banshee verbunden ist und die in den Betrachtern ein so eigentümliches und unvergleichliches Grauen hervorruft.

Es liegt nicht in meiner Absicht, in diesem Werk mehr zu tun, als kurz auf einige der berühmtesten deutschen Spukgeschichten in ihrer Beziehung zur Banshee einzugehen; und da sie die bekannteste ist, möchte ich zunächst die Aufmerksamkeit auf die 'Weiße Frau' lenken, die ihre unwillkommenen Aufmerksamkeiten auf das Königshaus beschränkt und vielleicht noch spezieller auf den Zweig, der als das Haus Hohenzollern bekannt ist.

Zwischen diesem Familienphantasma der 'Weißen Frau' und der Banshee gibt es zweifelsohne eine Gemeinsamkeit. Beide sind ausschließlich mit Familien von wirklich alter Abstammung verbunden, denen sie von Stadt zu Stadt, von Provinz zu Provinz und von Land zu Land folgen; und der Zweck ihrer jeweiligen Missionen ist im Allgemeinen derselbe, nämlich vor einem nahenden Tod oder Unglück zu warnen, das im Falle der 'Weißen Frau' gewöhnlich von nationaler Bedeutung ist.

Gelegentlich hört man auch das deutsche Familiengespenst – wie auch die Banshee – auf einer Harfe spielen, aber hier endet meiner Meinung nach die Ähnlichkeit.

Die Erscheinung der 'Weißen Frau' der Hohenzollern weist keine besonders auffälligen

Merkmale auf, sie scheint weder besonders schön noch das Gegenteil zu sein; auch vermittelt sie nicht den Eindruck, irgendeiner sehr lange vergangenen Zeit anzugehören; im Gegenteil, sie könnte durchaus der erdgebundene Geist von jemandem sein, der im Mittelalter oder noch später gestorben ist.

Im Dezember 1628 wurde sie im königlichen Schloss in Berlin gesehen und hörte man sie sagen: 'Veni, judica vivos et mortuos; judicum mihi adhuc superest' – das heißt: 'Komm, richte die Lebenden und die Toten – ich harre auf mein Gericht.'

Sie zeigte sich auch einem der Friedrichs von Preußen, der ihr Erscheinen als sicheres Zeichen für seinen nahenden Tod ansah, so wie es auch kam, denn er starb kurz darauf.

Das nächste Mal lesen wir von ihrem Erscheinen in Böhmen auf dem Schloss Neuhaus. Eine der Prinzessinnen des Königshauses probierte vor einem Spiegel eine neue Kopfbedeckung an, und da sie dachte, ihre Zofe sei in der Nähe, erkundigte sie sich nach der Uhrzeit.

Zum Schrecken der Prinzessin kam aber statt der Antwort des Dienstmädchens eine seltsame, ganz in Weiß gekleidete Gestalt hinter einem Vorhang hervor. Ihr Instinkt sagte ihr, dass es sich um das berühmte Nationalgespenst handelte.

»Zehn Uhr ist es, Eure Liebden!« Die letzten beiden Worte sind die in Deutschland und Österreich übliche Anrede innerhalb königlicher und fürstlicher

Familien, wenn sie zueinander sprechen. Die Prinzessin wurde bald darauf krank und starb.

Ein wahrheitsgetreuer Bericht über das Erscheinen der 'Weißen Frau' wurde 1829 in der Frankfurter Zeitschrift 'Die Iris' veröffentlicht, für den sich der Herausgeber Georg Döring verbürgte. Dörings Mutter, die Gesellschafterin einer der Damen am preußischen Hof war, hatte zwei Töchter im Alter von vierzehn und fünfzehn Jahren, die sie im Palast zu besuchen pflegten.

Einmal, als die beiden Mädchen allein im Wohnzimmer ihrer Mutter waren und Handarbeiten verrichteten, waren sie sehr überrascht, als sie hinter einem großen Ofen, der eine Ecke der Wohnung einnahm, Musik hörten – wie es für sie den Anschein hatte.

Ein Mädchen stand auf, nahm einen hölzernen Messstab und schlug auf die Stelle, von der sie glaubte, dass die Musik kommen würde, woraufhin ihr das Metermaß augenblicklich aus der Hand gerissen wurde und die Musik gleichzeitig verstummte.

Sie erschrak so sehr, dass sie aus dem Zimmer rannte und sich in die Wohnung einer anderen Person flüchtete.

Als sie einige Minuten später zurückkehrte, fand sie ihre Schwester ohnmächtig auf dem Boden liegend vor. Nachdem sie wieder zu sich gekommen war, erklärte die Schwester, dass unmittelbar,

153

nachdem die andere die Wohnung verlassen hatte, die Musik wieder begonnen hatte, und nicht nur das, sondern auch die Gestalt einer ganz in Weiß gekleideten Frau plötzlich hinter dem Ofen aufgetaucht war und sich ihr zu nähern begann, sodass sie sofort vor Schreck in Ohnmacht fiel.

Die Dame, in deren Haus sich der Vorfall ereignete, ließ, nachdem sie erfahren hatte, was passiert war, den Fußboden in der Nähe des Ofens aufbrechen; aber statt des Schatzes, den sie dort zu finden hoffte, fand man nur eine Menge Branntkalk.

Als die Angelegenheit schließlich dem König zu Ohren kam, zeigte er keine Überraschung, sondern äußerte nur seine Überzeugung, dass es sich bei der Erscheinung, die das Mädchen gesehen hatte, um die Gräfin Agnes von Orlamunde handelte, die in diesem Zimmer lebendig eingemauert worden war.

Sie war die Mätresse eines früheren Markgrafen von Brandenburg gewesen, mit dem sie zwei Kinder hatte, und als die rechtmäßige Frau des Markgrafen starb, hoffte die Gräfin, dass er sie heiraten würde.

Dies lehnte er jedoch mit der Begründung ab, dass ihre Nachkommen nach seinem Tod mit großer Wahrscheinlichkeit den Kindern aus seiner rechtmäßigen Ehe die Erbschaft streitig machen würden. Um dieses Hindernis zu beseitigen, vergiftete die Gräfin ihre beiden Kinder, was den Markgrafen so empörte, dass er sie in dem Zimmer, in dem sie die Verbrechen begangen hatte, lebendig einmauern ließ. Der König fuhr fort, zu erklären, dass das Gespenst etwa alle sieben Jahre auftauche, aber häufiger bei Kindern, denen es sehr zugetan sei, als bei Erwachsenen.

Gegen diese Erklärung spricht jedoch die neuere Version, dass es sich bei der 'Weißen Frau' um Prinzessin Bertha oder Perchta von Rosenberg handelt. Diese Theorie stützt sich auf die Entdeckung eines Porträts von Prinzessin Bertha, das jemandem als das Angesicht der 'Weißen Frau' identifiziert hatte, das er gerade gesehen hatte.

Zur Untermauerung dieser Theorie wurde darauf hingewiesen, dass einmal, als bestimmte Almosen, die nach dem Willen der Fürstin jährlich an die Armen verteilt werden sollten, vernachlässigt wurden, nicht nur die 'Weiße Frau' gesehen wurde, sondern auch Musik und alle möglichen anderen Geräusche in dem Haus zu hören waren, in dem die Fürstin gestorben war.

Es ist jedoch sehr gut möglich, dass keine dieser Theorien wahr ist und das Geheimnis des Wirkens der 'Weißen Frau' in einer subtilen und vielleicht völlig unverdächtigen Tatsache liegt. Ich halte es für durchaus denkbar, dass sie keine erdgebundene Seele ist, sondern ein sich verkörperndes Elementarwesen, das sich – wie die Banshee – aus irgendeinem seltsamen und völlig unerklärlichen Grund an die unglücklichen Hohenzollern und ihre Verwandten und Verschwägerten geheftet hat.

Ballinus und Erasmus Francisci geben in ihren veröffentlichten Werken zahlreiche Berichte über das Auftauchen dieser Erscheinung, während Mrs Catherine Crowe behauptet, dass sie kurz vor der Veröffentlichung ihres Buches 'The Nightside of Nature' [Die Nachtseite der Natur] gesehen wurde. Es wäre interessant zu wissen, ob sie dem Ex-Kaiser Wilhelm oder einem seiner Angehörigen vor diesem letzten, größten und verheerendsten aller Kriege erschienen ist.

William Brereton gibt auf Seite 33 seines Werks 'Travels' [Reisen] eine etwas andere Beschreibung dieses Geistes. Er sagt, dass die Königin von Böhmen ihm erzählte, 'dass in Berlin der Kurfürst von Brandenberg vor dem Tod eines jeden, der mit diesem Haus blutsverwandt ist, als Gespenst in einem weißen Laken erscheint, und während der Zeit ihrer Krankheit bis zu ihrem Tod umhergeht'.

In diesem Bericht wird das Geschlecht nicht erwähnt, sodass der Leser nur spekulieren kann, ob es sich bei der Erscheinung um den Geist eines Mannes oder einer Frau handelte. Seine Erscheinung deutet jedoch nach diesem Bericht stark auf ein Gespenst vom Typus des düsteren Totenschädel-Typs hin – eine gewöhnliche Art von Elementarwesen – was in keiner anderen Beschreibung, die wir bisher kennengelernt haben, zum Ausdruck kommt.

Andere alte deutsche und österreichische Familien – neben den Herrscherhäusern – haben auch ihre Familiengespenster, und auch hier ist das Familiengespenst der Deutschen und Österreicher keineswegs auf die 'Weiße Frau' beschränkt, wie im parallelen Fall der Iren und ihrer Banshee.

In einigen Fällen von deutschem Familienspuk ist das Phänomen zum Beispiel ein brüllender Löwe, in anderen ein heulender Hund und in wieder anderen eine Glocke oder ein Gong oder eine Uhr mit düsterem Glockenschlag, die zu einer ungewöhnlichen Stunde schlägt, und dann gewöhnlich dreizehn Mal. In allen Fällen jedoch, egal ob es sich um einen deutschen, irischen oder österreichischen Familiengeist handelt, ist der Zweck seiner Erscheinungen derselbe – den Tod oder ein sehr schweres Unglück vorherzusagen♣.

[♣ Siehe 'The Ghost World (Die Geisterwelt) von T.F.T. Dyer, Seite 227]

In den Anmerkungen zur 1844 erschienenen Ausgabe von Thomas Crofton Crokers 'Fairy Legends and Traditions of the South of Ireland' [Feen-Legenden und Traditionen des irischen Südens] findet sich dieser Absatz aus den Werken der Gebrüder Grimm und handschriftlichen Mitteilungen von Dr. Wilhelm Grimm:

'In Tirol glaubt man an einen Geist, der zum Fenster eines Hauses hereinschaut, in dem ein Mensch sterben soll' (Deutsche Sagen, Nr. 266). Die 'Weiße Frau' mit dem Schleier über dem Kopf entspricht der Banshee, aber die Überlieferung vom Klageweib in der Lüneburger Heide (Spiels Archiv 297 ff.) ähnelt ihr mehr.

In stürmischen Nächten, wenn der Mond schwach durch die flüchtigen Wolken scheint, schreitet sie in ihrer gigantischen Statur, mit totenähnlichem Aussehen und schwarzen, hohlen Augen. Eingehüllt in graue, im Winde schwebende Kleider und streckt ihren gewaltigen Arm über die einsame Hütte und stößt in der stürmischen Finsternis klagende Schreie aus. Unter dem Dach, über das sich das Klageweib gelehnt hat, muss im Laufe eines Monats einer der Insassen sterben.

In Italien gibt es mehrere Familien von Rang, die einen Familiengeist besitzen, der der Banshee ähnelt. Nach Cardau und Henningius Grosius besitzt die alte venezianische Familie Donati ein Gespenst in Form eines Männerkopfes, das immer dann durch eine Türöffnung blickt, wenn ein Mitglied der Familie dem Tode geweiht ist. Der folgende Auszug aus ihrem gemeinsamen Werk dient als Illustration dafür:

'Jacopo Donati aus einer der bedeutendsten Familien Venedigs, hatte ein Kind, den Erben der Familie, das sehr krank war. Nachts, als er im Bett lag, sah Donati, wie die Tür seiner Kammer geöffnet und der Kopf eines Mannes hineingesteckt wurde. Da er wusste, dass es sich nicht um einen seiner Diener handelte, weckte er das Haus, zog sein Schwert und durchsuchte den ganzen Palast, wobei alle Diener erklärten, dass sie zur selben Stunde einen solchen Kopf an den Türen ihrer verschiedenen Gemächer gesehen hätten. Die Schlösser wurden alle als sicher befunden, sodass niemand von außen hätte eindringen können. Am nächsten Tag starb das Kind.'

Andere Familien in Italien, zum Beispiel ein Zweig der Paoli, werden von sehr süßer Musik heimgesucht – die Stimme einer Frau, die zur Begleitung einer Harfe oder Gitarre singt, und zwar immer vor einem Todesfall.

Über die Familiengespenster in Spanien habe ich nur wenige Informationen sammeln können. Auch dort scheinen einige der ältesten Familien Geister zu besitzen, die das Schicksal der Familien, zu denen sie gehören, sowohl im In- als auch im Ausland verfolgen, aber abgesehen von diesem einen Punkt der Vergleichbarkeit scheinen sie wenig Ähnlichkeit mit der Banshee zu haben.

In Dänemark und Schweden ist die Ähnlichkeit zwischen dem Familiengeist und der Banshee dagegen sehr ausgeprägt. Eine ganze Reihe alter skandinavischer Familien besitzen Geister, die der Banshee sehr ähnlich sind; einige sind sehr schön und sympathisch, andere eher das Gegenteil.

Der bemerkenswerteste Unterschied besteht darin, dass die skandinavische Erscheinung nichts von jener schauerlichen Mischung aus Grab, lang vergangenen Zeiten, und Hölle aufweist, die für den unheilvollen Typus der Banshee so charakteristisch ist und die sie von den Gespenstern aller anderen Länder zu unterscheiden scheint.

Die schönen skandinavischen Phantasmen ähneln eher Feen oder Engeln als irgendwelchen Frauen dieser Erde, während die scheußlichen die ganze Groteske und das rohe Grauen der Hexen von Andersen oder Grimm haben. Es gibt nichts an ihnen, wie so oft bei der Banshee, was einen fragen ließe, ob sie die Phantasmen einer längst ausgestorbenen Rasse oder eines Volkes sein könnten, das zum Beispiel vom verschwundenen Kontinent Atlantis stammt oder vor der Ankunft der Kelten in Irland war.

Die skandinavischen Familiengeister sind offen gesagt entweder Elementargeister oder die erdgebundenen Geister der viel jüngeren Toten. Dennoch haben sie, wie gesagt, gewisse Gemeinsamkeiten mit der Banshee. Sie prophezeien den Tod oder ein Unglück; sie schreien und jammern wie Frauen in großen seelischen oder körperlichen Qualen; sie schluchzen oder lachen; sie klopfen gelegentlich an die Fensterscheiben oder spielen auf der Harfe; sie spuken manchmal paarweise, wobei ein gütiger und ein böser Geist die Geschicke derselben Familie begleiten; und sie halten sich ausschließlich in den allerältesten Familien auf.

Seltsamerweise nimmt der finnische Familiengeist manchmal die Gestalt eines Mannes an. So berichtet Burton in seiner 'Anatomy of Melancholy' [Anatomie der Melancholie], dass es in der Nähe von Rufus Nova [???] in Finnland einen See gibt, in dem, wenn der Schlossherr stirbt, ein Spektrum in der Beschaffenheit des Orion mit einer Harfe erscheint und ausgezeichnete Musik macht, wie die Uhren in

Cheshire, die (so sagt man) den Tod der Familienväter ankündigen, oder diese Eiche im Lanthadran Park in Cornwall, die so vieles vorausahnen lässt.

Ich werde nicht länger auf die skandinavischen Geister eingehen, da ich beabsichtige, später einen Band über sie zu veröffentlichen, sondern werde zu den Familienerscheinungen in Schottland, England und Wales übergehen.

Sir Walter Scott glaubte in Schottland fest an die Banshee, die er als einen der schönsten Aberglauben Europas bezeichnete. In seinen 'Letters on Demonology' (Briefe über Dämonologie) sagt er:

'Mehrere Familien in den schottischen Highlands beanspruchen seit jeher das besondere Merkmal eines begleitenden Geistes, der das Amt der irischen Banshee ausübt', und er verweist insbesondere auf die geisterhaften Schreie und Klagen, die den Mitgliedern des Clans MacLean of Lochbery den Tod voraussagen. Aber obwohl viele der Highland-Familien einen solchen Geist besitzen, ist er, anders als die Banshee, nicht auf das weibliche Geschlecht beschränkt, und sein Ursprung geht in der Regel auch nicht auf so weit zurückliegende Zeiten zurück.

Er scheint in der Tat zu einer viel gewöhnlicheren Art von Phantasma zu gehören, einer Art, die selten von Musik oder einem anderen Geräusch begleitet wird und die keineswegs immer den Tod voraussagt, obwohl das bei vielen Gelegenheiten geschehen ist, wie beim 'Bodach au Dun' oder Geist der Hügel, der die Familie von Grant Rothiemurcus heimsucht oder auch bei Llam-dearg, auch 'das Gespenst der blutigen Hand' genannt, das die Geschicke des Kinchardine Clans verfolgt. Wie Sir Walter Scott in den Macfarlane Manuskripten schreibt, war dieser Geist vor allem in Glenmore zu sehen, wo er die Gestalt eines Soldaten annahm, dessen eine Hand ständig von Blut tropfte.

Zu einer gewissen Zeit kündigte er sein Erscheinen auf eine Art und Weise an, die meines Erachtens unter Geistern keine Parallele hat – er forderte Mitglieder des Kinchardine Clans zu einem Duell mit ihm heraus, und ob sie nun annahmen oder nicht, sie starben immer kurz danach. Noch im Jahre 1669, so Sir Walter Scott, kämpfte er nacheinander mit drei Brüdern, die dann bald verstarben.

Dann gibt es den Clan von Gurlinbeg, der von Garlin Bodacher bedrängt wird, sowie die Turloch Gorms, die laut Scott von Mary Moulach oder dem Mädchen mit der behaarten linken Hand heimgesucht werden♣ und die Familie Airlie, deren Sitz in Cortachy von dem berühmten Trommler heimgesucht wird, dessen geisterhafte Tätowierungen als sicheres Zeichen dafür gelten, dass ein Mitglied des Ogilvie-Clans, dessen anerkanntes Oberhaupt der Earl of Airlie ist, in Kürze sterben wird.

[♣ Siehe Sir Walter Scotts 'Poetical Works' (poetische Werke), 1853, VIII, Seite 126]

Mr Ingram zitiert in seinem Werk 'Haunted Houses and Family Legends' [Spukhäuser und Familienlegenden] mehrere gut belegte Fälle von Manifestationen dieser Erscheinung, von denen die letzte seiner Meinung nach im Jahr 1899 stattfand, obwohl ich aus anderen zuverlässigen Quellen gehört habe, dass sie noch zu einem viel jüngeren Zeitpunkt gehört worden ist.

Man geht allgemein davon aus, dass der Ursprung dieses Spuks vergleichsweise modern ist und nicht weiter als zwei- oder dreihundert Jahre zurückliegt, wenn überhaupt, was ihn natürlich in eine ganz andere Kategorie als die Banshee stellt, obwohl seine Aufgabe zweifellos dieselbe ist.

Laut Mr Ingram war ein früherer Lord Airlie eifersüchtig auf einen seiner Gefolgsleute oder Abgesandten, der Trommler war, und ließ ihn in seine Trommel stecken und von einem oberen Fenster des Schlosses in den darunter liegenden Hof schleudern, wo er in Stücke zerschmettert wurde. Mit seinem letzten Atemzug verfluchte der Trommler nicht nur Lord Airlie, sondern auch seine Nachkommen, und seit diesem Ereignis spukt seine Erscheinung unaufhörlich in der Familie.

Andere Highland-Familien, die besondere Geister besitzen, sind ein Zweig der Macdonnells, die einen Phantompfeifer haben, dessen klagendes Pfeifen immer bedeutet, dass ein Mitglied des Clans in Kürze sterben wird, und die Stanleys, die eine weibliche Erscheinung haben, die ihr Erscheinen durch Kreischen, Weinen und Stöhnen ankündigt, bevor ein Mitglied der Familie stirbt. Von allen schottischen Gespenstern ähnelt das letztgenannte vielleicht am meisten der Banshee, obwohl es deutliche Unterschiede gibt, vor allem hinsichtlich des Aussehens der Gespenster – das schottische unterscheidet sich in Aussehen und Kleidung wesentlich vom irischen Gespenst – und ihrer jeweiligen Herkunft, wobei die Stanley-Erscheinung aller Wahrscheinlichkeit nach viel später einzuordnen ist, als die Banshee.

Dann gibt es noch den Bodach Glas, den dunkelgrauen Mann, über den Mr Henderson in seinem Buch 'Folklore of Northern Countries' [Volkskunde der nördlichen Länder] auf Seite 344 sagt:

'Sein Erscheinen sagte den Tod im Clan von ___ voraus, und ich bin durch ein höchst glaubwürdiges Zeugnis über sein Erscheinen in unserer Zeit informiert worden. Der Earl of E___ ein in Schottland gleichermaßen geliebter und geachteter Adliger, spielte am Tag seines Todes auf den Links* von St. Andrew's Golf. Plötzlich hielt er mitten im Spiel inne und sagte: »Ich kann nicht mehr spielen, da ist der Bodach Glas. Ich habe ihn zum dritten Mal gesehen; mir wird etwas Schreckliches zustoßen.«

[* Mit dem Begriff Links oder Links-Platz wird eine besondere Art von Golfplatz bezeichnet]

In dieser Nacht fiel er tot um, als er einer Lady auf dem Weg ins Bett ihren Kerzenleuchter reichte.

Ein weiteres Beispiel für einen schottischen Familiengeist ist der Weidenbaum auf Schloss Gordon, auf den Sir Bernard Bourke in seinem Buch 'Anecdotes of the Aristocracy' [Anekdoten aus der Aristokratie] hinweist. Sir Bernard behauptet, dass jedes Mal, wenn diesem Baum ein Unglück zustößt, wenn zum Beispiel ein Ast in einem Sturm herunter geweht oder ein Teil von ihm vom Blitz getroffen wird, einem Mitglied der Familie mit Sicherheit ein schreckliches Unglück widerfährt.

Es gibt noch andere alte schottische Familiengespenster, die sich alle deutlich von der Banshee unterscheiden, obwohl einige von ihnen eine leichte Ähnlichkeit mit ihr aufweisen. Da mein Platz jedoch begrenzt ist, werde ich nun zu Familiengespenstern einer mehr oder weniger ähnlichen Art übergehen, die in England anzutreffen sind.

Zunächst die Oxenhams von Devonshire, wo man die Braut und Erbin von Sir James Oxenham stets vor dem Tod eines Familienmitglieds sehen kann. Einer bekannten Ballade aus Devonshire zufolge flog ein bestimmter Vogel über die Gäste der Hochzeit der Erbin von Sir James Oxenham, und die Braut wurde am nächsten Tag von einem Freier getötet, den sie kurzerhand abserviert hatte.

Die Arundels of Wardour haben ein Gespenst in Form zweier weißer Eulen. Es wird behauptet, dass immer dann, wenn zwei Vögel dieser Art auf dem Haus, in dem irgendjemand dieser Familie wohnt, gesehen werden, ein Mitglied von ihnen in Kürze sterben wird.

Ebenso berühmt ist das Gespenst der Cliftons aus Nottinghamshire, das die Gestalt eines Störs annimmt, den man im Fluss Trent gegenüber von Clifton Hall, dem Hauptsitz der Familie, schwimmen sieht, wenn einer der Cliftons kurz vor dem Tod steht.

Dann ist da noch die weiße Hand der Squires of Worcestershire, einer Familie, die heute praktisch ausgestorben ist. Der örtlichen Überlieferung zufolge wurde diese Familie über viele Generationen hinweg von der sehr schönen Hand einer Frau heimgesucht, die immer durch die Wand des Zimmers ragte, in dem sich das Familienmitglied befand, das demnächst sterben sollte.

Die meisten Geisterhände sollen grau und durchsichtig sein, aber diese hier scheint nach Aussage einiger Augenzeugen eine außergewöhnliche Ähnlichkeit mit der Hand eines lebenden Menschen gehabt zu haben. Sie war schlank und perfekt proportioniert, mit sehr spitz zulaufenden Fingern und sehr langen und schön gepflegten Fingernägeln – die Art von Hand, die man auf Frauenporträts vergangener Zeiten sieht, die man aber in der heutigen Generation nur noch sehr selten antrifft.

Andere Familien, in denen es Geister gibt, sind die Middletons aus Yorkshire, die immer durch das Erscheinen einer Nonne vom Tod eines ihrer

Mitglieder benachrichtigt werden, und die Byrons von Newstead Abbey, die dem großen Dichter dieses Namens zufolge von einem schwarzen Mönch heimgesucht werden, der vor dem Tod eines Familienmitglieds im Kreuzgang und anderen Teilen des Klostergebäudes umherwandert.

In England scheint es eine ganze Reihe von Phantomen der Weißen Frau zu geben, von denen die meisten jedoch in Häusern und nicht in Familien spuken und keines von ihnen Ähnlichkeit mit der Banshee hat. In der Tat gibt es zwischen den englischen und irischen Typen von Familiengespenstern eine weitaus größere Unähnlichkeit als zwischen den irischen Gespenstern und den der anderen Nationen, über die ich bisher gesprochen habe.

Was schließlich die walisischen Familien-gespenster betrifft, so vergleicht Mr Wirt Sikes in seinem Buch 'British Goblins' [Britische Kobolde] die Banshee fälschlicherweise mit der Hexe 'Gwrach y Rhibyn' oder 'Hag of the Dribble', die er als abscheulich beschreibt, mit langen, schwarzen Zähnen, langen, dürren Armen, ledernen Flügeln und leichenhaften Wangen – eine Beschreibung, die sicherlich nicht im Geringsten mit der einer Banshee übereinstimmt, von der ich je gehört habe.

Er fügt hinzu, dass die Banshee in der Stille der Nacht kommt, ein markerschütterndes Heulen ausstößt und den Todgeweihten mit den Worten aufruft: »Da-a-a-vy! De-i-i-o-o-ba-a-a-ch.«

Wenn sie in männlicher Gestalt erscheint, sagt sie außerdem: 'Fy mlentyn, fy mlentyn bach!', was übersetzt heißt: 'Mein Kind, mein kleines Kind'; aber wenn sie die Gestalt einer Frau hat, sagte sie: »Oh! Oh! Fy ngwr, fy ngwr« – 'mein Mann, mein Mann' [Ehemann].

In der Regel schlägt sie ihre Flügel gegen das Fenster des Zimmers, in dem der Verdammte schläft, während sie gelegentlich entweder dem Unglücklichen selbst oder einem Mitglied seiner Familie in einem Nebel am Berghang erscheint.

Mr Sikes beschreibt sehr anschaulich das Auftreten dieser Erscheinung bei einem Bauern in der Nähe von Cardiff vor etwas mehr als vierzig Jahren.

Um genau zu sein, war es am Abend des 14. November 1877. Der Landwirt war zu dieser Zeit bei einem alten Freund zu Besuch und wurde um Mitternacht durch grässliche Schreie und ein heftiges Schütteln des Fensterrahmens geweckt. Der Lärm dauerte einige Sekunden an und endete dann in einem letzten Kreischen, das alle anderen an Intensität und Schrecken weit übertraf.

Vor lauter Aufregung – obwohl Mr Sikes beteuert, keine Angst gehabt zu haben – sprang der alte Mann aus dem Bett und erblickte beim Öffnen des Fensters eine Gestalt, die in der Luft schwebte. Sie sah aus wie eine furchterregende alte Frau, mit langem, zerzaustem, rotem Haar, hauerartigen Zähnen und einem erschreckend weißen Teint.

Sie war in ein langes, lockeres, fließendes schwarzes Gewand gehüllt, das ihren Körper vollkommen verdeckte. Während er sie völlig entgeistert anstarrte, blickte sie auf ihn herab und stieß, den schrecklichen Kopf zurückwerfend, einen weiteren der wildesten und erschütterndsten Schreie aus. Dann hörte er, wie sie mit den Flügeln gegen ein Fenster direkt unter seinem schlug, und dann sah er, wie sie zu einem Gasthaus, das fast direkt gegenüber von ihm lag und 'Cow and Snuffers'* hieß, hinüberflog und direkt durch die geschlossene Tür ging.

[* Dieses im frühen 19. Jahrhundert in Cardiff eröffnete Gasthaus (ein ehemaliges Kutschenhaus) wurde erst vor einigen Jahren geschlossen und einem anderen Verwendungszweck zugeführt. Der Name 'Cow and Snuffers' ist schwer zu übersetzen. 'Cow' heißt Kuh und Snuffers (Singular Snuffer – alternativ Sniffer) hat viele Bedeutungen; es kann 'Tabakschnupfer' heißen, der Name für einen Kerzenlöscher sein (Löschhut, Löschnäpfchen, Dochtlöscher oder ein Gerät zum Trimmen eines Kerzendochts etc.). Es soll einen Wettbewerb gegeben haben, um einen möglichst skurrilen Namen zu finden, was auch gelungen ist, denn er findet sich in den Top 10 der verrücktesten Namen für einen Pub in Großbritannien. Bekannt ist auch, dass es dort gespukt haben soll]

Nachdem er einige Minuten gewartet hatte, um zu sehen, ob sie wieder herauskam, legte er sich schließlich wieder ins Bett und erfuhr am nächsten Morgen, dass Mr Llewellyn, der Wirt des 'Cow and

Snuffers', in der Nacht gestorben war, etwa zur gleichen Zeit, als die Erscheinung aufgetaucht war, von der alte Bauer, nun annahm, dass es sich um die Gwrach y Rhibyn handeln müsse.

Es gibt natürlich viele Gemeinsamkeiten zwischen der Gwrach y Rhibyn und der Banshee: Beide sind Vorboten des Todes; beide signalisieren ihr Erscheinen durch Schreie, und beide beschränken ihre Heimsuchungen auf wirklich alte keltische Familien; aber hier, so scheint mir, endet die Ähnlichkeit. Die Gwrach y Rhibyn ist mehr grotesk als schrecklich und scheint eher zu den Hexen der Märchenwelt zu gehören als zu den Bewohnern der Geisterwelt.

Eine weitere geisterhafte Erscheinung des Typs 'Todeswarnung', die man meines Erachtens in Wales antrifft, ist die Canhywllah Cyrth oder Leichenkerze, die so genannt wird, weil die Erscheinung einem materiellen Kerzenlicht ähnelt, mit der Ausnahme, dass sie direkt verschwindet, wenn man sich ihr nähert, und danach schnell wieder auftaucht. Die folgenden Beschreibungen des Canhywllah Cyrth sind Mr T. C. Charleys 'News from the Invisible World' [Nachrichten von der unsichtbaren Welt], S. 121-4, entnommen. Der erste Auszug ist der Bericht über die Leichenkerzen, der von Pfarrer Davis gegeben wurde.

'Wenn es eine kleine Kerze ist', schreibt er, 'blass oder bläulich, dann folgt sie dem Leichnam entweder einer Fehlgeburt oder eines Säuglings. Wenn es eine große Kerze ist, dann folgt sie dem Leichnam eines einzelnen Volljährigen. Wenn zwei oder drei oder mehr, einige groß, einige klein, zusammen gesehen werden, dann folgen sie den entsprechenden Leichen.'

Wenn zwei Kerzen von verschiedenen Orten kommen und sich treffen, wird mit den Leichen das Gleiche geschehen. Wenn man sieht, wie eine dieser Kerzen abbiegt, manchmal ein wenig außerhalb des Weges, der zur Kirche führt, wird man sehen, wie die folgende Leiche im Trauerzug sich genau in diese Richtung bewegt, um eine schmutzige Stelle zu vermeiden, etc.

'Als ich etwa fünfzehn Jahre alt war und in Llanglar wohnte, sahen einige Nachbarn spät in der Nacht eine dieser Kerzen am Ufer des Flusses auf und ab schweben, bis sie des Hinschauens überdrüssig wurden. Schließlich ließen sie es dabei und gingen zu Bett. Einige Wochen später kam ein Mädchen aus Montgomeryshire zu ihren Freunden, die auf der anderen Seite des Istwyth wohnten, und wollte den Fluss an der Stelle durchqueren, an der das Licht gesehen wurde. Sie wurde aber von einigen Umstehenden (wegen einer Überschwemmung) davon abgehalten und ging am Ufer auf und ab, wo die besagte Kerze gewesen war, und wartete auf das Fallen des Wassers. Sie versuchte es schließlich und ertrank.'

Weiter sagt er: 'Vor Kurzem sah die Frau meines Küsters, eine alte, verständige Frau, von ihrem Bett aus eine kleine bläuliche Kerze auf ihrem Tisch. Nach zwei oder drei Tagen kam ein Bursche herein, fragte nach ihrem Mann und nahm etwas unter seinem Mantel hervor und warf es direkt auf das Tischende, wo sie die Kerze gesehen hatte – und was war es anderes als ein tot geborenes Kind.'

In einem anderen Fall berichtet derselbe Herr, dass eine Reihe dieser Kerzen zusammen gesehen wurde. 'Vor etwa vierunddreißig oder fünfunddreißig Jahren', sagt er, 'ging eine Jane Wyat, die Schwester meiner Frau, welche die drei ältesten Kinder der Baronin Reid betreute, und (die Dame ist verstorben) die Haushälterin dieses Hauses, spät in eine Kammer, in der die Mägde lagen, und sah dort nicht weniger als fünf dieser Lichter zusammen. Nach einiger Zeit, als die Kammer neu verputzt war und ein großes Kohlenfeuer angezündet wurde, um das Trocknen des Putzes zu beschleunigen, gingen fünf der Mägde dort zu Bett, wie sie es gewohnt waren, aber am Morgen waren sie alle tot, da sie im Schlaf an den Dämpfen des frisch gebrannten Kalks und der Kohle erstickt waren. Das war in Llangathen in Carmarthenshire.'

Gelegentlich kann man auch jemanden sehen, der die Kerzen hält – und dabei handelt es sich fast immer um eine Frau. Darüber berichtet derselbe Autor:

'William John aus der Grafschaft Carmarthen, ein Schmied, sah, als er eines Nachts nach Hause ging, eine der Leichenkerzen. Er verließ seinen Weg, um sie zu betrachten, und als er in ihre Nähe kam, sah er, dass es eine Beerdigung war und die Leiche auf der Bahre die vollkommene Ähnlichkeit mit einer

Frau aus der Nachbarschaft hatte, die er kannte, hielt die Kerze zwischen ihren Zeigefingern.'

'Sie grinste ihn furchtbar an, und alsbald wurde er vom Pferd geworfen, wo er eine Weile liegen blieb. Er war lange krank, bevor er sich erholte. Das war einige Zeit vor der echten Beerdigung jener Frau. Sein Fehler – und womit er sich in Gefahr gab – war, dass er sich anmaßend gegenüber der Kerze verhielt.'

Abschließend ein Bericht über diese Todeskerzen, wie er vor einigen Jahren im Fraser's Magazine erschienen ist. Er lautete wie folgt:

'In einer wilden und abgelegenen Gegend in Nordwales ereignete sich zum großen Erstaunen der Bergbewohner das folgende Ereignis. Wir können für den Wahrheitsgehalt der Aussage bürgen, da viele Mitglieder unserer eigenen Teulu [Familie] oder Clans Zeugen des Geschehens waren.'

'An einem dunklen Abend vor einigen Wintern waren einige Personen, die wir gut kennen, auf dem Rückweg nach Barmouth, auf der südlichen oder gegenüberliegenden Seite des Flusses.'

'Als sie sich dem Fährhaus in Penthryn näherten, das sich direkt gegenüber von Barmouth befindet, bemerkten sie in der Nähe des Hauses ein Licht, von dem sie annahmen, dass es von einem Leuchtfeuer herrührte. Etwas verwirrt darüber, wollten sie in Erfahrung bringen, warum es angezündet wurde.'

'Als sie jedoch näher kamen, verschwand es, und als sie sich in dem Haus danach erkundigten, erfuhren sie zu ihrer Überraschung, dass die Leute dort nicht nur kein Licht angezündet, sondern auch keins gesehen hatten, und sie konnten auch keine Anzeichen dafür auf dem Sand wahrnehmen.'

'Als sie in Barmouth ankamen, wurde dieser Umstand erwähnt und von einigen Einwohnern bestätigt, die das Licht ebenfalls klar und deutlich gesehen hatten. Einige der alten Fischer kamen daher zu dem Schluss, dass es sich um ein 'Todeszeichen' handelte, und tatsächlich ertrank der Mann, der damals die Fähre betrieb, einige Nächte später bei Hochwasser genau an der Stelle, an der das Licht gesehen worden war. Er war gerade dabei, aus dem Boot zu steigen, als er ins Wasser fiel und so ums Leben kam.'

'Im selben Winter fielen den Einwohnern von Barmouth wie auch den Bewohnern der gegenüberliegenden Ufer eine Reihe kleiner Lichter auf, die an einem Ort namens Borthwyn, etwa eine halbe Meile von der Stadt entfernt, in der Luft tanzten.'

'Eine große Anzahl von Menschen kam heraus, um diese Lichter zu sehen; und nach einer Weile verschwanden sie alle bis auf eines, und dieses bewegte sich langsam auf das Ufer zu, bis zu einer kleinen Bucht, in der einige Boote festgemacht hatten. Die Männer einer Schaluppe, die in der Nähe des Ortes vor Anker lag, sahen das Licht näherkommen, und sie sahen es auch für einige

Sekunden über einem bestimmten Boot schweben, um dann ganz zu verschwinden. Zwei oder drei Tage später ertrank der Mann, dem dieses Boot gehörte, im Fluss, wo er mit eben diesem Boot im Hafen von Barmouth unterwegs war. Wir haben diese Tatsachen so geschildert, wie sie sich zugetragen haben.'

Ein weiteres bekanntes walisisches Gespenst, das in die gleiche Kategorie wie die Leichenkerzen einzuordnen ist, ist das Gespenst von Stradling. Dieses Phantasma, bei dem es sich um eine frühere Lady Stradling handeln soll, die von einem ihrer eigenen Verwandten ermordet wurde, sucht St. Donart's Castle an der Südküste von Glamorganshire heim und erscheint immer dann, wenn ein Todesfall oder ein sehr schweres Unglück ein Mitglied der Familie ereilt.

Mr Wirt Sikes sagt über sie in seinem Buch 'British Goblins' [britische Kobolde], Seiten 143-144:

'Sie erscheint, wenn einem Mitglied des Hauses Stradling, dessen direkte Linie allerdings ausgestorben ist, ein Missgeschick droht. Sie trägt hochhackige Schuhe und ein langes, schleppendes Gewand aus feinster Seide. Nach örtlichen Berichten kündigt sich ihr Erscheinen in der Nachbarschaft stets durch das Verhalten der Hunde an, die sich wie die anderen Hunde im Schloss benehmen. Sie fangen an zu heulen und zu winseln und zeigen deutlich Anzeichen von großer Angst und Feindseligkeit, und das so lange, wie der erdgebundene Geist der Dame umherstreift.

Natürlich kann das Stradling-Gespenst nicht als typisch walisisch bezeichnet werden, da sein Vorbild in so vielen anderen Ländern zu finden ist, aber es fällt zumindest in die Kategorie der Familienerscheinungen.

Der Gwyllgi oder Hund der Finsternis, der nach Aussage von Wirt Sikes den walisischen Bauern oft Angst einflößt, scheint nicht auf eine bestimmte Familie beschränkt zu sein, ebenso wenig wie die Leichenkerzen, obwohl er, wie Letztere, vor allem bei echten Walisern aufzutreten scheint.

Ihr Aufkommen ist jedoch nicht auf ein besonderes Ereignis zurückzuführen. Die Cwn Annwn oder Höllenhunde, die hauptsächlich im Süden von Wales anzutreffen sind, tauchen dagegen selten, wenn überhaupt auf, außer um diejenigen, die sie sehen, vor einem nahenden Tod oder Unheil zu warnen.

Weder sie noch die Gwyllgi noch die Leichenkerzen können, da sie nicht ausschließlich eine Familie heimsuchen, als Familiengeister bezeichnet werden. Und nur insofern, als sie von der gleichen Art sind, haben sie etwas mit der Banshee gemeinsam.

In der Tat gibt es einen gewaltigen Unterschied zwischen der Banshee und sogar ihrem naheliegendsten Gegenstück in anderen Ländern, und der Unterschied ist vielleicht einer, den nur diejenigen verstehen können, die ihn tatsächlich erlebt haben.

XI. Die Banshee in Poesie und Prosa

Das war das leise Klagen der Banshee,
ich kenne die Stimme das Todes gut,
sie segelt langsam mit dem Nachtwind
über die kahle und düstere Heide

Dies sind die dramatischen Zeilen, die Thomas Crofton Croker in seinen unnachahmlichen 'Fairy Legends and Traditions of the South of Ireland' [Feen-Legenden und Traditionen des irischen Südens] der Witwe MacCarthy in den Mund legt, als sie über den Leichnam ihres Sohnes Charles klagt, dessen Tod von der Banshee vorhergesagt worden war. Dabei handelt es sich nicht um die schöne und zierliche Banshee der O'Briens, sondern um ein wildes, ungepflegtes, hageres Geschöpf, das in perfekter Harmonie mit der trostlosen und verlassenen Moorlandschaft zu stehen schien, der es entsprungen war.

Mr Croker assoziiert die Banshee fast ausnahmslos mit der Heide und dem Moor, denn am Anfang seiner 'Tales of the Banshee' [Geschichten der Banshee] im selben Band finden wir diese bekannten Zeilen:

Wer sitzt dort in der einsamen Heide
mit flatterndem Gewand und zerzausten Locken
bald kommt von ihr ein qualvolles Lied
und dann sitzt sie wieder da, ganz stumm
jetzt ertönt der wilde Trauerschrei
und nun – er wird zu einen Seufzer

Ganz anders als diese düstere und abstoßende Darstellung der Banshee durch Mr Croker ist die sehr erfreuliche und attraktive Beschreibung der Banshee durch Dr. Kenealy, dessen Bericht in Prosa in einem früheren Kapitel dieses Buches erscheint.

Mit Bezug auf den Tod seines Bruders sagt Dr. Kenealy:

Das ist die Banshee, das helle Phantom, das weint
über das Sterben der eigenen geliebten Linie,
sie schwebt im Mondlicht mit wallenden Locken
die Sterne glänzen, und als sie mich sah, wusste sie
es und lächelte

Und mehr:

Der Wunsch ist gerade meinen Lippen entschlüpft
und siehe da, er fliegt noch einmal
in stetem Schwung auf dem Wind der Feen
die jeden kleinsten Ton mit Sorge bewachen,
und bringen ihn hierher, so wie Engel es könnten
zu dem Geliebten, dem sie dienen

Irisches Klageweib

Mit Bezug auf Geistermusik, die auf See gehört wird, zitiert Mr Dyer in seiner 'Ghost World' [Geisterwelt], S. 413, die folgenden Zeilen:

Ich höre einen leisen Gesang aus der Ferne,
in der Stille der Nacht, der traurig an mein Ohr dringt
Woher kommt er? Ich weiß nicht – unirdisch der Ton,
doch es klingt wie das Lied, das meine Mutter einst
sang, als sie sich über ihren Erstgeborenen in seiner
Wiege beugte

Wie ich bereits erwähnt habe, hört man die Banshee nicht selten auf See, entweder singend oder weinend, sodass der Verfasser dieser Zeilen, dessen Namen Mr Dyer übrigens nicht preisgibt, aller Wahrscheinlichkeit nach die Banshee im Sinn hatte, als er sie schrieb. Aber der vielleicht bekannteste und direkteste Verweis auf dieses Gespenst in Versen stammt vom irischen Volksdichter Thomas Moore in einer der berühmtesten seiner 'Irish Melodies' [Irische Melodien]. Ich füge das Gedicht an, nicht nur wegen des Hinweises, den es enthält, sondern auch wegen seiner allgemeinen Schönheit.

Wie oft hat die Banshee geweint
wie oft hat der Tod gelöst –
die hellen Bande, die der Ruhm knüpfte
die süßen Bande, von der Liebe geflochten
Friede für jede mannhafte Seele, die schläft!
Ruhe für jedes treue Auge, das weint!
Lange mögen die Schönen und Tapferen
über dem Grab des Helden seufzen.

Wir sind in düstere Tage gefallen,
Stern um Stern vergeht,
jeder glänzende Name, der sein Licht
über das Land warf ist vergangen
dunkel fällt die Träne des Trauernden herunter
verlorene Freude, eine Hoffnung, die nie mehr
zurückkehrt, doch hell fließt die Träne
die über die Bahre des Helden vergossen wird

Oh, ausgelöscht sind unsere Leuchtfeuer
Du, in hundert Kämpfen bewährt
Du, auf dessen brennender Zunge
Wahrheit, Frieden und Freiheit hingen
alles stumm, doch solange die Tapferkeit leuchtet
oder die barmherzige Seele sich im Krieg veredelt
so lange wird Erin [alter Name für Irland] stolz
erzählen, wie sie lebten und starben.

Mit den folgenden Auszügen aus der Übersetzung einer Elegie von Pierse Ferriter, dem irischen Dichter und Soldaten, der in den Cromwell-Kriegen tapfer gekämpft hat, muss ich die Hinweise auf die Banshee in der Poesie nun beenden:

Als ich Klagen hörte
und traurige, warnende Schreie
erhoben sich die Banshees
aus vielen weiten Regionen

Aina erwachte
in ihrem verborgenen Nest,
das Weib des Jammers
aus dem rauschenden Gur [ein See]

Von Glen [Tal] Fogradh
kam ein klägliches Wimmern
und alle Banshees von Kerry
beweinten die verlorene Geraldine♣

[♣ Diese Auszüge stammen aus Zitaten in dem Gedicht in Kapitel II eines Werkes mit dem Titel 'Ancient History of the Kingdom of Kerry' (Die alte Historie des Königreichs Kerry) von Bruder O'Sullivan aus der Abtei Muckross, das im Journal of the Cork Historical and Archæological Society (Cork Historische- und Archäologische Gesellschaft) (Vol. V., No. 44) veröffentlicht wurde. Bruder O'Sullivan schreibt in seinem Kommentar zu diesen Passagen, die sich auf die Banshees beziehen, (er zitiert aus 'Kerry Records' [Kerry Aufzeichnungen]): 'Es scheint, dass zu dieser Zeit die allgemeine Meinung herrschte, dass jeder Bezirk, der zu den Geraldines gehörte, seine eigene Banshee hatte' (siehe Archæological Journal, 1852, über 'Volksglauben' von N. Kearney)]

Zu den Banshees von Youghal
und dem prächtigen Mo-geely
gesellten sich in ihrem Kummer
die aus dem entfernten Imokilly.

Die düstere Carah Mona
erscheint in tiefem Kummer
und alle aus Kinalmeaky
sind in Tränen versunken.

Die Banshee von Dunquin
flehte in süßem Gesang
zum Geist, der wacht
über das dunkle Dun-an-oir

Und das Mädchen von Ennismare
an der dunklen, düsteren Welle
beklagte mit ihrer klaren Stimme
den Fall der Tapferen

Auf dem stürmischen Slieve Mish [ein Gebirgszug]
verbreite sich der Schrei weit und breit,
und vom steilen Finnaleun [der Berg 'Mount Eagle']
antwortete der wilde Adler

Zwischen den Reeks [ein Gebirgszug] wie das
Echo eines Donnergeläuts
platzt es herein – und ein tiefes Stöhnen
Kommt vom strahlenden Brandon [ein Berg]

Oh Anführer, dessen Beispiel
sich auf die sanftmütige Jugend
wie ein Siegel eingeprägt
Ehre, Ruhm und Wahrheit.

Die Jugend, die einst trauerte
wenn sie unbemerkt vorbeiging,
beklagt dich nun im Stillen
mit vor Kummer getrübtem Auge

Oh, Frau der Tränen,
die, mit melodischen Händen,
die langen Strähnen in deinem
hellen goldenen Haar gekämmt hat

Lass diese goldenen Bänder los,
sprich deine Gedanken – lass deinen Geist
sein volles Licht ausbreiten,
wie eine Fackel im Wind

In der Belletristik hat sich meines Erachtens kein Autor so frei mit dem Thema der Banshee auseinandergesetzt wie Thomas Crofton Croker, der Übersetzer der oben erwähnten Elegie.

In seinen 'Fairy Legends and Traditions of the South of Ireland' [Märchenlegenden und Traditionen des irischen Südens] gibt er uns darüber die unnachahmlichsten Schilderungen.

Zum Nutzen derjenigen meiner Leser, die seine Werke nicht kennen, sowie zu dem Zweck, die Banshee aus der Sicht eines solch unübertroffenen Schilderers der irischen Geister- und Feenüberlieferung darzustellen, werde ich ein kurzes Resümee von zwei seiner Geschichten geben.

Die erste, die ich erwähnen möchte, bezieht sich auf Rev. Charles Bunworth, der um die Mitte des achtzehnten Jahrhunderts Pfarrer von Buttevant in der Grafschaft Cork war.

Mr Bunworth war sehr beliebt und geschätzt, nicht nur wegen seiner Frömmigkeit – fromme Menschen sind keineswegs immer beliebt – sondern auch wegen seiner Wohltätigkeit. Er pflegte allen, die er wirklich für bedürftig hielt, finanzielle Unterstützung zu gewähren, oft auch dann, wenn er es sich nicht leisten konnte, ganz gleich, welchem Glauben sie angehörten, und da er die Musik, insbesondere die Harfe, besonders liebte, unterhielt er alle armen irischen Harfenspieler, die in sein Haus kamen, auf äußerst großzügige und gastfreundliche Weise.

Als er starb, fand man auf dem Dachboden seines Kornspeichers nicht weniger als fünfzehn Harfen, Geschenke, wie man vermuten kann, von umherziehenden Harfenspielern, als Zeichen ihrer Dankbarkeit für seine wiederholten freundlichen Taten ihnen gegenüber.

Ungefähr eine Woche vor seinem Tod und zu einer frühen Abendstunde hörten mehrere Bewohner seines Hauses ein seltsames Geräusch draußen vor der Eingangstür, das sie nur mit dem Scheren von Schafen vergleichen konnten. Man schenkte diesem Geräusch jedoch keine große Aufmerksamkeit, und erst einige Zeit später, als sich andere merkwürdige Dinge ereigneten, erinnerte man sich daran und brachte es mit dem Übernatürlichen in Verbindung.

Später, gegen sieben Uhr abends, kehrte Kavanagh, der Hirte, aus Mallow zurück, wohin er wegen einiger Medikamente geschickt worden war. Er wirkte sehr aufgewühlt und konnte auf Miss Bunworths Fragen, was denn los sei, nur ausrufen:

»Der gnädige Herr, Miss, der gnädige Herr! Er geht von uns.«

Miss Bunworth, die glaubte, er habe getrunken, wies ihn streng zurecht, woraufhin er antwortete:

»Miss, wie ich hiernach auf Gnade hoffe, habe ich weder einen Bissen gegessen noch einen Schluck getrunken, seit ich dieses Haus verlassen habe; aber der gnädige Herr ... «

Hier brach er zusammen und fügte nur mühsam hinzu: »Wir werden ihn verlieren – den gnädigen Herrn.« Dann begann er zu weinen und rang die Hände.

Miss Bunworth, die während dieser seltsamen Schilderung immer verwirrter wurde, rief nun ungeduldig aus:

»Was meinst du? Erkläre es!«

Kavanagh schwieg, aber als sie ihn beharrlich aufforderte, zu sprechen, sagte er schließlich:

»Die Todesfee ist gekommen, um ihn zu holen, Miss, und nicht nur ich habe sie gehört.«

Aber Miss Bunworth lachte nur und tadelte ihn für seinen Aberglauben.

»Vielleicht bin ich abergläubisch«, erwiderte er, »aber als ich durch die Schlucht von Ballybeg kam, begleitete sie mich, jammernd und kreischend, und klatschte bei jedem Schritt an meiner Seite in die Hände, wobei ihr langes weißes Haar über ihre Schultern fiel, und ich konnte hören, wie sie immer wieder den Namen des gnädigen Herrn wiederholte, deutlicher als ich ihn jemals hören konnte.«

»Als ich zu Old Abby kam, trennte sie sich dort von mir und bog in das Taubenfeld neben dem Friedhof ein, wo sie ihren Mantel um sich zusammenlegte und unter diesen Baum setzte, der vom Blitz getroffen worden war. Sie fing an, so bitterlich zu klagen, dass es einem das Herz zerreißt, wenn man es hört.«

Miss Bunworth hörte nun aufmerksamer zu, sagte aber zu Kavanagh, dass sie sicher sei, dass er sich irrte, da es ihrem Vater sehr viel besser gehe und er außer Gefahr sei.

Sie sprach jedoch zu früh, denn noch in derselben Nacht erlitt ihr Vater einen Rückfall und befand sich bald in einem sehr kritischen Zustand.

Seine Töchter pflegten ihn mit größter Hingabe, aber schließlich waren sie gezwungen, sich nach vielen Stunden schlafloser Wachsamkeit auszuruhen und einer alten Freundin von ihnen, zu erlauben, vorübergehend ihren Platz als Wächterin einzunehmen.

Es war Nacht; außerhalb des Hauses war alles still und ruhig; drinnen saß die Wächterin dicht neben dem Bett des Kranken, dessen Kopfende in die Nähe des Fensters gestellt worden war, sodass dieser bei Tageslicht einen Blick auf die Felder und Bäume werfen konnte, die er so sehr liebte.

In einem Nebenzimmer und in der Küche befanden sich eine Reihe von Freunden und Angehörigen, die von weit her gekommen waren, um sich nach dem Befinden des Patienten zu erkundigen.

Sie unterhielten sich eine Zeit lang im Flüsterton, und dann, wie von der tiefen Stille draußen angesteckt, hörten sie allmählich auf zu reden, und alles war ganz still geworden.

Plötzlich hörte die Wächterin ein Geräusch außerhalb des Fensters.

Sie schaute nach, aber trotz des hellen Mondlichts, das jeden Gegenstand in der Ferne und in der Nähe auffällig erscheinen ließ, konnte sie nichts wahrnehmen – zumindest nichts, was die Störung erklären könnte.

Bald darauf wiederholte sich das Geräusch; ein Rosenstock in der Nähe des Fensters raschelte und schien gewaltsam zur Seite gezogen zu werden. Dann ertönte ein Geräusch wie Händeklatschen, Atmen und Pusten dicht an den Fensterscheiben.

Daraufhin erhob sich die Wächterin, die nun nervös wurde, und ging in den Nebenraum, um die dort Versammelten zu fragen, ob sie etwas gehört hätten.

Offenbar hatten sie nichts gehört, aber sie gingen alle hinaus und suchten das Gelände ab, besonders in der Nähe des Rosenstocks, konnten aber keinen

Hinweis auf die Ursache der Geräusche entdecken, und obwohl der Boden vom kürzlichen Regen weich war, waren nirgends Fußspuren zu sehen.

Nachdem sie eine gründliche Untersuchung durchgeführt und sich wieder im Haus niedergelassen hatten, begann das Klatschen von Neuem und wurde diesmal von einem Stöhnen begleitet, das nunmehr die ganze Gruppe der Nachforschenden hörte.

Die Geräusche hielten noch einige Zeit an, anscheinend bis kurz vor dem Morgengrauen, als der Herr Pfarrer starb.

Die andere Geschichte betrifft die MacCarthys, von denen Mr Croker bemerkt: Da sie eine alte und vor allem eine alte katholische Familie sind, haben sie natürlich eine Banshee'.

Charles MacCarthy war im Jahr 1749 der einzige überlebende Sohn einer sehr zahlreichen Familie. Sein Vater starb, als er zwanzig Jahre alt war, und hinterließ ihm sein Vermögen. Da er sehr fröhlich, gut aussehend und gedankenlos war, geriet er bald in schlechte Gesellschaft und machte sich einen wenig beneidenswerten Ruf.

Nachdem er von einem Exzess zum nächsten geeilt war, erkrankte er schließlich und befand sich bald in einem solchen Zustand, dass der Arzt letztlich an seinem Weiterleben verzweifelte.

Seine Mutter verließ ihn nie. Sie war immer an seinem Bett und bereit, ihm jeden Wunsch zu erfüllen, und zeigte damit – obwohl keineswegs blind für seine Fehler – wie sehr sie ihm zugetan war.

In der Tat erkannte sie sehr klar die Gefahr, in der sich seine Seele befand, sodass sie inständig darum betete, dass er im Falle seines Todes wenigstens so lange verschont bleiben möge, dass er sich ausreichend erholen könne, um die Ungeheuerlichkeit seiner Vergehen einzusehen und entsprechend Reue zu zeigen.

Anstatt dass sich sein Geist ein wenig aufhellte, wie es so oft nach einem Delirium und vor dem Tod geschieht, fiel er stattdessen zu ihrem größten Leidwesen allmählich in einen Zustand des Komas und machte den Eindruck, als sei er tatsächlich tot.

Der Arzt wurde gerufen, und das Haus und das Anwesen füllten sich rasch mit einer Menschenmenge, mit Freunden, Mietern, Pflegern und armen Verwandten, die alle den genauen Zustand des Kranken erfahren wollten. Mit großer Spannung warteten sie darauf, dass der Arzt das Haus verließ, und als er endlich herauskam, scharten sie sich um ihn und lauschten auf sein Urteil.

»Es ist vorbei, James«, sagte er zu dem Mann, der sein Pferd hielt, und mit diesen kurzen Worten schwang er sich in den Sattel und ritt davon.

Da stießen die Frauen, die daneben standen, einen schrillen Schrei aus. Er entwickelte sich zu einem ununterbrochenen, klagenden und unharmonischen Stöhnen, das hin und wieder durch das tiefe Schluchzen und Stöhnen und dem Händeklatschen von Charles' Stiefbruder unterbrochen wurde, der sich in der Menge hin und her bewegte und vor Kummer ganz verwirrt war.

Frau MacCarthy saß die ganze Zeit über bei ihrem toten Sohn, und die Tränen flossen aus ihren Augen. In diesem Augenblick traten einige Frauen in den Raum und erkundigten sich nach den Anweisungen für die Totenwache und nach den Erfrischungen, die für diesen Anlass notwendig waren. Traurig gab die Witwe ihnen die nötigen Anleitungen und setzte dann ihre einsame Nachtwache fort, wobei sie aus ganzer Seele weinte, ohne sich der Tränen bewusst zu sein, die ihr immer wieder aus den Augen flossen.

So ging es weiter und weiter, mit nur kurzen Unterbrechungen durch die lauten und ungestümen Klagen der Besucher über den geliebten Menschen bis weit in die Stille der Nacht hinein.

In einer der Pausen, in denen sie sich in einen Innenraum zurückgezogen hat, um zu beten, hörte sie plötzlich ein leises Murmeln, das rasch von einem wilden Schreckensschrei abgelöst wurde. Zugleich strömte die gesamte Gruppe derer, die an der Totenwache teilgenommen hatten, aus dem Raum, in dem der Verstorbene lag, wie eine in Panik geratene Schafherde.

Unerschrocken eilt Mrs MacCarthy in das Zimmer, welches sie verlassen hatten, und sieht den Leichnam ihres Sohnes auf dem Bett sitzen, wobei das Licht der Kerzen einen unheimlichen Schimmer auf seine Züge wirft. Sie fällt vor ihm auf die Knie, faltet die Hände und beginnt zu beten, doch als sie das Wort 'Mutter' hört, springt sie auf und ergreift die Gestalt am Arm und schreit auf:

»Sprich, im Namen Gottes und seiner Heiligen, sprich! Bist du am Leben?«

Die bleichen Lippen bewegen sich und rufen schließlich aus:

»Ja, meine Mutter, ich lebe, aber setz dich hin und sammle dich.«

Und dann erzählte er, den sie die ganze Zeit über für tot gehalten hatte, der erschrockenen und verwirrten Mutter die folgende bemerkenswerte Geschichte.

Er erklärte, dass er sich nicht an nicht an die Vorstufen seiner Krankheit erinnere; alles sei leer gewesen, und er wisse nur noch, was geschah, als er sich in einer anderen Welt befand und vor seinem Schöpfer stand, der ihn zum Gericht gerufen hatte.

'Das furchtbare Schaugepränge der beleidigten Allmacht', so stellte er dramatisch fest, war in unauslöschlichen Buchstaben in sein Gehirn eingeprägt. Er fürchtete, was geschehen wäre, wenn nicht sein Schutzheiliger, das heilige Wesen, zu dem ihn seine Mutter immer beten gelehrt hatte, an seiner Seite gestanden und den Allmächtigen angefleht hätte, dass ihm noch einmal ein Jahr und ein Monat auf der Erde geschenkt würde, in dem er Gelegenheit haben sollte, Buße zu tun und zu sühnen.

Nach einem furchtbaren, bangen Warten, in dem sein ganzes Schicksal – sein Schicksal für die Ewigkeit – in der Schwebe hing, gelang es seinem gütigen Fürsprecher Erfolg zu haben, und der große und furchteinflößende Richter sprach diese Worte aus:

»Kehre zurück in die Welt, in der du gelebt hast und in der du die Gesetze dessen verletzt hast, der diese Welt und dich geschaffen hat. Drei Jahre sind dir zur Buße gegeben; wenn diese abgelaufen sind, sollst du wieder hier stehen, um für immer gerettet oder verloren zu sein.«

Charles sah und hörte nichts mehr; alles wurde zu einer einzigen Leere, bis er sich plötzlich wieder des Lichts bewusst wurde und sich auf dem Bett liegend wiederfand.

Er erzählte dieses Erlebnis, als wäre es kein Traum, sondern, wie er es wirklich glaubte, eine Realität, und als er allmählich wieder gesund und stark wurde, zeigte er die Wirkung, die es auf ihn hatte, indem er seine Lebensweise völlig veränderte.

Obwohl er seine früheren törichten Gefährten nicht gänzlich mied, kam es mit ihnen zu keinen

Exzessen mehr, sondern er übte im Gegenteil oft einen zügelnden Einfluss auf sie aus; und so wurde er nach und nach als eine Person von außerordentlicher Klugheit und Weisheit angesehen.

Die Jahre vergingen, bis schließlich der dritte Jahrestag der wunderbaren Genesung nahte.

Da Charles immer noch an seiner Überzeugung festhielt, dass das, was er erlebt hatte, kein bloßer Traum oder ein Hirngespinst gewesen war, sondern ein tatsächlicher Besuch im Geisterland, wurde seine Mutter äußerst nervös, als die Zeit des Ablaufs der Lebenszeit, die ihm nach seiner Aussage zugestanden hatte, näher rückte.

Sie schrieb an Mrs Barry, eine Freundin von ihr, und bat sie, mit ihren beiden Mädchen zu kommen und einige Tage bei ihr zu bleiben, bis der eigentliche Tag des dritten Jahrestages vergangen sein sollte.

Leider konnte Mrs Barry nicht am Mittwoch, dem in der Einladung angegebenen Tag nach Spring House zu kommen, wo Frau MacCarthy wohnte, sondern die Reise erst am darauffolgenden Freitag antreten, sodass sie ihre älteste Tochter zurücklassen musste und nur die jüngere mitnehmen konnte.

Was schließlich geschah, wird in einem Brief des jüngeren Mädchens an das ältere sehr anschaulich beschrieben. Kurz gefasst war es so:

Sie und ihre Mutter machten sich in einer Ausflugskutsche auf den Weg, die von ihrem Gehilfen Leary gelenkt wurde. Durch die jüngsten Regenfälle war die Straße so schwer, dass sie nur sehr langsam vorankamen und für die erste Nacht im Haus eines befreundeten Mr Bourke übernachten mussten, der sie bis spät am nächsten Tag aufnahm.

Als sie sein Haus verließen, war es bereits Abend, und sie hatten noch gut fünfzehn Meilen zurückzulegen, bevor sie in Spring House ankamen.

Das Wetter war wechselhaft, mal schien der Mond klar und hell, dann wieder war er mit dicken, schwarzen, schnell ziehenden Wolken bedeckt.

Je weiter sie kamen, desto bedrohlicher wurden die Elemente, die Wolken sammelten sich in riesigen Massen, der Wind wurde immer stärker, und bald begann es zu regnen.

Sie waren bisher nur langsam vorangekommen, aber jetzt wurde es noch langsamer. Nach jedem Stück fielen die Räder ihres Wagens entweder in einen tiefen Morast oder versanken fast bis zur Achse im dicken Schlamm.

Schließlich wurde es dermaßen unmöglich, voranzukommen, dass Mrs Barry sich bei Leary erkundigte, wie weit sie jetzt von Mr Bourkes Haus, das sie vor Kurzem verlassen hatten, entfernt waren.

»Es ist nur ein kurzes Stück von hier bis zur Kreuzung«, antwortete er, »und dann müssen wir nur noch nach links in die Allee abbiegen, Ma'am.«

»Nun gut«, antwortete Mrs Barry, »lassen Sie uns umdrehen und biegen Sie zu Mr Bourke ab, sobald Sie die Kreuzung erreichen.«

Kaum hatte Frau Barry diese Worte ausgesprochen und der Kutscher gedreht, ertönte aus der Hecke zu ihrer Rechten ein Schrei, welcher die Zuhörer bis ins Innerste ihres Herzens erschütterte.

Er glich dem Schrei einer Frau – wenn er überhaupt etwas Irdischem ähnelte – die von einem plötzlichen und tödlichen Schlag getroffen wurde und in einem langen, tiefen Schmerz das Leben aushauchte.

»Der Himmel schütze uns!«, rief Mrs Barry. »Gehen Sie über die Hecke, Leary, und retten die Frau, wenn sie noch nicht tot ist.«

»Frau!«, sagte Leary und schlug heftig auf das Pferd ein, während seine Stimme zitterte. »Das ist keine Frau; je eher wir weiterfahren, Ma'am, desto besser«, und er trieb das Pferd vorwärts.

Es herrschte nun eine große Dunkelheit, da der Mond wieder von den Wolken verdeckt wurde, aber, obwohl sie nichts sehen konnten, hörten sie Schreie der Verzweiflung und des Schmerzes, begleitet von lautem Händeklatschen, als ob jemand auf der anderen Seite der Hecke mit dem Kopf ihres Pferdes in einer Linie entlanglief und mit ihnen Schritt hielt.

Als sie bis auf zehn Meter an die Stelle herankamen, an der links die Allee zu Mr Bourke abzweigte und, von dieser Seite kommend, der Weg rechts zum Spring House verlief, kam plötzlich der Mond wieder zum Vorschein.

Mit verblüffender Deutlichkeit konnten sie die Gestalt einer großen, schlanken Frau sehen, mit unbedecktem Kopf und langem um die Schultern fließendem Haar, die mit einer Art Mantel oder Tuch bekleidet war.

Sie stand an der Ecke der Hecke, genau dort, wo die Straße, auf der sie fuhren, zum Spring House führte. Sie hatte ihnen das Gesicht zugewandt und wies mit der linken Hand in Richtung Spring House, während sie mit rechten zur Eile aufforderte.

Je weiter sie kamen, desto unruhiger wurde sie, bis sie schließlich vor ihnen auf die Straße sprang, immer noch mit dem ausgestreckten Arm, der in Richtung Spring House deutete. Sie stellte sich am Eingang der Allee auf, als wolle sie ihnen den Weg versperren, und blickte sie herausfordernd an.

»Fahr weiter, Leary, in Gottes Namen!«, rief Mrs Barry aus.

»Es ist die Banshee«, sagte Leary, »und ich könnte in dieser gesegneten Nacht nirgendwo anders hinfahren, als nach Spring House. Aber ich fürchte, da ist etwas Schlimmes im Gange, sonst würde sie uns nicht dorthin schicken.«

Er fuhr nun wieder in Richtung Spring House und fast unmittelbar danach bedeckten Wolken den Mond, und die Banshee verschwand; das Geräusch ihres Klatschens hielt zwar noch eine Weile an, wurde aber allmählich schwächer und schwächer, bis es schließlich ganz verstummte.

Als sie in Spring House ankamen, erfuhren sie, dass sich gerade eine furchtbare Tragödie ereignet hatte.

Eine Lady, Miss Jane Osborn, die das Mündel von Charles MacCarthy war, sollte mit einem James Ryan verheiratet werden.

Am Tag vor der Hochzeit, als Ryan und Charles MacCarthy zusammen im Park des Hauses von Letzterem spazieren gingen, schoss eine fremde junge Frau, die sich im Gebüsch versteckt hatte, auf Charles, den sie mit Ryan verwechselt hatte, der sie offenbar verführt und verlassen hatte.

Die Wunde, die zunächst unbedeutend erschien, entwickelte plötzlich ernste Symptome, und noch bevor die Sonne am dritten Jahrestag seines denkwürdigen Erlebnisses mit dem Unbekannten untergegangen war, wurde Charles MacCarthy erneut in die Gegenwart seines Schöpfers geführt, um dort ein zweites und letztes Mal Rechenschaft über sich abzulegen.

XII. Die Banshee in Schottland

Es gibt, glaube ich, eine Version eines berühmten schottischen Spuks, in der eine Banshee der mehr oder weniger orthodoxen Art vorkommt. Ich habe sie vor vielen Jahren gehört, und sie wurde mir in gutem Glauben erzählt, aber ich kann mich natürlich nicht für ihre Echtheit verbürgen. Da sie jedoch die Banshee vorstellt und daher für die Leser dieses Buches von Interesse sein könnte, veröffentliche ich sie nun zum ersten Mal, wie sie in der folgenden Erzählung vorkommt:

»Nun, Ronan, es wird dich freuen zu hören, dass ich damit einverstanden bin, dass du Ione heiratest, vorausgesetzt, du kannst mir versichern, dass es in deiner Familiengeschichte keine Probleme gibt. Keine vererbte Neigung zu Alkohol, Krankheit oder Wahnsinn. Sie wissen, dass ich ein großer Anhänger der Vererbungslehre bin. Ihre Aussichten scheinen gut zu sein – und alle Nachforschungen, die ich über Ihren Charakter angestellt habe, waren zufriedenstellend. Ich werde Ihnen keine Steine in den Weg legen, wenn Sie mich in diesem Punkt zufriedenstellen können. Können Sie das?«

Der Redner war Kapitän Horatio Wynne Pettigrew, R.N. [Royal Navy, königliche Marine], der zuletzt das Kommando über die Fregatte Prometheus seiner Majestät innehatte und nun im Ruhestand in dem kleinen, aber aristokratischen Vorort Birkenhead lebte.

Der junge Mann, an den er sich wandte, Ronan Malachy, war leitender Angestellter und angehender Juniorpartner in der großen Handelsfirma Lowndes, Half & Company, Dublin, und der Gegenstand ihrer Unterhaltung – Ione, die jüngste Tochter des besagten Kapitäns, die allgemein und vielleicht zu Recht als die schönste Jungfrau im ganzen Land zwischen dem Dee [Fluss] und dem weit entfernten Tweed [Fluss] bezeichnet wird.

Der Anblick intensiver Spannung und Besorgnis, der Ronans Gesicht fast verzerrt hatte, während er auf die Antwort des Kapitäns wartete, wich nun einem Ausdruck größter Erleichterung.

»Ich glaube, ich habe Ihnen schon oft gesagt, Sir«, antwortete er, »dass ich mich nicht an meine Eltern erinnern kann, da sie beide starben, als ich noch ein Baby war; aber ich habe nie gehört, dass von einem von ihnen mit anderen Worten als denen der größten Zuneigung und des Respekts gesprochen wurde.«

»Ich bin immer davon ausgegangen, dass mein Vater auf einer Reise nach oder von New York auf See verschollen ist und dass meine Mutter, die ein schwaches Herz hatte, an den Folgen des Schocks gestorben ist.«

»Meine Großeltern lebten beide glücklich zusammen und starben eines natürlichen Todes in einem recht respektablen Alter.«

»Wenn es irgendwelche erblichen Neigungen unangenehmer Art gegeben hätte, wie Sie sie nennen, oder irgendeine besondere Familienkrankheit, dann hätte ich sicher von dem einen oder anderen meiner Verwandten davon gehört, aber ich kann Ihnen versichern, dass ich das nicht habe.«

»Nun gut« bemerkte Kapitän Pettigrew freundlich, »wenn Ihr Onkel, der, wie ich höre, Ihr Vormund ist und den ich gut kenne, mir die Höflichkeit erweisen wird, Ihre Angaben zu bestätigen, werde ich Ihre Verlobung sofort genehmigen. Aber jetzt muss ich Sie bitten, mich zu entschuldigen, denn ich habe versprochen, heute Abend mit General Maitland zu Abend zu essen, und bevor ich gehe, habe ich noch einige Dinge zu erledigen.«

Er streckte seine Hand aus, während er sprach, und Ronan, der insgeheim gehofft hatte, dass man ihn bitten würde, für den Abend zu bleiben, musste sich widerwillig zurückziehen. Natürlich wartete Ione draußen in der Halle fast außer sich vor Sorge auf das Ergebnis des Gesprächs, aber Ronan hatte gerade noch Zeit zu flüstern, dass alles in Ordnung sei und dass ihr Vater viel entgegenkommender gewesen sei, als sie beide angenommen hatten, bevor sich die Tür des Zimmers, das er gerade verlassen hatte, öffnete und der Kapitän erschien.

Es gab keine andere Möglichkeit mehr, er musste sich jetzt verabschieden, und nachdem er das getan hatte, eilte er hinaus in die Nacht.

Zu der Zeit, von der ich schreibe, gab es weder Autos noch Züge, sodass Ronan, der wegen eines Unfalls seines Pferdes zu Fuß gehen musste, das etwa vier oder fünf Meilen entfernte Haus erst am späten Abend erreichte.

Bei seiner Ankunft brannte er vor Ungeduld, die folgenschwere Frage zu klären, und sprach seinen Onkel sofort auf sein Gespräch mit Kapitän Pettigrew an, wobei er anmerkte, dass sein Schicksal nun bei ihm liege.

»Bei mir!«, rief Mr Malachy aus, legte seine Zeitung auf einen leeren Stuhl neben sich und starrte Ronan mit einem Blick plötzlicher Verwunderung in seinen großen, kurzsichtigen, aber äußerst wohlwollenden Augen an.

»Du weißt doch, mein Junge, dass du meine herzliche Zustimmung hast. Nach allem, was du mir erzählt hast, muss Miss Ione eine sehr charmante junge Dame sein; sie hat aristokratische Verbindungen und wird, so nehme ich an, nicht ganz mittellos sein. Ja, natürlich, du hast meine Zustimmung. Das hast du die ganze Zeit gewusst.«

»Das habe ich Onkel«, erwiderte Ronan, »und niemand ist dir dankbarer als ich. Aber Captain Pettigrew hat sehr starke Vorstellungen von der Vererbungslehre. Er glaubt, dass der Hang zu Alkohol, Wahnsinn und sexueller Begierde die Familien heimsucht und dass er sich, auch wenn er in einer Generation schlummert, in einer anderen fast zwangsläufig manifestiert.«

»Ich habe ihm gesagt, dass ich in dieser Hinsicht ganz sicher bin, aber er sagt, dass er deine Bestätigung braucht und dass er sofort seine Zustimmung zu meiner Verlobung mit Ione geben wird, wenn du es schriftlich bestätigst.«

»Ich weiß, dass das Briefeschreiben eine verdammte Plage für dich ist, Onkel, aber bitte versichere Kapitän Pettigrew sofort, dass wir keine familiäre Veranlagung der Art haben, die er befürchtet.«

Mr Malachy lehnte sich in seinem Stuhl zurück und blickte in den langen, vergoldeten Spiegel über dem Kaminsims. »Alkohol und Glücksspiel«, sagte er.

»Und Selbstmord«, fügte Ronan hinzu. »Du kannst auf jeden Fall schwören, dass es das in unserer Familie nicht gibt ...«

Als er aber beim Sprechen einen Blick auf den Spiegel warf, sah er darin das Gesicht seines Onkels, das ihn sofort veranlasste, sich umzudrehen.

»Onkel!«, rief er. »Sag es mir! Was ist denn los? Warum siehst du so aus?«

Mr Malachy schwieg.

»Du verheimlichst etwas«, sagte Ronan scharf. »Sag mir, was es ist. Sag es mir, sofort, und mach um Himmels willen Schluss mit meiner Spannung.«

»Du hast recht, Ronan«, antwortete sein Onkel langsam. »Ich verberge etwas, was ich dir vielleicht schon längst hätte sagen sollen. Es geht um deinen Vater.«

»Mein Vater!«

»Ja, dein Vater. Ich habe dir immer gesagt, dass er auf dem Meer verschollen ist. Nun, das war auch so, aber unter Umständen, die zweifellos mysteriös waren. Er wurde zuletzt lebend am Kai von Annan gesehen [Annan in Schottland am gleichnamigen Fluss gelegen], wo er offenbar auf ein Boot wartete, das ihn an die andere Küste bringen sollte. Jemand sagte, er habe ihn plötzlich ins Wasser springen sehen, und einige Tage später wurde im Solway Firth eine Leiche gefunden, die man für die seine hielt.«

»Dann war es Selbstmord«, keuchte Ronan. »Mein Gott, wie furchtbar! War zu diesem Zeitpunkt jemand bei ihm?«

»Ich glaube, mehr muss ich dir nicht sagen.«

»Doch, erzähl mir alles«, antwortete Ronan bitter. »Es macht jetzt alles keinen Unterschied mehr. Lass mich alles hören, ich bestehe darauf.«

Mit einer Stimme, die so sehr zitterte, dass Ronan ihn entsetzt ansah, fuhr Mr Malachy fort: »Ronan«, sagte er, »denk daran, dass ich es dir gegen meinen Willen sage und dass du mich zwingst zu sprechen.«

»Sie sagten damals, dass eine Frau bei deinem Vater war – eine Frau, die mit ihm den ganzen Weg von Lockerbie gereist war – dass sie sich gestritten haben, dass er –«

»Ja - erzähl weiter! Um Gottes willen, erzähl weiter.«

»Er hat sie ins Wasser gestoßen – in seiner Wut, wohlgemerkt, in seiner Wut, sage ich – und ist dann, offenbar entsetzt über das, was er getan hat, ebenfalls ins Wasser gesprungen.«

»Sind sie dann beide ertrunken?«

»Ja.«

»Und niemand hat versucht, sie zu retten?«

»Es war niemand in der Nähe. Die Flut war zu dieser Zeit sehr stark, und beide wurden aufs Meer hinausgetragen. Die Leiche der Frau wurde nie gefunden, und die deines Vaters, als sie einige Tage später geborgen wurde, war so entstellt, dass man sie nur anhand der Kleidung identifizieren konnte.«

»Und sie waren sich sicher, dass es mein Vater war?«

»Ich fürchte, daran gibt es wenig Zweifel, obwohl deine Tante Bridget, die ihn als letzte der Familie lebend gesehen hat und die aufgefordert wurde, die Leiche zu identifizieren, immer erklärt hat, dass es sich um einen Irrtum handelt; sie hat die Kleidung identifiziert, aber erwähnt, dass es sich um die Leiche einer Person handelt, die sie nie zuvor gesehen hat.«

»Dann gibt es also eine kleine Hoffnung!«

»Das glaube ich kaum, aber – aber geh zu ihr – das ist deine einzige Hoffnung, und ich werde das Schreiben an Kapitän Pettigrew bis zu deiner Rückkehr zurückstellen.«

Am nächsten Morgen hatte Ronan bereits ein Stück des Weges nach Lockerbie zurückgelegt. In seinem derzeitigen Gemütszustand war jeder Zentimeter eine Meile, jede Sekunde eine Ewigkeit. Wenn seine Tante ihm nur einen absoluten Beweis dafür liefern könnte, dass es nicht sein Vater war, der die Frau ins Wasser gestoßen hatte und danach selbst hineingesprungen war, dann könnte er das Objekt seiner Hingabe noch heiraten, aber wenn sie es nicht konnte, schwor er mit einem bitteren Eid, dass das Wasser, das seine Eltern geholt hatte, auch ihn holen würde.

An derselben Stelle, an welcher der Unglücksrabe, der sein Verderben bewirkt hatte, umgekommen war, würde auch er umkommen.

Es hieß jetzt: Ione oder Untergang. Sein ganzes Wesen konzentrierte sich gedanklich darauf, und er drängte vorwärts, ohne sich auszuruhen oder Erfrischungen zu sich zu nehmen, bis er Silloth erreicht hatte, wo er gezwungen war, mehrere Stunden zu warten, bis ein Fischer überredet werden konnte, ihn über den Solway Firth [Förde bei Solway] nach Annan zu bringen.

Bis jetzt war ihm das Glück hold. Das Wetter war schön geblieben, und trotz des gefährlichen Zustands der Straßen, die offenkundig in höchstem Maße reparaturbedürftig und voll von Straßenräubern waren, hatte er die Strecke ohne Missgeschick zurückgelegt.

Nach dem Verlassen von Annan ereilte ihn jedoch ein Unglück. Die Kutsche hatte erst etwa sieben oder acht Meilen auf der Straße nach Lockerbie zurückgelegt, als sie durch den Verlust eines Rades nur knapp einem schweren Unfall entging, und da es wenig Aussicht gab, die notwendigen Reparaturen noch in dieser Nacht durchzuführen, schlug der Kutscher vor, dass seine Fahrgäste zu Fuß nach Annan zurückgingen, um im 'Red Star and Garter' zu übernachten, bis er sie am nächsten Morgen abholen konnte.

Dem stimmten alle zu, außer Ronan, der den Vorschlag umzukehren, verschmähte und erklärte, er werde seine Reise nach Lockerbie zu Fuß fortsetzen.

»Das ist ein wildes und unheimliches Stück Land, das Sie durchqueren müssen, Mann«, mahnte der Kutscher, »und ich bin mir nicht sicher, ob Sie nicht auf einige dieser Schmugglerjungen von jenseits der Grenzen von Kirkcudbright stoßen werden. Sie sind ziemlich sauer darüber, wie die Zollbeamten sie behandeln, und sind gegenüber jedem, den sie treffen, ausgesprochen misstrauisch. Sie werden gut beraten sein, wenn sie mit uns zur Küste zurückkehren.«

Auf diesen gut gemeinten Ratschlag gab Ronan nicht einmal eine Antwort, sondern wünschte seinen Mitreisenden eine gute Nacht, knöpfte seinen Mantel fest zu und schritt entschlossen in die Dunkelheit hinaus.

Der Fahrer hatte nicht übertrieben. Es war ein wildes, ungehobeltes Stück Land. Die Straße selbst war nur ein größerer Pfad mit Spurrillen und Furchen, und nichts deutete auf dessen Grenzen hin, abgesehen von Gräben oder schwarzen Tümpeln, die unregelmäßig schimmerten, wenn die Mondstrahlen, die hinter schwarzen Wolkenmassen hervorkamen, auf sie fielen.

Jenseits der Straße befand sich auf der einen Seite eine weite, unfruchtbare Heidelandschaft, die am Fuße einer langen Reihe ziemlich niedriger und seltsam grausig aussehender Hügel endete, und auf der anderen Seite eine schwarze, dicht bewaldete Schlucht, in deren Grund ein Fluss tobte.

Bei jedem unregelmäßigen Hervorkommen des glänzenden Mondscheins hob sich jede Einzelheit der Landschaft mit fast mikroskopischer Klarheit ab, aber ansonsten lag alles in einem fast undurchdringlichen Mantel aus Düsternis, von dem seltsame, undefinierbare Schatten auszugehen schienen, die, soweit Ronan sehen konnte, keine materiellen Gegenstücke hatten.

Ronan, der von Natur aus ein starkes Herz hatte und sich vor nichts fürchtete, war zugleich ein Kelte und besaß in nicht geringem Maße die keltische Ehrfurcht und den Respekt vor allem, was mit dem Übernatürlichen zusammenhing.

Obwohl er unablässig weiterging und sich immer wieder das Gesicht und die Gestalt seiner Geliebten vorstellte, für die er bereit war, alles zu tun, um sie zu gewinnen, konnte er nicht verhindern, dass er gelegentlich mit einem unguten Gefühl auf einen ungewöhnlich verwirrenden Schatten starrte oder dass sein Herz beim Rascheln eines Ginsterstrauchs oder dem düsteren Schrei einer Eule lauter schlug.

Auf geheimnisvolle Weise schien die Nacht plötzlich alles verändert zu haben und jedem Gegenstand und jedem unbedeutenden – oder tagsüber unbedeutenden – Geräusch eine Bedeutung zu verleihen, die wahrhaft rätselhaft und erschreckend war.

Die Luft jedoch, in der sich die Düfte der Kiefern, des Stechginsters und des Heidekrauts mit dem Ozon der nicht weit entfernten Solway Firth vermischten, war so köstlich, dass Ronan immer wieder den Kopf zurückwarf, um große Züge davon einzuatmen, und während er so eine Sekunde lang dastand, die Nasenlöchern und die Stirn hochgezogen, wurde er zum ersten Mal auf einen bevorstehenden Sturm aufmerksam.

Zuerst kamen ein paar große Regenspritzer und das leise Stöhnen des Windes, der von den weit entfernten Hügeln zu ihm und an ihm vorbei fegte; dann weitere Spritzer und dann ein Wolkenbruch.

Ronan, der jetzt neben einer niedrigen weißen Mauer ging, hinter der er einen jener Unterstände sehen konnte, die in Schottland überall zum Schutz des Viehs und der Schafe vor den schrecklichen Schneestürmen errichtet werden, die fast jeden Winter das Land verwüsten, erkannte die Vergeblichkeit und die Gefahr, sich dem Sturm zu stellen, und ging auf die Mauer zu, kletterte hinauf und ließ sich auf der anderen Seite hinunter.

Das Pech wollte es, dass er auf einem Felsen landete und da er keinen Halt fand, abrutschte und mit dem Kopf auf dem Boden aufschlug. Einige Sekunden lang blieb er bewusstlos liegen, dann, als er allmählich wieder zu sich kam, richtete er sich auf und machte sich auf den Weg zum Unterstand.

Als er blindlings zum Eingang des Unterstands stolperte, stieß er mit einer Gestalt zusammen, die sich plötzlich aus dem Boden zu erheben schien, und für einen Moment blieb ihm das Herz stehen, aber seine Befürchtungen wurden durch den unverwechselbaren Klang einer menschlichen Stimme schnell zerstreut.

»Wer ist das?«, fragte jemand mit zittriger Stimme. »Oh, mein Herr, sind Sie einer der Feiernden?«

Ronan erkannte, dass es eine Frauenstimme war.

»Einer der Feiernden?«, antwortete Ronan. »Es ist eine schlechte Nacht für ein Gelage. Wie meinen Sie das?«

»Ich meine, ob Sie einer der jungen Männer sind, die zum Kostümball in die Spelkin Towers gehen«, antwortete die Stimme. Aber Ihr Akzent sagt mir, dass Sie das nicht sind. Sie gehören nicht in diese Gegend. Sie sind Ire.«

»Das ist wahr«, antwortete Ronan. »Meine Heimat ist Dublin, und ich betrete zum ersten Mal den Boden von Dumfries, und ich wette jeden Penny in meinem Geldbeutel, dass es das letzte Mal sein wird. Ich bin auf dem Weg nach Lockerbie, aber ich denke, es wird bis in die frühen Morgenstunden dauern, bis ich dort ankomme.«

»Nach Lockerbie«, antwortete die Stimme. »Das ist eine Entfernung von etwa zwanzig Meilen. Aber es ist eine gerade Straße, und auf dem Weg dorthin kommt man an den Spelkin Towers vorbei. Sie stehen in einer Baumgruppe etwa hundert Meter von der Straße entfernt, auf dieser Seite der Straße, etwa drei Meilen von hier. Wenn es einen Mond gäbe, könnte man den Ort leicht an dem großen weißen Tor erkennen, das direkt zu ihm führt.«

»Das mag sein, aber warum sollte ich jetzt meine Zeit und ihren Atem verschwenden. Die Spelkins, oder wie immer Ihr sie nennt, haben nichts mit mir zu tun. Ich bin auf dem Weg nach Lockerbie, sage ich Ihnen, und da der Regen nachzulassen scheint, will ich wieder weiterziehen.«

»Mein Herr«, flehte die Frau, »ich bitte Sie, einen Augenblick zu bleiben und mir zuzuhören. Ein Herr geht heute Abend zu den Feierlichkeiten, für den ich einen Brief von größter Wichtigkeit habe. Sein Name ist Dunloe, Mr Robert Dunloe aus Annan. Er wird um acht Uhr in den Towers erwartet und müsste eigentlich in diesem Augenblick hier vorbeikommen. Aber, Sir, ich darf nicht länger auf ihn warten, da ich eine alte Mutter zu Hause habe, die plötzlich und heftig erkrankt ist. Um der Barmherzigkeit willen bitte ich Sie zu warten und ihm den Brief an meiner Stelle zu geben.«

»Ihm den Brief an Ihrer Stelle geben!«, rief Ronan aus. "Vielleicht sehe ich ihn ja nie – die Chancen stehen eins zu tausend, dass das passieren wird. Ich bin auch in Eile. Ich kann nicht die ganze Nacht hier herumhängen. Außerdem, wie soll ich ihn erkennen?«

»Er ist als Narr verkleidet«, antwortete die Frau, »und wenn der Wind nicht zu stark bläst, hören Sie den Klang seiner Glocken. Er wird sicher sehr bald vorbeikommen. Oh, mein Herr, tun Sie mir diesen Gefallen, ich flehe Sie an.«

Während sie sprach, hörte der Regen auf und der Mond, der plötzlich hinter einer Wolkenbank auftauchte, enthüllte ihr Gesicht. Es war verblüffend weiß und auf eine seltsame, elfenhafte Weise schön.

Ronan starrte es erstaunt an; es war so ganz anders als das Gesicht, das er sich von der Stimme her vorgestellt hatte, und als er in die großen, schwarzen Augen blickte, die sich flehend zu ihm erhoben, fühlte er sich seltsam fasziniert, und jeder Gedanke an Widerstand verflog sofort.

»Also gut«, sagte er langsam, »ich werde tun, was Sie wünschen. Ein Mann im Hofnarrenkostüm mit klingelnden Schellen, der auf den Namen Robert Dunloe hört. Geben Sie mir den Brief, und ich werde auf der Straße warten, bis er vorbeikommt.«

Sie gehorchte, nahm einen Umschlag aus ihrem Schoß und reichte ihn ihm.

»Oh, Sir«, sagte sie leise, »ich kann Ihnen nicht sagen, wie dankbar ich bin. Das ist sehr freundlich von Ihnen, sehr ritterlich, und ich bin sicher, Sie werden eines Tages belohnt werden.

»Hören Sie! Schritte. Eine ganze Menge. Das müssen einige der Feiernden sein. Ich muss hierbleiben, bis sie vorüber sind, denn ich möchte um nichts in der Welt, dass sie mich sehen. Sie sind ungehobelte, ungestüme Kerle und haben wenig Respekt vor einer Jungfrau, wenn sie ihr allein auf der Landstraße begegnen. In letzter Zeit sind hier einige schreckliche Dinge passiert.«

Sie legte eine ihrer kleinen weißen Hände auf Ronans Arm, während sie sprach, und brachte den Zeigefinger der anderen Hand auf ihre Lippen, um ihn zum Schweigen aufzufordern. Als dann die Schritte und Stimmen, die immer näher kamen, an ihnen vorbeizogen und allmählich in der Ferne verhallten, verabschiedete sie sich eilig von Ronan und verschwand flink in der Dunkelheit.

Ronan stand einige Minuten lang an der Stelle, an der sie ihn verlassen hatte, und erwartete halb, dass sie wieder auftauchen würde, aber schließlich, überzeugt davon, dass sie wirklich weggegangen war, kletterte er die Mauer hinauf und zurück auf die Straße, wo er wartete.

Wäre da nicht der Umschlag gewesen, der sich gewiss echt genug anfühlte, wäre Ronan geneigt gewesen, das alles für eine seltsame Art von Halluzination zu halten – das Mädchen war so anders, wenn auch so subtil und unerklärlich anders – als alle, die er je zuvor gesehen hatte. Aber der Umschlag mit dem Namen 'Robert Dunloe, Esquire'*, der so deutlich und schön darauf geschrieben war, war ein Beweis für ihre Realität, und während er mit den Fingern auf dem Schreiben herumfuchtelte und über das Thema nachdachte, hörte er erneut das Geräusch von Schritten. Diesmal waren es die Schritte einer einzigen Person, und wie er es erwartet hatte, wurden sie von einem leisen Glockengeläut begleitet.

[* Herr, Höflichkeitstitel, im Englischen besonders auf Briefen dem Namen nachgestellt, unter Weglassung von Anrede oder Titel]

Der Mond, der jetzt ziemlich wolkenfrei war, machte jeden Gegenstand so deutlich sichtbar, dass Ronan, der in die Richtung blickte, aus der die Geräusche kamen, bald eine große, seltsam gekleidete Gestalt entdeckte, die sich, obwohl sie noch weit entfernt war, mit großen, schwungvollen Schritten auf ihn zubewegte. Wäre er nicht auf eine verkleidete Person vorbereitet gewesen, hätte sich Ronan vielleicht etwas beunruhigt gefühlt, denn ein schottisches Moor im tiefsten Winter ist kaum der Ort, an dem man einen Maskierten in einem Narrenkostüm erwarten würde.

Auch wenn die Vergrößerungswirkung der Mondstrahlen wahrscheinlich dafür verantwortlich war, schien die Gestalt, abgesehen von ihrer Kleidung, etwas seltsam Bizarres an sich zu haben. Der Kopf schien ungewöhnlich rund und klein, die Gliedmaßen ungewöhnlich lang und abgemagert, und die Bewegungen bemerkenswert automatisch und gleichzeitig spinnenartig.

Ronan ergriff den Umschlag in seiner Hand – er war körperlich genug; also musste das seltsame, fantastisch aussehende Ding, das sich so grotesk auf ihn zubewegte, ebenfalls körperlich sein - ein Mensch – und Ronan musste lachen. Kurz danach war aus dem Schutz der Mauer herausgetreten.

»Sind Sie Mr Robert Dunloe?«, fragte er, »denn wenn dem so ist, dann habe ich einen Brief für Sie.«

Die Gestalt hielt inne, und das weiße, pergamentartige Gesicht mit den zwei hellgrünen, katzenartigen Augen beugte sich herab und bedachte Ronan mit einem halb erschrockenen, aber durchdringenden Blick.

»Ja«, kam die Antwort, »ich bin Mr Dunloe. Aber woher haben Sie den Brief für mich? Geben Sie ihn mir sofort."

Noch bevor Ronan ihn daran hindern konnte, hatte er ihm den Umschlag entrissen und las den Inhalt, nachdem er das Siegel aufgebrochen hatte.

»Ah!«, rief er aus. »Was für ein Narr! Ich hätte es die ganze Zeit wissen können, aber es ist noch nicht zu spät.«

Dann faltete er den Brief in der Hand und hielt ihn, offenbar in Gedanken versunken, in der Hand.

Ronan, dessen heißes irisches Temperament geweckt wurde, durch die unhöfliche Art und Weise, in der der Fremde in den Besitz des Briefes gelangt war, wäre weitergegangen und hätte ihn verlassen, wenn er sich nicht durch dieselbe eigentümliche Faszination zurückgehalten gefühlt hätte, die er im Gespräch mit dem Mädchen erlebt hatte.

»Ich hoffe«, bemerkte er schließlich, »dass Ihr Brief keine schlechten Nachrichten enthält. Die Dame, die mich gebeten hat, Ihnen den Brief zu geben, erwähnte, dass eine Verwandte von ihr sehr krank geworden sei.«

»Wann und wo haben Sie sie gesehen?«, fragte der Fremde, wobei seine Augen wieder mit demselben starren, durchdringenden Blick Ronans Gesicht suchten.

»In dem Unterstand dort drüben", antwortete Ronan und zeigte auf ihn. »Wir waren einander fremd, und ich suchte Schutz vor dem Sturm. Ich erklärte ihr, dass ich auf dem Weg nach Lockerbie sei und es sehr eilig habe, dorthin zu kommen, aber sie bat mich so inständig, Ihre Ankunft abzuwarten, damit ich Ihnen den Brief übergebe, damit sie sofort nach Hause zurückkehren kann, sodass ich einwilligte. Das ist alles, was zwischen uns vorgefallen ist.«

»Sie ist gegangen?«

»Ja, sie entschwand plötzlich in der Dunkelheit, wohin, weiß ich nicht.«

Der Fremde dachte einige Augenblicke lang nach und strich sich mit langen, schlanken Fingern über das Kinn. Dann schien er plötzlich aufzuwachen und sprach wieder, aber diesmal in einer viel höflicheren Art.

»Junger Mann«, sagte er, »ich glaube Ihnen. Sie haben einen offenen Ausdruck in Ihren Augen und einen ehrlichen Klang in Ihrer Stimme. Männer, die in solchen Tönen sprechen, lügen nur selten. Sie haben auch ein gutes Herz, und ich werde Sie um einen Gefallen bitten.«

»Gestern Morgen wetteten zwei der bedeutendsten Bürger von Annan mit mir, dass ich heute Abend nicht zu einem Ball in den Spelkin Towers gehen und als Hofnarr gekleidet den ganzen Weg hin und zurück laufen würde, egal wie schlecht das Wetter ist.«

»Ich habe die Herausforderung angenommen, und nun, da ich so weit fortgeschritten bin, sollte ich meine Aufgabe zu Ende bringen, wenn nicht dieser Brief wäre, der voll und ganz bestätigt, was die junge Dame Ihnen erzählt hat. Sie teilt mir mit, dass eine sehr alter und liebe Freundin von mir im Sterben liegt und mich unbedingt sofort sehen möchte, da sie eine wichtige Mitteilung zu machen hat, die nur für meine Ohren bestimmt ist.«

»Nun, mein Herr, ich kann unmöglich in dieser ausgefallenen Kleidung zu ihr gehen, damit der Schock, mich so gekleidet zu sehen, nicht zu viel für sie in ihrem derzeitigen ernsten Zustand ist. Kann ich auf Ihre Nächstenliebe und Ritterlichkeit zählen und Ihren guten christlichen Geist – ich bezweifle nicht, dass Sie in einer wahrhaft gottesfürchtigen und frommen Weise erzogen worden sind – und sie dazu bewegen, mit mir dort drüben im Schuppen die Kleider zu wechseln, da es wieder im Auftrag einer Frau geschieht?«

»Ich könnte dann in angemessener, nüchterner Kleidung vor meiner armen, sterbenden Freundin erscheinen, während Sie frei wären, zum Ball zu gehen und, indem Sie sich als Mr Robert Dunloe ausgeben, den Erlös meiner Wette mit mir zu teilen.«

Dann, als er den Ausdruck auf Ronans Gesicht bemerkte, fügte er schnell hinzu:

»Sie werden kein Risiko eingehen. Ich bin ein vergleichsweise Fremder in dieser Gegend – keiner der Feiernden kennt mich vom Sehen. Alles, was Sie bei Ihrer Ankunft in den Towers tun müssen, ist, ihrem Gastgeber, Sir Hector McBlane, die Art der Wette zu erklären und ihn zu bitten, Ihnen ein Schreiben bezüglich ihrer Anwesenheit zu geben, das ich anschließend meinen beiden Freunden zeigen kann.«

»Denken Sie daran, Sir, dass ich Sie nicht nur um des Wunsches einer sterbenden Frau willen um diesen Gefallen bitte, sondern auch, um sicherzustellen, dass die junge Dame, die Ihnen den Brief gegeben hat, nicht in Gefahr gerät.«

Ronan zögerte. Wäre ihm ein solch rätselhafter Vorschlag bei einer anderen Gelegenheit gemacht worden, hätte er ihn vielleicht sofort als den reinsten Wahnsinn abgelehnt, aber diese Nacht hatte etwas an sich – die wilde Erhabenheit der stillen, mondbeschienenen Landschaft, die berauschende Süße der zartduftenden Luft, ganz zu schweigen von dem Mädchen, dessen elfenhaftes Aussehen in so absoluter Harmonie sowohl mit dem weichen, silbrigen Sternenlicht als auch mit den schwarzen Granitfelsen zu stehen schien.

Das war ganz anders als alles, was Ronan je zuvor erlebt hatte, und sein zutiefst gefühlsbetontes und leicht erregbares Temperament, das sich in heißer Rebellion gegen seine Vernunft erhob, drängte ihn dazu, sich auf ein Abenteuer einzulassen, von dem er überzeugt war, dass es sich als äußerst unterhaltsam erweisen könnte. Er willigte daher ein, dem Vorschlag des Fremden zu folgen, begleitete ihn in den Unterstand und tauschte mit ihm die Kleider.

Nachdem sie vereinbart hatten, sich um vier Uhr morgens an derselben Stelle zu treffen, trennten sich die beiden Männer, wobei der Fremde über das Moor ging und Ronan weiter die Hauptstraße entlang.

Es geschah wieder nichts von Bedeutung, bis Ronan die Kieferngruppe erblickte, aus deren Mitte sich die Spelkin Towers erhoben, und einige Meter weiter sah er das weiße Holztor, das ihm das elfenhafte Wesen beschrieben hatte.

Als er sich näherte, kamen ihm mehrere Gestalten in schicken Kostümen und mit Halbmasken entgegen, und einer fragte mit einer tiefen Verbeugung, ob er die Ehre habe, mit Mr Robert Dunloe zu sprechen.

»Ja«, antwortete Ronan mit einigem Erstaunen, »aber ich dachte nicht, dass jemand außer unserem Gastgeber Sir Hector McBlane weiß, dass ich heute Abend hierher komme.«

»Das liegt daran, dass Sie so bescheiden sind«, war die Antwort. »Ich kann Ihnen versichern, Mr Dunloe, Ihr Ruhm ist Ihnen vorausgeeilt, und jeder, der heute Abend hier anwesend ist, wird dem Moment Ihrer Ankunft entgegenfiebern. Lassen Sie mich Ihnen meine Freunde vorstellen. Sir Frederick Clanstradie, Sir Austin Maltravers, Lord Henry Baxter und Mr Leslie de Vaux.«

Die Gäste verbeugten sich nacheinander, als ihre Namen ausgesprochen wurden, und auf ein Hinweis des Sprechers hin, der Ronan mitteilte, dass er, Sir Philip McBlane, der Cousin des Gastgebers, sei, begaben sie sich gemeinsam in das seltsam konstruierte Herrenhaus.

Drinnen konnte Ronan keinerlei Anzeichen für eine Festlichkeit erkennen, doch als ihm gesagt wurde, dass Sir Hector im Ballsaal auf ihn warte, ließ er sich durch einen kahlen, düsteren Gang und über eine schmale, steile Steintreppe in eine große, kerkerähnliche Kammer führen, in der an einigen Stellen seltsam aussehendes Holz aufgestapelt war.

In einer ihrer Ecke sah er eine hochgewachsene Gestalt, die von Kopf bis Fuß in die scheußlichen schwarzen Gewänder eines spanischen Inquisitors gehüllt war. Sie stand in unmittelbarer Nähe eines Haufens loser Ziegel und frisch angerührten Mörtels und beugte sich über einen Kessel, der mit etwas gefüllt war, das wie kochender Teer aussah. Der ganze Anblick des Raumes war in der Tat so düster und abweisend, dass Ronan erschrocken zurückwich und sich an Sir Philip und seine Kameraden wandte, um eine Erklärung zu erhalten.

Bevor jedoch jemand das Wort ergreifen konnte, trat die Gestalt in der Inquisitionsrobe vor, hieß Ronan willkommen und erklärte, dass es für ihn eine Ehre und ein Privileg sei, einen so illustren Gast zu empfangen.

Da er nicht wusste, wie er auf eine Begrüßung antworten sollte, die ihm so absurd übertrieben vorkam, murmelte Ronan lediglich, dass er sich freue, hier zu sein, und verfiel dann in ein unbehagliches und verlegenes Schweigen, während dessen er die Augen aller mit einem Ausdruck auf sich gerichtet spürte, den er beim besten Willen nicht deuten konnte.

Schließlich lud der Inquisitor, den Ronan nun für Sir Hector McBlane hielt, die Herren zu einer Erfrischung ein, nachdem er die Hoffnung geäußert hatte, dass die Damen bald erscheinen würden.

Die Flaschen, die unordentlich und im Überfluss auf dem schlichten Tisch verstreut waren, wurden entkorkt, und der finster gekleidete Gastgeber schlug vor, dass sie alle auf ihren vornehmen Gast, Mr Robert Dunloe, anstoßen sollten.

Bis jetzt hatte Ronan nur das wahrgenommen, was ihm in den Stimmen seiner Mitreisenden als Höflichkeit und Herzlichkeit erschien, aber jetzt, als alle mit den Gläsern anstießen und unisono riefen: »For he's a jolly good fellow, and so say all of us« [Denn er ist ein prima Bursche, und das sagen wir alle], glaubte er, etwas ganz anderes wahrzunehmen; was es war, konnte er nicht sagen, aber es vermittelte ihm das gleiche Gefühl des Zweifels und der Unsicherheit wie der Ausdruck in ihren Gesichtern unmittelbar nach seiner Vorstellung bei Sir Hector.

Wieder herrschte verlegenes Schweigen, das schließlich von Ronan gebrochen wurde, der, als er merkte, dass etwas von ihm erwartet wurde, schließlich aufstand und auf den Toast antwortete.

Seine Rede war nur von kurzer Dauer, doch kaum war sie zu Ende, ertönte das laute Klopfen von Stöckelschuhen auf den steinernen Stufen, und eine Reihe von Frauen in allen erdenklichen Gewändern, von der pittoresken mittelalterlichen Tracht bis hin zu den immer noch gern gesehenen und beliebten Empire-Kleidern, kamen in den Saal gestürmt.

Ihre seltsam unbeholfenen Bewegungen veranlassten Ronan, sie etwas genauer unter die Lupe zu nehmen, aber erst als die Versammlung nach einer wilden Ekstase von keuchenden Flöten und heruntergekommenen Dudelsäcken zu tanzen begann, wurde ihm bewusst, dass diese seltsam aussehenden Frauen gar keine Frauen waren, sondern lediglich männliche Mummenschanz-spieler.

In den nächsten Minuten herrschten ein solcher Lärm und ein solches Durcheinander, dass Ronan, dessen Wangen vom Wein in Brand gerötet waren, kaum wusste, ob er auf dem Kopf oder auf den Füßen stand.

Erst bat eine der angeblichen Frauen, dann eine andere um die Ehre, mit ihm zu tanzen, bis er sich schließlich vor lauter Müdigkeit und Schwindel gezwungen sah, stehen zu bleiben und sich an die Wände des Gebäudes zu lehnen.

Er befand sich noch immer in dieser Haltung, als die Musik, wenn man sie als solche bezeichnen kann, plötzlich verstummte und die ganze Gesellschaft wie auf ein vorheriges Signal hin plötzlich stramm stand, still und stumm wie Statuen.

Sir Hector McBlane wandte sich daraufhin mit einer Verbeugung an Ronan und teilte ihm mit, dass seine Braut im Brautgemach auf ihn warte, und erklärte, dass nun die Zeit gekommen sei, sie ihm vorzustellen.

Diese Ankündigung war so unerwartet und ungewöhnlich, dass Ronan die Sprache verschlug, und bevor er begreifen konnte, was vor sich ging, fand er sich von seinem Gastgeber in eine schwach beleuchtete Ecke des Raumes geführt, wo er zum ersten Mal eine Nische oder eine Art Zelle wahrnahm, die nicht mehr als vier Fuß tief und drei Fuß breit war, aber bis zur gleichen Höhe wie die Decke reichte.

Genau in der Mitte befand sich eine hochgewachsene Gestalt, völlig steif und unbeweglich, bekleidet mit langen, fließenden, weißen Gewändern.

Noch immer zu verwirrt und erstaunt, um zu protestieren oder zu widersprechen, ließ sich Ronan zu der Gestalt führen, die er durch das plötzliche Aufflackern einer Fackel, die einer der Feiernden in der Hand hielt, als eine riesige Stoffpuppe erkennen konnte, die mit falschem Schmuck dekoriert war, mit einem aufgemalten, lüsternen Gesicht und einer Masse von blonden, zerzausten Haaren, eine geschickt gemachte, aber lächerliche Karikatur einer Frau.

Er wollte gerade eine wütende Erklärung für diese Narrheit verlangen, als er heftig nach vorne gestoßen wurde, und bevor er sein Gleichgewicht wiedererlangen konnte, wurde ein Seil mehrmals um seinen Körper gewickelt und er wurde fest an die Puppe geschnallt, die sicher an einem senkrecht im Boden befestigten Eisenpfahl befestigt war.

Lautes Gelächter hallte nun von einem Ende des Saales zum anderen, und die Heiterkeit wurde noch gesteigert, als Sir Hector dem Brautpaar mit gespielter Ernsthaftigkeit seine bescheidenen Glückwünsche überbrachte und ihnen eine lange und glückliche Hochzeitsreise wünschte.

Ronan, dessen Empörung inzwischen den Siedepunkt erreicht hatte, verlangte wütend, freigelassen zu werden, aber je wütender er wurde, desto mehr spotteten seine Peiniger, bis schließlich sogar Wände, Boden und Decke von einer unkontrollierbaren und teuflischen Fröhlichkeit angesteckt zu werden schienen und zitterten. Endlich aber, als die Dinge eine Zeit lang so weitergegangen waren, ergriff Sir Hector erneut das Wort und verkündete diesmal in lauten Tönen, dass er und seine Gäste nun das Brautgemach verschließen würden, da er sich sicher sei, dass das Brautpaar sich nichts sehnlicher wünschte, als allein gelassen zu werden.

Ein allgemeiner Trubel und das darauf folgende Klirren von Metall auf dem Steinboden unmittelbar nach dieser Rede ließen Ronan keinen Zweifel daran, was hier vor sich ging. Er wurde natürlich zugemauert. Er war sich zwar sicher, dass es sich um einen Scherz handelte, aber er hatte auch das Gefühl, dass dieser Scherz schon lange genug gedauert hatte.

Es war ihm nur zu klar, dass Mr Robert Dunloe aus irgendeinem Grund bei diesen Maskenträgern alles andere als beliebt war, und er begann sich zu fragen, ob Mr Dunloes Erklärung für seinen Wunsch, die Kleider zu tauschen, ehrlich war, ob Mr Dunloe keine Ahnung davon hatte, was nach dem Brief des elfenhaften Mädchens mit ihm geschehen würde, und ob er die Geschichte von der kranken Frau und der Wette nicht nur für diesen Anlass erfunden hatte.

Ronan fühlte sich auf jeden Fall sehr enttäuscht und sah nicht ein, warum er noch immer so tun sollte, als sei er der Mann, der ihn so ausgenutzt hatte, also rief er:

»Hören Sie, ich muss Ihnen ein Geständnis machen. Ihr denkt, ich bin Mr Robert Dunloe, aber das bin ich nicht. Mein Name ist Ronan Malachy. Ich wohne bei meinem Onkel, Mr Hugh Malachy, in der Nähe von Birkenhead, und jeder dort würde meine Identität bestätigen. Ich war heute Nacht auf dem Weg nach Lockerbie, als ich ein Mädchen traf, das mich bat, auf der Straße zu warten und einen Brief für sie an einen Mann zu überbringen, der wie ein

Hofnarr gekleidet war und sich Robert Dunloe nennt, und der gleich vorbeikommen würde.«

»Da ich einer Dame nur ungern etwas abschlagen wollte, willigte ich ein, und als ich dem Mann den Brief gegeben und er ihn gelesen hatte, erklärte er mir, dass es sich um eine Aufforderung handele, das Sterbebett eines sehr lieben Freundes zu besuchen, und forderte mich auf, mit ihm die Kleider zu tauschen, damit er in angemessener Kleidung gehen könne. Ich willigte natürlich ein, und dann bat er mich, mich hier für ihn auszugeben, denn er hatte eine große Wette abgeschlossen, dass er auf diesem Ball anwesend sein und den ganzen Weg von Annan in diesem Kostüm zurücklegen würde.«

Ronan wollte gerade noch mehr hinzufügen, als Sir Hector McBlane sich dem bereits brusthohen Ziegelhaufen näherte, ihn direkt ansah und ausrief:

»Robert Dunloe, es ist sinnlos, uns hinters Licht führen zu wollen. Wir wissen alles über dich. Wir wissen, dass du einmal wegen Straßenraubes und Mordes verhaftet wurdest, aber davongekommen bist, weil du als Kronzeuge Beweise gegen deinen Kumpel 'Hal of the seventeen strings' [Hal der siebzehn Ketten/Schnüre/Saiten] geliefert hast, der in Lancaster gehängt wurde; dass du dann die Spionage für die Regierung zum Beruf gemacht hast und die eine Reihe der besten Männer, die je gelebt haben, in Morecombe wegen des Schmuggels von ein paar Fässern Brandy verurteilten.«

»Vor einem Monat hörten wir, dass du nach Annan kommen würdest, um zu versuchen, einigen von uns wegen desselben sogenannten Verbrechens einen Strick um den Hals legen zu lassen, und wir beschlossen, dass wir die Ersten sein werden, die dir eine Lektion erteilen. Wir werden dich jetzt versiegeln und Selbstgespräche über den Strick um dich herum führen lassen, der zweifellos von der gleichen Farbe und Beschaffenheit ist wie der, an dem die vielen gehängt wurden, die durch euren Verrat verurteilt wurden. Adieu.«

Als Sir Hector zu Ende gesprochen hatte, flehte und fluchte Ronan vergeblich; er konnte keine weitere Antwort erhalten.

Die Ziegelschichten wuchsen, bis nur noch eine übrig war, um die Aufgabe zu vollenden, und schon wurde die Luft im Inneren stinkend und drückend.

Ein schreckliches Gefühl völliger und hoffnungsloser Einsamkeit durchströmte Ronan und zwang ihn, erneut zu rufen:

»Aus Liebe zu Gott«, sagte er, »lasst mich frei. Um der Liebe Gottes willen.«

Kaum hatte er diese Worte ausgesprochen, blickte die ganze Versammlung einander mit erschrockenen Gesichtern an.

»Hört!«, rief einer aus. »Hört ihr das Geschrei und Klatschen? Was um alles in der Welt ist das?«

227

»Ich würde sagen«, sagte ein anderer, »dass es ein kleines Kind ist, das zu Tode gebracht wird, wenn es nicht so klatschen würde, aber das geht über meinen Verstand. Was kann das nur bedeuten?«

In diesem Moment hörte man Schritte, die in großer Eile die Treppe herunterkamen, und ein junger Mann mit leuchtend rotem Haar, der streng nach der damals herrschenden Mode gekleidet war, stürmte in das Zimmer.

»Jungs«, rief er aus, und seine Stimme zitterte vor Erregung, »ich habe gerade die Banshee gesehen. Sie stand auf der Straße vor den Toren dieses Hauses und rannte hin und her, genau wie ich sie vor fünf Jahren in Kerry gesehen habe, und als ich versuchte, an ihr vorbeizugehen, um meinen Weg nach Dumfries fortzusetzen, winkte sie mich zurück, schüttelte ihre Faust und schrie gleichzeitig.«

»Dann gab sie mir ein Zeichen, hierher zu kommen, und lief weinend, stöhnend und in die Hände klatschend vor mir her. Und da ich wusste, dass es mein Leben kosten würde, ihr nicht zu gehorchen, folgte ich ihr. Man kann sie noch immer draußen hören, wie sie jammert und kreischt. Aber wozu sind all diese Ziegelsteine und dieser Mörtel gut?«

»Der Spitzel Robert Dunloe«, rief einer der Feiernden. »Wir haben ihn zum Spaß eingemauert und wollen ihn bis morgen früh hierbehalten.«

»Das ist eine Lüge«, rief Ronan. »Ich bin nicht mehr Dunloe als jeder von euch. Ich bin Ronan Malachy, das sage ich euch, und meine Heimat ist Dublin. Ich habe gerade eine irische Stimme gehört, sicher weiß er auch, dass ich Ire bin.«

»Nun, ich glaube dir«, sagte der Neuankömmling. »Das ist der echte Brogue* [irische Aussprache], den du hast, und kein anderer, obwohl er nicht so ausgeprägt ist wie meiner; aber vielleicht lebst du schon länger in diesem Land als ich. Reißt die Ziegel herunter, Jungs, und lasst mich ihn ansehen.«

»Nein, nein«, riefen mehrere Stimmen wütend. »Jeder könnte dich täuschen, Pat. Er ist der richtige Dunloe, und jetzt, wo wir ihn haben, wollen wir ihn auch behalten.«

In dem Streit, der nun entbrannte, stellten sich einige auf die Seite des Iren, andere gegen ihn; aber über all dem Geschrei und Durcheinander war immer noch die Stimme der Todesfee zu hören, die kreischte, jammerte und in die Hände klatschte.

Schließlich schlug jemand zu, und im Nu wurden Schwerter gezogen, Stöcke und Knüppel eingesetzt, Möbel umhergeschleudert, Tisch, Kohlepfannen und Kessel umgeworfen, und das glühende Pech und die glühenden Kohlen trafen auf aufgestapelte Gegenstände aller Art – Fässer, Truhen, Kisten, muffige alte Bücher, Papier und Holzscheite – und es dauerte nicht lange, bis die ganze Kammer in Flammen aufging.

Ein oder zwei der ruhigeren und nüchternen Feiernden versuchten, in die Nische zu gelangen und die Ziegel einzuschlagen, die lediglich ohne Zement zusammengefügt waren, aber die Wut der Flammen trieb sie zurück, und der unglückliche Ronan war schließlich seinem Schicksal überlassen.

Er versuchte verzweifelt, sich zu befreien, und als ihm dies endlich gelang, versuchte er hektisch ein kleines Fenster zu erreichen, das sich in einer Höhe von etwa sieben oder acht Fuß über dem Boden befand. Nach mehreren vergeblichen Versuchen gelang es ihm, aber er musste feststellen, dass die Öffnung für seinen Körper zu klein war, um durchzukommen.

Die Flammen hatten inzwischen den Eingang zu dem Schlupfwinkel erreicht, und die Hitze, die von ihnen ausging, war so gewaltig, dass Ronan, der nach seiner langen Zeit ohne etwas zu essen und all den erschütternden und aufregenden Momenten, die er durchlebt hatte, schwach und erschöpft war, seinen Griff losließ und rückwärts fiel und mit dem Kopf auf dem Boden aufschlug.

Zu seinem großen Erstaunen fand sich Ronan, als er wieder zu sich kam, im Freien liegend wieder.

Über ihm herrschte keine abgrundtiefe Dunkelheit, es gab nur den vom Mond und Sternen hell erleuchteten Himmel, und so weit sein Blick reichte, war freie und offene Weite, eine Landschaft, die hier und da mit Ginsterbüschen und der silbrig schimmernden Oberfläche von Moorseen übersät war.

Er drehte sich um, und dicht neben ihm lag ein großer Felsbrocken, von dem er sich jetzt erinnerte, dass er davon abrutschte, als er sich über die Mauer gestürzt hatte, um vor dem Sturm Schutz zu suchen, und dort, ganz sicher, war der Unterstand.

Er stand auf und ging darauf zu. Alles war vollkommen verlassen, niemand war da, nicht einmal eine Kuh, und die Stille, die ihn überkam, war nur die gewöhnliche Stille der Nacht, in der es nichts Ungewöhnlicheres oder Auffälligeres gab als das Rauschen des Wassers in der Ferne und das gelegentliche Quaken einer Kröte.

Völlig verwirrt und unfähig zu entscheiden, ob alles, was er erlebt hatte, ein Traum gewesen war oder nicht, kletterte er nun zurück auf die Straße und setzte seinen Weg gemäß seiner ursprünglichen Absicht in Richtung Lockerbie fort.

Als er die Stelle erreichte, wo er in seinem Traum – oder was auch immer es war – die Spelkin Towers zum ersten Mal gesehen hatte, erkannte er zu seinem Erstaunen genau dasselbe Gebäude, allem Anschein nach bis in alle Einzelheiten genau.

Er kam näher und entdeckte das weiße Tor. Als er die Türme vor Kurzem wahrgenommen hatte, konnte man in einigen der schlitzförmigen Fenster ein schwaches Flackern künstlichen Lichts sehen, aber jetzt war alles düster und verlassen, und zu seinem weiteren Erstaunen stellte er, als er das Tor öffnete und eintrat, fest, dass das Gebäude zum Teil in Trümmern lag und dass das verkohlte Holz und die geschwärzten Wände alles darauf hindeuteten, dass es teilweise durch Feuer zerstört worden war.

Völlig außerstande, sich das Erlebte zu erklären, aber überzeugt, dass es nicht nur ein Traum war, eilte er weiter und erreichte das Haus seiner Tante in Lockerbie gerade rechtzeitig, um sich zu waschen und für das Frühstück herzurichten.

Nach dem Essen, als er mit seiner Tante im Salon am Feuer saß, teilte Ronan ihr nicht nur den Zweck seines Besuchs mit, sondern erzählte ihr auch ausführlich von seiner Reise und den Abenteuern, die er unterwegs erlebt hatte, und fragte sie abschließend, was sie von seinem Erlebnis halte, ob sie glaube, dass es sich nur um einen Traum oder in Wahrheit um eine Begegnung mit den Bewohnern der Geisterwelt handle.

Miss Bridget Malachy, der es während Ronans Vortrag sichtlich schwergefallen war, zu schweigen, machte nun ihren Gefühlen Luft.

»Ich kann dir gar nicht sagen«, meinte sie aufgeregt, »wie sehr mich das, was du mir erzählt hast, interessiert.«

»Letzte Nacht war der Jahrestag des seltsamen Verschwindens deines Vaters. Ich lebte erst wenige Wochen hier, als ich einen Brief von ihm erhielt, in dem er mir mitteilte, dass er geschäftlich in Nordengland zu tun habe und zwei oder drei Tage bei mir verbringen wolle. Er nannte mir die genaue Route, die er von Dublin aus zu nehmen gedachte, und die genaue Stunde, zu der er voraussichtlich ankommen würde. Dein Vater war der verlässlichste Mann, den ich je getroffen habe.«

»Nun, in der Nacht vor dem Tag, an dem er ankommen sollte, saß ich in diesem Zimmer und schrieb, als ich plötzlich ein Klopfen am Fenster hörte, als ob es vom Schnabel und den Krallen eines Vogels oder von sehr langen Fingernägeln stammen würde.«

»Ich fragte mich, was das sein könnte, stand auf und zog die Jalousie beiseite und bekam einen heftigen Schock.«

Das Gesicht einer Frau blickte mich direkt an, mit einem Ausdruck tiefsten Kummers und Mitleids in den Augen. Die Wangen leuchteten in einem seltsamen, erschreckenden Weiß, und das lange, wirre Haar fiel in einer unordentlichen Masse tief über ihren Hals und ihre Schultern.«

»Als ihr Blick den meinen traf, tippte sie mit ihren langen, weißen Fingern gegen das Fenster und stieß einen erschütternden, herzzerreißenden Schrei aus, wobei sie den Kopf zurückwarf.«

»Da ich nun überzeugt war, dass sie die Banshee ist, die mir meine Freunde oft beschrieben hatten, erschrak ich weniger, als dass ich mich dafür interessierte, und ich wollte sie gerade ansprechen und fragen, was sie in Gottes Namen wolle, als sie plötzlich verschwand und ich ins Leere starrte.«

»Eine Woche später erhielt ich die Nachricht, dass eine Leiche, von der man annahm, dass es sich um deinen Vater handelte, aus dem Solway Firth geborgen worden war, und ich wurde gebeten, mich sofort auf den Weg zu machen und sie zu identifizieren.«

»Ich ging hin, und obwohl sie vielleicht zu lange im Wasser gelegen hatte, um leicht zu erkennen zu sein, war ich mir absolut sicher, dass meine Vermutungen richtig waren und dass es sich um die Leiche eines Fremden handelte.«

»Es war der Körper eines Mannes, der etwas größer war als dein Vater, und seine Fingerspitzen waren außerdem spatelförmig, während die Finger deines Vaters, wie die aller anderen in unserer Familie, spitz waren.«

»Nach dem, was du mir erzählt hast, bin ich nun davon überzeugt, dass ich wirklich recht hatte und dass dein Vater, als er in die Hände der Schmuggler geriet, die damals die ganze Gegend bevölkerten, tatsächlich einem Verbrechen zum Opfer gefallen war.«

»Ich erinnere mich sehr gut an das Feuer in den Spelkin Towers in der Nacht, in der dein Vater verschwand, aber bis jetzt habe ich dieses Ereignis in keiner Weise mit ihm in Verbindung gebracht.«

»Ich bitte dich deshalb, die Ruinen gründlich zu durchsuchen und zu sehen, ob du irgendetwas findest, das deine Geschichte untermauert und beweist, dass dein Erlebnis etwas ganz anderes als ein gewöhnlicher Traum war.«

Ronan brauchte keine weitere Aufforderung. In Begleitung des Gärtners seiner Tante und von zwei oder drei Dorfbewohnern, begab er sich sofort zu den Towers – der Gärtner würde sich nicht ohne eine starke Eskorte dorthin wagen; der Ort, so sagte er, habe einen höchst bösen und unheimlichen Ruf.

In einem der Keller fanden sie, zugemauert in einer Nische, ein Skelett – das Skelett eines Mannes, an dessen einem Finger ein Siegelring hing, den Miss Bridget Malachy sofort als den ihres verschwundenen Bruders identifizierte.

Zu den Überresten gehörten außerdem ein paar zerfetzte Stücke – alles, was von der Kleidung übrig war – und eine Reihe von kleinen Glöckchen, die, obwohl sie geschwärzt und verrostet waren, einst die Mütze eines Hofnarren geschmückt haben könnten.

In den Spelkin Towers spukt es immer noch, denn sie haben ihre eigenen Geister, aber ich glaube, seit dem denkwürdigen Erlebnis von Ronan in den grauen und flechtenbedeckten Mauern wurde sie nie wieder von der Banshee besucht.

XIII. Meine eigenen Erfahrungen mit der Banshee

Um meinen Anspruch auf das Wissen um die Banshee eindeutig zu begründen, muss ich hier erklären, dass die Familie, der ich angehöre, der älteste Zweig der O'Donnells ist und in direkter, ununterbrochener Linie bis zu 'Niall of the Nine Hostages'* zurückreicht.

[* Siehe Erklärungen dazu auf Seite 104]

Ich bin also ein echter keltischer Ire, aber darüber hinaus fließt in meinen Adern sowohl das Blut der O'Briens von Thomond (deren Banshee Lady Fanshawe besuchte) als auch das der O'Rourkes, der Fürsten von Brefni, denn mein Vorfahre, Edmund O'Donnell, heiratete Bridget, die Tochter von O'Rourk aus dem Hause Brefni, und seine Mutter war die Tochter von Donat O'Brien aus dem Hause Thomond. All dies und noch mehr kann durch einen Blick in die Aufzeichnungen der Truagh O'Donnells♣ herausgefunden werden.

[♣ siehe Aufzeichnungen der Truagh O'Donnells im Office of the King of Arms, Dublin. Verweise: Genealogias, Bd. XI, S. 327; Register XV, S. 5; Register XXII, S. 286; und Sheridan, S. 323]

Möglicherweise habe ich die Banshee zum ersten Mal erlebt, als ich noch nicht alt genug war, um sie zur Kenntnis zu nehmen. Ich habe meinen Vater verloren, als ich noch ein Baby war. Er verließ sein Zuhause mit der Absicht, Palästina einen kurzen

Besuch abzustatten, aber als er unterwegs einen ehemaligen Offizier der anglo-indischen Armee traf, der vom König von Abessinien engagiert worden war, um bei der Neugestaltung der abessinischen Armee zu helfen, gab er seine Idee, das Heilige Land zu besuchen, auf und beschloss stattdessen, nach Abessinien zu gehen.

Was dann tatsächlich geschah, wird wahrscheinlich nie bekannt werden. Sein Tod soll in Arkiko eingetreten sein, einem kleinen Dorf etwa zwei Stunden Fußmarsch von Massowah entfernt, und aus den Briefen♣, die später vom französischen Konsul in Massowah und mehreren anderen Personen eingingen, sowie aus den Einträgen in seinem Tagebuch (Letzteres wurde zusammen mit anderen persönlichen Gegenständen wiedergefunden und mit ihnen nach Hause geschickt), scheint es wenig, wenn überhaupt, Zweifel daran zu geben, dass er in räuberischer Absicht in eine Falle gelockt und ermordet wurde.

[♣ Die Originale sind noch vorhanden. Das Tagebuch wurde bis zu der Nacht vor seinem Tod geführt]

Der Fall erregte damals großes Aufsehen und wird in einem Werk mit dem Titel 'The Oriental Zig-zag' [der orientalische Zickzack] von Charles Hamilton erwähnt, der, wie ich glaube, einige Jahre später in dem Haus in Massowah wohnte, in dem auch mein Vater untergebracht war und von dem es heißt, er habe sein Schicksal geteilt.

Zu den übernatürlichen Ereignissen im Zusammenhang mit dem Ereignis: Das Haus, das mein Vater vor seiner Abreise in den Osten bewohnt hatte, war eine Doppelhaushälfte, das erste Haus in einer Reihe, die damals noch nicht fertiggestellt war. Es befand sich in einer ausgesprochen einsamen Gegend. Auf der einen Seite und auf der Rückseite befanden sich Gärten, die von Feldern begrenzt waren, und nach Einbruch der Dunkelheit kamen nur selten Menschen dorthin.

In der Nacht vor dem Tod meines Vaters saß meine Mutter im Esszimmer, das auf den Garten hinausging, und las. Es war eine windige, aber schöne Nacht, und abgesehen vom Rascheln der Blätter und dem gelegentlichen Knarren der Fensterläden war es absolut still.

Plötzlich ertönten, scheinbar direkt unter dem Fenster, eine Reihe von erschütternden Schreien. Meine Mutter erschrak ungemein und befürchtete zunächst, dass es sich um einen Frauenmord im Garten handelte, und rief die Dienerschaft herbei, die alle lauschten.

Die Geräusche hörten nicht auf, sondern wurden von Mal zu Mal heftiger, und sie waren von einer Intensität und Unheimlichkeit, die die Zuhörer schnell davon überzeugte, dass sie nicht von einem irdischen Wesen verursacht werden konnten.

Nachdem sie mehrere Minuten lang gedauert hatten, verhallten sie schließlich in einem langen, anhaltenden Wehklagen, das so qualvoll und verzweifelt war, dass meine Mutter und ihre Begleiter über alle Maßen bestürzt waren.

Sobald sie den Mut dazu aufbrachten, gingen sie hinaus und durchsuchten die Gärten, aber obwohl sie überall nachsahen und es kaum Versteckmöglichkeiten gab, konnten sie nichts entdecken, was die Geräusche erklären könnte.

Da überkam meine Mutter eine furchtbare Angst. Sie glaubte, die Banshee gehört zu haben, von der mein Vater ihr oft erzählt hatte, und war wenig überrascht, als sie nach einigen Tagen die Nachricht vom Tod meines Vaters erhielt. Er war im Morgengrauen gestorben, einen Tag nachdem meine Mutter und die Dienerschaft die Schreie gehört hatten.

Ich habe einen Bericht über diesen Vorfall und andere Phänomene, die sich etwa zur gleichen Zeit ereigneten, unterschrieben von zwei der Personen, die sie erlebt hatten, an die Society for Psychical Research [Gesellschaft für die die Erforschung des Übernatürlichen] geschickt, die ihn im Herbst 1899 in ihrer Zeitschrift veröffentlichte.

Ich erinnere mich lebhaft daran, wie mir meine Mutter davon erzählte, als ich noch ein kleiner Junge war, und ich erinnere mich, dass ich jedes Mal, wenn ich die Fensterläden in dem Zimmer, in dem wir saßen, klappern hörte und der Wind im Schornstein stöhnte und seufzte, erwartete, schreckliche Schreie zu hören und ein weißes, grässliches Gesicht zu sehen, das sich an die Fensterscheiben presst und zu mir hereinschaut.

Nach diesen Schilderungen hatte ich Angst vor der Dunkelheit und ertrug, wenn ich allein in meinem Schlafzimmer war, Qualen, die vielleicht kein erwachsener Mensch je erfahren könnte.

Das Haus und der Garten, die tagsüber, wenn die Sonne schien, so hell und fröhlich und in jeder Hinsicht gewöhnlich waren, schienen sich in der Dämmerung völlig zu verwandeln. Schatten, die mit Sicherheit seltsamer waren als alle anderen Schatten – soweit ich sehen konnte, hatten sie kein materielles Gegenstück – versammelten sich auf der Treppe und verdunkelten die Wege und den Rasen.

Es gab immer bestimmte Stellen, die mich mehr verängstigten als andere, eine Biegung in einem der Treppenhäuser zum Beispiel, das Geländer auf dem obersten Treppenabsatz, ein Durchgang im Keller des Hauses und der Weg, der vom Tor zur Haustür führt.

Selbst tagsüber war ich manchmal vorsichtig, wenn ich an diesen Orten vorbeikam. Ich spürte instinktiv, dass dort etwas Unheimliches war, etwas Groteskes und Unheilvolles, das mir besonders übel vorkam.

Wenn ich allein war, eilte ich vorbei, oft mit geschlossenen Augen, und in der Nacht, das gebe ich gerne zu, rannte ich meist davon.

Damals wusste ich jedoch nicht, dass außer mir noch andere diese Dinge dachten und solche Erfahrungen machten. Ich wusste zum Beispiel nicht, dass meine jüngste Schwester, die etwas älter war als ich, einmal, als sie den von mir so gefürchteten Gang entlangging, dicht neben sich ein kurzes, scharfes Lachen oder Kichern hörte, das so viel Hass und Spott ausdrückte, dass es ihr immer im Gedächtnis geblieben ist.

Ich wusste damals auch nicht, dass eines Abends, unmittelbar vor dem Tod meines Vaters, eine andere meiner Schwestern die Treppe hinauflief und über das Geländer auf dem obersten Treppenabsatz, den ich so sehr fürchtete, ein Gesicht erblickte, das sie buchstäblich vor Entsetzen erstarren ließ.

Gekrönt von einer Masse unordentlicher, hellgelber Haare, die Haut straff über die Knochen gezogen wie bei einer Mumie, sah es aus, als wäre es mehrere Monate lang begraben gewesen und dann wieder auferstanden.

Die hellen, schräg gestellten Augen, durchdrungen von unheilvoller Schadenfreude, starrten sie geradewegs an, während der Mund – genau solch ein Mund, der dieses Kichern hätte hervorbringen können – sie angrinste.

Es schien ihr nicht das Gesicht eines Menschen zu sein, der jemals gelebt hatte, sondern zu einer ganz anderen Spezies zu gehören und die Schöpfung von etwas ganz Bösem zu sein.

Sie starrte es einige Sekunden lang an, zu versteinert, um sich zu bewegen oder einen Schrei auszustoßen, bis sie sich, nachdem sich ihre Kräfte allmählich wieder beruhigt hatten, auf der Stelle umdrehte und die Treppe hinunterrannte.

Einige Jahre später, kurz vor dem Tod meiner Mutter, etwa zur gleichen Tageszeit und an genau der gleichen Stelle, wurde der Kopf erneut gesehen, diesmal von meiner jüngeren Schwester, die das geisterhafte Kichern gehört hatte.

Ich denke, dass das Kichern, ebenso wie der Kopf, zweifellos der bösartigen Banshee zugeschrieben werden muss. Ohne zu sehr abzuschweifen, darf ich vielleicht hinzufügen, dass mit dem Tod meiner beiden Eltern übernatürliche Ereignisse verbunden waren, abgesehen von der Banshee.

In der Nacht, die auf die Ermordung meines Vaters folgte, und in jeder darauffolgenden Nacht während eines Zeitraums von sechs Wochen wurden meine Mutter und die Dienstboten regelmäßig um zwölf Uhr durch ein Geräusch geweckt, das aus dem Raum im Keller des Hauses kam, den mein Vater immer als Arbeitszimmer benutzt hatte, als ob jemand die Deckel von Umzugskisten aufnageln würde.

Dann hörten sie Schritte, die die Treppe hinaufstiegen und vor jedem Schlafzimmer innehielten, die sie alle als die meines Vaters erkannten.

Gelegentlich sah meine alte Amme die Tür des Nachtschlafzimmers offen stehen und ein Licht, wie das einer Kerze im Freien, während sie gleichzeitig vom Treppenabsatz aus ein schnelles plapper, plapper, plapper hörte, wie von jemandem, der sehr schnell spricht und sich sehr bemüht, etwas Verständliches zu sagen.

Niemand wurde jemals gesehen und man hörte nur diese Stimme und die Schritte, die angeblich von meinem Vater stammten.

Dieser Umstand lässt sich aber dadurch erklären, dass mein Vater kurz vor seiner Abreise aus Irland zu meiner Mutter sagte, dass er ihr im Geiste erscheinen würde, sollte ihm im Ausland etwas zustoßen.

Bei dem bloßen Gedanken daran wurde sie blass und bat ihn, nichts dergleichen zu tun, worauf er lachend antwortete:

»Nun gut, ich werde einen anderen Weg finden, um mit dir zu kommunizieren.«

Unmittelbar nach dem Tod meiner Mutter ereigneten sich viele ähnliche Erscheinungen, die nichts mit der Banshee zu tun hatten, über die ich aber später berichten muss.

Die Jahre vergingen, und man hörte und sah nichts mehr von der Banshee, bis ich erwachsen war.

Nach dem Schulabschluss ging ich nach Dublin, um Vorlesungen von Dr. Chetwode Crawley* am Ely Place für die Royal Irish Constabulary [königlich irische Polizei] zu besuchen, und ich wäre, wie ich glaube, in diese Truppe eingetreten, wenn mich nicht bei der ärztlichen Voruntersuchung ein mir unvergesslicher und, wie ich damals dachte, äußerst schlecht gelaunter Arzt abgelehnt hätte.

[* Mit Ehrentiteln und Ämtern überhäufter Gelehrter und Professor, der eine führende Stellung in der irischen Bildungsarbeit eingenommen hatte, unter anderem beim Militär. Mitglied diverser Logen, Freimaurer in höchsten Ämtern, irischer Templerorden, Ehrenmitgliedschaften in allerlei prestigeträchtigen Klubs usw. usw.]

Ich widmete mich auch nicht dem Schriftstellerischen, sondern kehrte völlig entmutigt nach Hause zurück und sah mich mit der dringenden Notwendigkeit konfrontiert, mich sofort nach einer neuen Aufgabe umzusehen.

In kürzester Zeit hatte ich mich jedoch fest dazu entschlossen, nach Amerika auf eine Ranch im Westen zu gehen (ein höchst verhängnisvolles Unterfangen, wie sich später herausstellte), und unmittelbar, nachdem ich diesen Entschluss gefasst hatte, machte ich meine erste tatsächliche Erfahrung mit dem, was ich für die bösartige Banshee der Familie halte.

Es geschah in demselben Haus, in dem auch die anderen übernatürlichen Ereignisse stattgefunden hatten. Die ganze Familie, mit Ausnahme von mir selbst, war zu dieser Zeit verreist, und ich war der einzige Bewohner eines der Stockwerke, während die Bediensteten sich alle in einer anderen Etage aufhielten.

Ich war früh zu Bett gegangen und hatte schon einige Zeit geschlafen, als ich gegen zwei Uhr von einem lauten Geräusch geweckt wurde, das ich mir nicht erklären konnte und das eine halbe Minute lang in meinen Ohren widerhallte.

Ich richtete mich auf und fragte mich immer noch, was dies verursacht haben konnte, als ich direkt über meinem Kopf ein Lachen hörte, eine Art plötzliches Kichern, das so bösartig und teuflisch war, dass ich es unmöglich einem menschlichen Wesen zuschreiben konnte, sondern eher einem Wesen vollkommen satanischen Ursprungs, von dem mir mein Instinkt sagte, dass es eine von der uns begleitenden Banshees war.

Dann erhob ich mich aus dem Bett, machte Licht und untersuchte nicht nur das Zimmer, sondern auch den Treppenabsatz draußen. Es war niemand da, und soweit ich sehen konnte, gab es nichts, was den Vorfall in irgendeiner Weise erklären könnte.

Dann riss ich das Schlafzimmerfenster auf und sah hinaus. Die Nacht war wunderschön – der Himmel strahlend von Mond und Sternen beleuchtet – und alles war vollkommen still, bis auf das sehr leise Rascheln der Blätter, als der sanfte Nachtwind durch die Zweige wehte und sie in Bewegung setzte.

Ich lauschte noch eine Weile, doch als die Stille anhielt, legte ich mich wieder ins Bett und schlief schließlich ein.

Am nächsten Morgen erzählte ich den Bediensteten von dem Vorfall, und auch sie hatten ihn gehört.

Kurze Zeit später ging ich in die Vereinigten Staaten und machte dort die unglücklichste und unheilvollste Erfahrung meiner gesamten Laufbahn.

Mein nächstes Erlebnis mit der Banshee ereignete sich zwei oder drei Jahre später, als ich nach meiner Rückkehr aus Amerika in Cornwall lebte und eine kleine Vorbereitungsschule leitete, hauptsächlich für schwierige Jungen.

Das Haus, in dem ich wohnte, war ziemlich neu; ich war sogar der erste Mieter und hatte den Bau des Hauses beobachtet. Es war das letzte Haus in einer Reihe, und gegenüber lag eine Klippe, an deren Fuß ein steiler Weg zum Strand führte. Zu diesem Zeitpunkt war außer meiner betagten Haushälterin, Mrs Bolitho, und mir niemand im Haus, und während Mrs Bolitho in einem Zimmer im ersten Stock schlief, war ich der einzige Bewohner des Stockwerks unmittelbar darüber.

Eines Nachts war ich noch wach und mit dem Schreiben beschäftigt, etwas später als sonst, und war, da ich sehr müde war, fast sofort nach dem Zubettgehen in den Schlaf gefallen.

Gegen zwei Uhr wachte ich auf, weil ich ein seltsames Klopfgeräusch hörte, das aus dem Gang kam, der parallel zu meinem Bett verlief. Ich fragte mich, was das sein könnte, setzte mich auf und lauschte. Draußen lagen nur nackte Bretter auf dem Boden, und das Geräusch war sehr deutlich und hallend, aber schwer zu analysieren. Es könnte von den sehr hohen Absätzen eines Damenstiefels oder – schuhs oder vom knöchernen Fuß eines Skeletts stammen. Ich konnte es mit nichts anderem vergleichen.

Es kam näher, klopf, klopf, klopf, bis es schließlich vor meiner Tür stehenzubleiben schien. Dann gab es eine Pause, in der ich das Gefühl hatte, dass jemand oder etwas sehr ernsthaft lauschte, um sich zu vergewissern, ob ich wach war oder nicht, und dann gab es einen fürchterlichen Schlag gegen eines der oberen Paneele der Tür.

Danach herrschte Stille. Ich stand auf und öffnete etwas ängstlich die Tür, denn ich rechnete mehr als halb damit, etwas besonders Schreckliches und Unheimliches vorzufinden, und spähte vorsichtig hinaus. Es war jedoch nichts zu sehen, nichts als der kalte Glanz des Mondes, der durch ein Fenster fast gegenüber von mir schien und den ganzen Gang mit seinen Strahlen erfüllte. Ich ging nacheinander in jedes der Zimmer auf dem Treppenabsatz, aber sie waren alle leer, und nirgends gab es etwas, das das, was ich gehört hatte, irgendwie erklären konnte. Am Morgen befragte ich Mrs Bolitho, aber sie hatte nichts gehört.

»Wie durch ein Wunder«, sagte sie, »habe ich die ganze Nacht sehr fest geschlafen und bin erst aufgewacht, als es Zeit war, aufzustehen.«

Zwei Tage später erhielt ich die Nachricht vom Tod meines Onkels, Colonel John Vize O'Donnell of Trough♣, der wenige Stunden, nachdem ich die Schritte und das Klopfen gehört hatte, fast plötzlich gestorben war.

[♣ auch Truagh geshrieben]

Drei Jahre nach diesem Erlebnis war ich in ein anderes Haus in derselben Stadt gezogen – ebenfalls ein neues Haus und auch das letzte in einer Reihe. Auf der Rückseite und auf einer Seite des Hauses befand sich ein Garten, der von einer Hecke gesäumt war und hinter dem sich Felder erstreckten, die fast ununterbrochen bis zur Küste führten. Man kann nicht sagen, dass das Haus einsam liegt, obwohl die Felder nach Einbruch der Dunkelheit kaum noch besucht wurden.

Nun, eines Nachts wurden meine Frau und ich gegen Mitternacht durch eine Reihe der qualvollsten und herzzerreißendsten Schreie geweckt, die uns, wenn überhaupt etwas Irdisches, so doch eher wie die Schreie einer Frau in der allergrößten Not erschienen. Die Schreie waren so furchtbar und klangen so nahe bei uns, ja fast im Zimmer, dass wir beide furchtbar erschrocken waren und kaum wussten, was wir sagen oder denken sollten.

»Was ist los?«, flüsterte meine Frau, die mich am Arm festhielt, »und was ist das?«

»Ich weiß es nicht«, antwortete ich, »es sei denn, es ist die Todesfee, denn es gibt niemanden sonst, der so einen Lärm machen könnte.«

Die Schreie dauerten noch einige Sekunden an und verhallten dann in einem einzigen langgezogenen Heulen oder Schluchzen. Ich wartete einige Minuten, um zu sehen, ob sich die Geräusche wiederholten, und da dies nicht der Fall war, stand ich schließlich auf und ging – nicht ohne, wie ich gestehen muss, erhebliche Befürchtungen – auf den Treppenabsatz hinaus, wo ich mehrere der anderen Hausbewohner versammelt fand, die mit erschrockenen Gesichtern über die Schreie diskutierten, die auch sie gehört hatten.

Eine Untersuchung des Hauses und des Geländes wurde sofort durchgeführt, aber es konnte nichts entdeckt werden, was die Geräusche erklären konnte, und ich blieb bei meiner Meinung, dass es die Banshee gewesen sein musste. Diese Meinung wurde noch erheblich verstärkt, als ich einige Tage später die Nachricht erhielt, dass eine Tante von mir, eine O'Donnell, in der Grafschaft Kerry, innerhalb von vierundzwanzig Stunden nach dem Auftreten des Schreis verstorben war. Es ist vielleicht ein Dutzend Jahre her, dass wir Cornwall verlassen haben, und meine letzte Erfahrung mit der Banshee fand in dem Haus statt, in dem wir jetzt in der Nähe des Crystal Palace wohnen.

Das Erlebnis stand im Zusammenhang mit dem Tod meiner jüngsten Schwester. In der Nacht vor ihrem Tod träumte ich sehr lebhaft, dass ich die Gestalt einer Frau in einem weiten, fantastischen Gewand den Weg zum Haus hinaufkommen und mehrmals sehr laut und in schneller Folge an die Hintertür klopfen sah. Ich wollte gerade antworten, als mich ein plötzlicher Schrecken zurückhielt.

»Es ist die Todesfee«, flüsterte eine Stimme in mein Ohr, »die Todesfee. Lasst sie nicht herein, sie kommt, um einen von euch zu holen.«

Das erschreckte mich so sehr, dass ich aufwachte. Dann stellte ich fest, dass meine Frau ebenfalls wach war, am ganzen Körper zitterte und in großer Aufregung war.

»Hast du dieses gewaltige Klopfen gehört?«, flüsterte sie.

»Was?«, erwiderte ich. »Du willst doch nicht sagen, dass es wirklich geklopft hat? Ich dachte, ich hätte es nur im Traum gehört.«

»Du magst es geträumt haben«, sagte sie, »aber ich nicht – ich habe es wirklich gehört; es war an dieser Tür, nicht an der Haustür. Ich sage Klopfen, aber in Wirklichkeit war es ein Krachen – ein furchtbares Krachen an dem oberen Paneel der Tür.«

Wir warteten gespannt auf eine Wiederholung, aber da nichts geschah, legten wir uns wieder hin und schliefen schließlich ein.

Am nächsten Tag erhielten wir ein Telegramm, das uns mitteilte, dass meine Schwester um zehn Uhr morgens verstorben war.

Seitdem bin ich zum Glück nicht mehr mit der Banshee in Kontakt gekommen. Gleichzeitig gibt es jedoch Gelegenheiten, bei denen ich sehr deutlich spüre, dass sie nicht weit weg ist, und ich kann mich selten, wenn überhaupt, von dem Eindruck befreien, dass sie ganz in der Nähe schwebt und bereit ist, sich zu zeigen, sobald der Tod oder ein Unglück einem Mitglied meiner Familie droht. Und dass sie ein besonderes Interesse an meinen persönlichen Angelegenheiten hat, daran habe ich leider nur wenig Grund zu zweifeln.

NACHTRÄGE

In Beantwortung eines Schreibens von mir, in dem ich nach Einzelheiten über die Banshee fragte, die angeblich mit der Familie Inchiquin verbunden ist, erhielt ich folgende Antwort:

'Ich glaube, der Name (der Banshee) war Obenheim, aber ich bin mir nicht sicher. Zwei oder drei Leute haben mir erzählt, dass sie vor dem Tod meines Großvaters erschienen ist, aber keiner von ihnen hat sie gesehen oder gehört, aber sie hatten Leute getroffen, die sagten, sie hätten sie gehört.'

Als ich einer Cousine des Oberhauptes eines der ältesten irischen Clans schrieb, um Einzelheiten über die Banshee zu erfahren, erhielt ich einen langen Brief, aus dem ich Folgendes zitieren möchte:

'Ich habe die Banshee schreien gehört. Es ist einfach wie das Wehklagen einer Frau auf die unheimlichste Weise.'

'Zu der Zeit war eine O'Neill in diesem Haus, und sie erfuhr später, dass ihr ältester Bruder in jener Nacht zwischen zwölf und drei Uhr morgens gestorben war, als wir alle das Heulen der Todesfee hörten. Ich hörte sie auch beim Tod meiner Mutter und beim Tod der ältesten Schwester meines Mannes. Der Schrei ist nicht immer derselbe. Als meine liebe Mutter starb, war es ein sehr leises Wimmern, das im ganzen Haus herumzugehen schien.'

'Beim Tod eines Mitglieds der großen O'Neill-Familie lokalisierten wir den Schrei an einem Ende des Hauses. Als meine Schwägerin starb, wurde ich mitten in der Nacht durch einen lauten Schrei in meinem Zimmer geweckt. Sie war in diesem Augenblick gestorben.'

'Ich hörte die Banshee eines Tages, als ich auf dem Lande fuhr, in einiger Entfernung. Manchmal wird die Banshee, die alten Familien folgt, vom ganzen Dorf gehört.'

'Manche Leute sagen, sie sei rothaarig und trage ein langes, wallendes weißes Kleid. Sie soll ihr langes, dichtes Haar kämmen. Andere sagen, sie erscheine als kleine, schwarz gekleidete Frau. Eine solche Erscheinung habe ich am Tag vor dem Tod meiner Schwiegermutter gesehen.'

Die Verfasserin dieses Briefes hat mich gebeten, ihren Namen nicht zu veröffentlichen, aber ich habe ihn vorliegen, falls eine Bestätigung benötigt wird.

Mit Bezug auf die O'Donnell Banshee, Kapitel XIII, schreibt meine Schwester, Petronella O'Donnell:

'Ich erinnere mich lebhaft an meine erste Erfahrung mit unserer Banshee. Damals hatte ich noch nie von ihr gehört, und tatsächlich habe ich erst in den letzten Jahren von ihr erfahren.'

'Es passierte eines Tages, als ich tagsüber in die Eingangshalle gegangen war; die genaue Stunde habe ich vergessen. Ich ging die Treppe hinauf, und da ich ein kleines Kind war, musste ich nach oben sehen. Dort, am oberen Ende der Treppe, sah ich über das Geländer hinweg etwas stehen, das so schrecklich war, dass ich selbst jetzt noch schaudere, wenn ich daran denke. In einem grünlichen Lichtschein schaute mich der schrecklichste Kopf an, den sich die Fantasie ausmalen konnte – nur war das keine Fantasie, ich wusste, dass es etwas Echtes war – mit scheinbar teuflischem Feuer in den hellen und lüsternen Augen.'

'Der Kopf war weder der eines Mannes noch einer Frau; er war uralt; er hätte begraben und wieder ausgegraben worden sein können, so schädelartig und geschrumpft war er. Seine Blässe war schrecklich, grau und schimmelig, sein Haar war lang. Sein Mund grinste, und seine hellen und grausamen Augen schienen entschlossen, mich mit dem Schrecken, den er auslöste, aufs Äußerste zu verletzen. Ich weiß noch, wie sich mein kindliches Herz gegen seine Feigheit auflehnte, ein so kleines Kind zu verletzen und zu erschrecken. Ich starrte ihn mit versteinertem Entsetzen an und kehrte langsam in das Zimmer zurück, aus dem ich gekommen war. Ich nahm mir vor, nie jemandem davon zu erzählen, so stolz und zurückhaltend war ich von Natur aus.'

'Damals hatte ich zwei geheime Ängste in meinem irischen Herzen verborgen. Über den ersten habe ich bis vor Kurzem noch nie mit jemandem gesprochen; es geschah, bevor ich diesen schrecklichen Kopf gesehen habe.'

'Ich schlief, und doch wusste ich, dass ich *nicht* schlief. Plötzlich tauchte auf der Straße, die zu unserem Haus in Irland führte, etwas auf, das so schrecklich war, dass mein Kinderherz noch Jahre später bei der Erinnerung daran stehen blieb.'

'Das, was ich auf unser Haus zukommen sah, war eine Prozession – es gab mehrere Pferdepaare, die von Stallknechten in Livree geführt wurden und eine alte Kutsche mit sich zogen. Es war eine große und schrecklich aussehende alte Kutsche! Die Pferde waren kopflos, und die Männer, die sie führten, waren ebenfalls kopflos, und selbst jetzt, während ich schreibe, überkommt mich der fürchterliche Schrecken von all dem – es war ein Schrecken, der nicht zu beschreiben ist. Ich wusste – ich war mir sicher – dass sie gekommen waren, um mir den Kopf abzuschlagen!'

'Diese Prozession von kopflosen Wesen hielt vor unserer Tür, die Männer betraten das Haus, jagten mich bis ganz nach oben und schlugen mir dann den Kopf ab! Ich weiß noch, wie ich zu mir sagte: »Jetzt bin ich tot, ich bin tot, ich kann nicht mehr leiden«.'

'Sie kehrten dann zur Kutsche zurück, und die Prozession entfernte sich und war nicht mehr zu sehen.'

'Nacht für Nacht lag ich zitternd vor Schrecken da, monatelang, jahrelang, so schrecklich war diese kopflose Prozession.'

'Einige Wochen, nachdem ich den Kopf gesehen hatte, erfuhren wir, dass unser Vater um diese Zeit in Ägypten ermordet worden war – angeblich ermordet. Meine Mutter starb einige Jahre später.'

'Eines Abends, als ich erwachsen war, saßen wir mit Freunden am Feuer, und jemand sagte:'

»Ich glaube nicht an Geister. Hast du jemals jemanden getroffen, der eines gesehen hat? Ich nicht!«

'Ein plötzlicher Impuls überkam mich – bis zu diesem Moment hatte ich den Kopf noch nie erwähnt – und ich beugte mich vor und sagte:'

»'Ich habe ein Gespenst gesehen; ich sah den schrecklichsten Kopf, als ich ein Kind war, der über die Treppe schaute.'«

'Zu meinem Erstaunen sagte meine Schwester, die neben mir saß:'

»'Ich habe auch einen schrecklichen Kopf gesehen, der über die Treppe schaute.'«

'Ich sagte:'

»'Wann hast du ihn gesehen? Ich sah ihn, als unser Vater starb.'«

'Und sie sagte:'

»'Und ich sah ihn, als unsere Mutter starb.'«

'Bei der Beschreibung stimmten wir in allen Einzelheiten überein und erfuhren kurz darauf, dass es zweifellos unsere eigene Banshee war, die wir gesehen hatten.'

'Die Leute haben zu mir gesagt, dass man Banshees hört, nicht sieht. Das ist nicht richtig, es kommt darauf an, ob man hellsichtig oder hellhörig ist.'

'Ich erinnere mich, als meine Mutter noch lebte, wie ich eines Abends von einem Spaziergang nach Hause kam und das ganze Haus in Aufruhr vorfand, weil man das schrecklichste Geschrei und Weinen im ganzen Haus gehört hatte.'

'Unsere Mutter sagte, das müsse die Banshee sein. Natürlich erfuhren wir unmittelbar danach vom Tod eines sehr nahen Verwandten. Wenn ich dabei gewesen wäre, hätte ich zweifellos nicht nur die Schreie gehört, sondern auch etwas gesehen.'

'Vor ein paar Jahren sprach ich in Irland über diese Dinge, und eine Verwandte, die ich noch nicht kannte, war anwesend. Sie sagte zu mir:'

'»Weißt du, dass wir neben der Banshee einen *kopflosen Kutschenzug* haben, der zu unserer Familie gehört; sie wird von Männern geführt, die die Pferde lenken, und keiner von ihnen hat einen Kopf.«'

'Wie ein Blitz kam die nie zu vergessende Vision zurück, die jenes schrecklichen Zuges, den ich als Kind gesehen hatte und von dem ich bis dahin nie etwas erwähnt hatte. Ich erinnere mich jetzt, dass wir, nachdem ich die kopflose Kutsche gesehen hatte, hörten, dass unsere Großmutter tot sei. Ich glaube, dass die kopflose Kutsche zu ihrer Familie gehört.'

'Petronella O'Donnell.'

Die kopflose Kutsche, auf die im vorstehenden Bericht Bezug genommen wird, stammt meines Erachtens aus der Familie Vize. Meine Großmutter war vor ihrer Heirat Sarah Vize, Tochter von John Vize aus Donegal, Glenagad und Limerick. Ihre Schwester Frances heiratete ihren Cousin David Roche of Carass – siehe Burkes 'Landed Gentry of Ireland' [Landadel von Irland] unter der Familien Maunsell und in Burkes 'Peerage under Roche' [Adel unter Roche]; ihr Sohn war Sir David Roche, Bart*.

[* Adelstitel, unter dem Freiherrn und über dem Ritter/Edelmann]

Die Ururgroßmutter von Sarah Vize war Mary, Tochter von Butler aus dem Hause des Earl Glengall Cahir. Die Mutter von Sarah Vize, meine Urgroßmutter, war vor ihrer Heirat Sarah Maunsell, Enkelin von William Maunsell aus Ballinamona, Grafschaft Cork, dem fünften Sohn von Oberst Thomas Maunsell aus Mocollop.

In dem beigefügten Stammbaum, der die Abstammung der O'Donnells of Trough von Niall of the Nine Hostages, den O'Briens of Thomond und den O'Rourkes of Brefui nachzeichnet, findet sich die Grundlage, auf der der Anspruch meiner Familie auf die doppelte Banshee ruht.

Das Original kann im Büro des King of Arms in Dublin eingesehen werden. Der folgende Text ist lediglich ein Auszug:

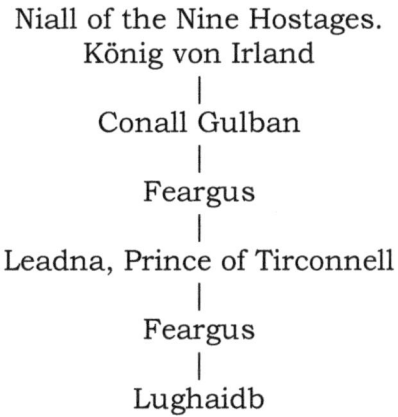

Niall of the Nine Hostages.
König von Irland
|
Conall Gulban
|
Feargus
|
Leadna, Prince of Tirconnell
|
Feargus
|
Lughaidb

und von ihm in direkter Linie zu Foirdhealbhach und Fhiona O'Donnhnaill, der zwei Söhne hatte, den älteren, Shane Luirg, und den jüngeren, Niall Garbh. Von Niall Garbh stammten der berühmte Red Hugh und sein Bruder Rory, Earl of Tirconnell, ab, von Shane Luirg, dessen Rang als 'Der O'Donnell' von seinem jüngeren Bruder übernommen wurde, der vermutlich der stärkere der beiden war, stammen die Trough O'Donnells ab. Die Line geht so weiter:

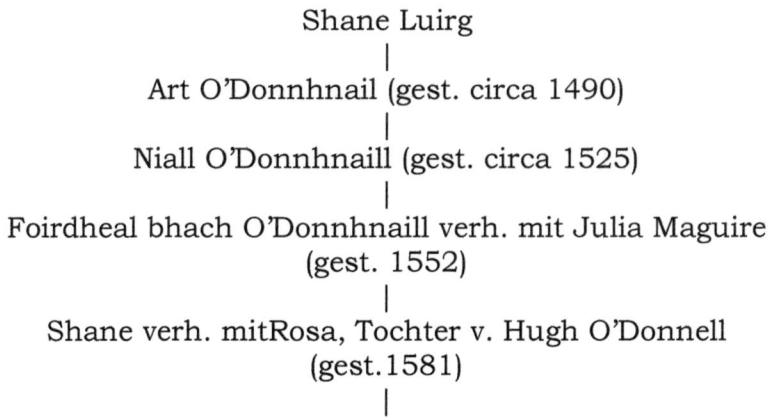

Shane Luirg
|
Art O'Donnhnail (gest. circa 1490)
|
Niall O'Donnhnaill (gest. circa 1525)
|
Foirdheal bhach O'Donnhnaill verh. mit Julia Maguire
(gest. 1552)
|
Shane verh. mitRosa, Tochter v. Hugh O'Donnell
(gest.1581)
|

Hugh O'Donnell aus Limerick verh. mit Maria, Tochter von Donat O'Brien vom Haus Thomond (gest. 1610)

|

Edmund aus Limerick verh. mit Bridget, Tochter von O'Rourk aus dem Hause Brefui (gest. 1651)

|

James aus Limerick verh. mit Helena, Tochter von James Sarsfield, Großonkel von Patrick Sarsfeld, Earl of Lucan (gest. 1680)

|

John verh. mit Margaret, Tochter von Thomas Creagh aus Limerick

|

James verh. mit Christiana, Tochter von William Stritch aus Limerick

|

John verh. mit Deborah, Tochter von William Anderson aus Tipperary (gest. 1780)

♣John aus Limerick und Baltimore, USA, verh. mit Sarah Elliot aus Baltimore, USA (gest. 1805)

|

Elliot aus Limerick verh. mit Sarah Vize aus Limerick (gest. 1836)

Henry Anderson O'Donnell verh. mit Domina Jan, Tochter eines Neffen des Shahs von Persien (gest. 1840)

|

Gen. Sir C.R. O'Donnel, KCB, und Mitglied der Irish Academy, verh. mit Catherine Anne, Tochter von Gen. P. Murray, Neffe des Earl of Elibank (gest. 1870

|

Rev. Henry O'Donnell

|

Elliot O'Donnell
(jüngster Sohn)

[♣ Der älteste Sohn von John O'Donnell aus Baltimore, Columbus, hatte eine Tochter, Eleanora, die Adrian Iselin aus New York heiratete, und ihre Enkelin, Norah, ist die heutige Prinzessin Coleredo Mansfeldt]

Für Einzelheiten des Stammbaums siehe Band X., S. 327, Genealogien, im Office of Ulster King of Arms, Dublin.

Von Niall zu Shane Luirg, siehe Register XV, S. 5; von Shane zu meinem Großvater Elliot, siehe Register XXIII, S. 286; und bis zu mir selbst, siehe 'Sheridan', S. 323.

Unter Bezugnahme auf die Banshee vor dem Tod meiner Tante (siehe Kapitel XIII.) schreibt meine Frau:

'Ich erinnere mich genau, dass ich eines Nachts, als wir in Cornwall lebten, einen furchtbaren Schrei hörte, einen Schrei, der auf und ab ging und in einem lang gezogenen, qualvollen Heulen endete.'

'Ich habe noch nie ein ähnliches Geräusch gehört und kann mir daher nicht vorstellen, dass es etwas Irdisches gewesen sein könnte.'

'Damals dachte ich jedoch, dass es sich bei dem Schrei möglicherweise um den Schrei einer ermordeten Frau handelte, und ich gab keine Ruhe, bis mein Mann zusammen mit anderen Hausbewohnern den Garten und die Räumlichkeiten gründlich durchsucht hatte.'

'Kurz nach diesem Erlebnis erfuhren wir vom Tod einer Tante meines Mannes in Irland.'

'Ich erinnere mich auch daran, dass ich eines Nachts, kurz bevor wir die Nachricht vom Tod meiner Schwägerin erhielten, ein Krachen an unserer Schlafzimmertür hörte. Es war so laut, dass es das ganze Zimmer erschütterte, und mein Mann, der offenbar davon geweckt wurde, erzählte mir, er habe geträumt, die Banshee sei gekommen und klopfe um Einlass. Dies geschah vor nicht allzu langer Zeit, als wir noch in Norwood wohnten.'

Ada O'Donnell.

Ebenfalls erhältlich: Das 1907 erschienene Buch von Edmund Leamy 'By the Barrow River'. Er war ein irischer Patriot, dem das Schicksal seines Landes sehr am Herzen lag. Irische Geschichten, teils traurig oder komisch, teils gruselig oder eher banal. Sie leben weniger von großer Spannung, sind aber unbedingt etwas für den Irlandfan oder den, der es noch werden will. Die meisten Handlungen sind in die vielen Konflikte und Kriege eingebettet und in das irische Leben einer vergangenen Zeit, in das man tief eintaucht. Man wird in alte Zeiten zurückversetzt, die das ganze Land geprägt haben und es noch heute tun. Insgesamt wird man Irland und seinen Kampf um Freiheit besser verstehen. Hier findet man alles wieder: Kleeblatt, Heidekraut und andere Gewächse der Grünen Insel, charakteristische Landschaften, die Harfe, die Irischen Brigaden, die Rapparees, die Whiteboys, die Yeoman, Geschichten vom irischen Freiheitskampf, mystische Figuren aus dem Feenreich oder Schwarzbrenner - die eigene Herstellung des ,Poitin' oder, Poteen' – Schnaps aus Getreide, Kartoffeln oder Zuckersirup – ist, immer noch heimlicher irischer Nationalsport – seit 1661. Irland – man muss es einfach mögen!